信世昌

《牡丹亭》版画插图,共三十五幅。出自明臧懋循校订《玉茗堂新词四种》之《还魂记》(即《牡丹亭》),明末吴郡书业堂本。

言懐

训女

延师

劝农

游园

谒遇

寻梦

诘病

写真

牝贼

悼殤

旅寄

冥判

玩真

魂游

莫女

幽媾

缮备

冥誓

回生

移鎮

婚走

骇变

如杭

寇间

耽试

折寇

急难

囲釈

過母

闹宴

榜下

硬拷

闻喜

圓駕

青春「牡丹亭」

何建明
信世杰
著

江苏凤凰文艺出版社

图书在版编目（CIP）数据

青春"牡丹亭" / 何建明，信世杰著 . -- 南京：江苏凤凰文艺出版社, 2025.7. -- ISBN 978-7-5594-9759-8

Ⅰ . I25

中国国家版本馆 CIP 数据核字第 20254PZ295 号

青春"牡丹亭"
何建明　信世杰　著

出 版 人	张在健
责任编辑	傅一岑　张　婷
装帧设计	Sunday Design
插　　画	阿叶如如意
责任印制	杨　丹
印　　刷	苏州市越洋印刷有限公司
开　　本	718 毫米 ×1000 毫米　1/16
印　　张	19.5
字　　数	218 千字
版　　次	2025 年 7 月第 1 版
印　　次	2025 年 7 月第 1 次印刷
书　　号	ISBN 978-7-5594-9759-8
定　　价	68.00 元

江苏凤凰文艺版图书凡印刷、装订错误，可向出版社调换，联系电话 025-83280257

序言

我温暖而又多情的青春苏州

如果你用心走过许多地方后，真的会发现：苏州之美鲜有替代。如果你走过苏州的很多地方后，你才会发现，苏州之美其实并不全在小桥流水的古城，而是在它那荡漾碧波、涌动春潮的大湖、大江和大湾边……

我喜欢苏州的古城，但更爱故乡的大湖、大江及大湾，这皆是因为一台古典戏剧，令人入迷而陶醉，并由此改变了我对家乡及整个当代中国艺术的认识。

在数字和智能越来越占据这个时代进步的主体时，古典戏剧欲让人陶醉和入迷，几乎是不太可能的事，但它实实地做到了，而且让如我这样的半戏盲也沦陷其中，这确实是件不可思议的事。然而苏州昆剧院的青春版《牡丹亭》就是这样的一台戏，一台你看了后会像崇拜莎士比亚的作品一样崇拜它，像眷恋故乡的初恋一样思念它的戏。

在水磨悠悠、橹声嘎嘎、桃红柳绿、温山软水、碧波映天、地埂葱葱的故乡，我们早已被林黛玉、贾宝玉的《红楼梦》感动过；也早已在唐伯虎、小秋香的浪漫情事中迷失过，自然也曾为柳如是与钱谦益的白发红颜爱情故事感叹过，我以为不会再被某种虚构的爱而动魄惊魂了！但错了，我们错在对艺术最高境界的认识，错在对创造这样的艺术的人的了解……好的艺术总在我们的认识和理解之上。当我们真正去认识和理解之后，才会发现：苏州原来还有更加惊艳的美与秀、柔与软——这美自然是艺术的、形式和内容的，还有表与里的和谐统一的美；

这秀当然是美之上的精致与高贵以及经典性；柔与软是苏州的特性和品质，如水之柔，如水之软，但水的柔软是相对于同样柔软的水而言，当遭遇粗暴与强制时，苏州柔软之水，便可抵钢铁甲板的重压，可敌天地万物之重力。

我们或许现在才明白：今天苏州的实力为什么可以匹敌中国一半以上的地方！这并非简单轻松的"说说而已"，它是苏州的品质与本色倾心倾力之后所呈现的结果，是苏州的实力与精神的根本。我非常知道苏州人通常情况下十分低调，炫耀不是她的性格。然而炫目的光芒无法刻意被掩蔽，就像万物间的美一样，它是"从灵魂深处发出的"（别林斯基），并且它是"善良与真挚之母"（苏霍姆林斯基）。

苏州有史以来，识美、创造美、成全美、发展美、完善美，总在美的道路上精益求精、百般挑剔，在为美的路上不惜一切代价——

六百多年前的一声婉曲雅韵的昆腔，在优美多情的水乡大地上振聋发聩时，有人就将它融入吴歌造梦的帆影间的人间烟云之中。之后，经数百年的游丝水磨之旅，落定姑苏幽幽庭院的贵族雅堂的喜怒哀乐之中，并由一代代高人艺匠的身范立志，从此独立于百花争艳的兰园之中，便有了数百年不衰的筚路蓝缕、春华秋实。

"苏昆"，不是一个简单的名称，有它的历史和变迁，从最初的"苏州昆剧传习所"，到新中国成立后的"江苏省苏昆剧团"，再到21世纪之初的"江苏省苏州昆剧院"，"苏昆"成为一种历史和文化现象，它让苏州人骄傲得宛若百岁不老、永远娇美的少女一般……

"苏昆"作为一出舞台戏剧，其繁荣和充满朝气，以及真正光芒四射是近二十年的事——不是说二十年前的"苏昆"断了线，恰恰相反，从新中国成立之初到今天，曾经产生昆剧演员、乐师和箱倌的昆剧诞生地苏州，"昆事"的过往有太多的"苦难辉煌"，所以它的传承与维系"藕断丝连"的过程，则显得异常珍贵与崇高。这足可以另册一书详述。而我仅看到20世纪60年代昆剧遇到毁灭性的摧毁之际，苏州街头的"大字报"上，竟然留下如此有意思的文字与态度：

"过去统治阶级愈喜欢，就愈在艺术上、技巧上精雕细刻，我们就愈要继承下来。我们要继承遗产，不可漏掉一字，如果有遗漏，就是对人民有罪。……先学下来，继承遗产要成立志愿军……"（见1966年《苏州工农报》）

在狂风恶雨的那个年代，竟然如此坚定而不顾一切地要继承昆剧，而且明确说了，"如果有遗漏，就是对人民有罪"。

这就是苏州人。这就是苏州人对传统的民族文化的精华的态度和意志，更不用说在举国大兴振兴传统戏剧之际，苏州是如何发力。这般现象，可谓大国神州，少有同者也。

性格里有柔软一面的人，通常他们的血液特别沸腾，也对传统的精华怀揣敬意。于是我们看到改革开放之初的春风里，以俞振飞大师领衔的周传瑛、王传淞、沈传锟、姚传芗、包传铎、王传蕖、周传沧、郑传鉴、方传芸、张传芳、邵传镛、倪传钺、沈传芷、薛传钢、刘传蘅、吕传洪等16位"传"字辈的昆剧大师云集苏州，畅谈复兴昆剧之大业。天下难有一种戏曲有如此多的"传"奇大师兴邦立业，聚集在一起共商振兴事业！那场由国家和俞振飞大师牵头的"苏昆"振兴纪念与抢救现场会上，大师与长老、学者与戏迷们，竟然在诉说昆剧"复兴事体"时，数人抱头痛哭、激情难抑……

"昆曲之命便是苏州之命"这样的话，就是这个时候被喊了出来。

难道不是吗？苏州造就了二三百年的昆剧繁华与荣盛，并奠基了昆剧古典美学的艺术体系，才可能使这一"百戏之源"的剧种流传中华大地乃至东南亚多国，于是也有了北昆、晋昆、湘昆、川昆、徽昆、滇昆、闽昆、宁波昆、金华昆、永嘉昆等"声名小变""天下是昆"的景象，而苏昆始终是"四方歌者，皆宗吴门"的荣耀。

1921年，在苏州不远处的上海，中国共产党成立了，这件大事影响了后来的中国和世界。同是这一年，苏州梨园内也有一件举世惊人的大事，即几位有识之士在苏州桃花坞西大营门的五亩园集资创办了"苏州昆剧传习所"……

这才有了六十年后中国再度振兴民族戏剧之时16位"传"字辈大师云集苏州的盛况！

"昆曲之命便是苏州之命"——我们在这个时候才真正理解了这话的真实意义。

没有苏州,何来昆剧?

缺了昆剧,苏州不辉!

呵,原来如此。

后来,恢复"江苏省苏昆剧团"之名,便成了自然而然的事。这道"闸门"一开,苏州昆剧宛若高山流水,一倾千丈。这当然与改革开放"富足天下"的苏州走在全国前列的实力有关——

1980年,苏州与意大利威尼斯结为友好城市,后中方应邀组建"苏州戏曲演出团"赴意大利演出。有心思的苏州人便推出了张继青大师的昆剧《游园》和《痴梦》两折戏,结果轰动欧洲。中国如此伟大的"纯粹的艺术",让苏州昆剧的命运再次提升到了国际境界。

之后,苏州人的昆剧热情更加高涨:20世纪90年代,在文化部"昆指委"组织下小试筹备"中国昆剧艺术节";1995年,青年演员王芳为苏昆剧团摘得第一朵"梅花奖",为困顿中的剧团带来一丝复兴的曙光;2000年,首届中国昆剧艺术节在苏州盛大开幕,苏昆剧团也在这个时候慢慢地想把自己的牌子擦亮,等待时机放射光芒。

心诚则灵。苏州人的轻软和温情能够击破钢铁长城,能够跨越江河高山。到了21世纪的开端之年,经文化和旅游部、中国艺术研究院和苏昆剧团的不懈努力与闯关,2001年5月18日,昆剧历史上具有里程碑意义的大事发生了：联合国教科文组织全票通过，将中国昆曲列入首批"人类口头和非物质遗产代表作"名录。

一个沉寂而苦苦挣扎的古典戏曲，获得世界的关注与认可。这对苏州昆剧人来说，就是天大的好事。

然而也有人怀疑："几经劫难又几经复生的昆曲艺术，在寥寥可数的演出场次、演出剧目和观众中，还能重新焕发绚丽的生命之光吗？"新华社的综述文章如此锐利地提出一个问号。

苏州昆剧人如何想？如何为？

古老的剧种是否真的能焕发新的生命之光呢？

改革开放立在潮头的苏州人和苏州市委、市政府没有迟疑，没有犹豫——2001年11月14日，"江苏省苏州昆剧院"的牌子正式被擦亮并高高挂起；不久之后，苏州市委委任了新的领导班子成员……

一座千年荣耀的历史文化名城，迎来她重整山河的气度与气势。一出经典剧目也在此时再度引起苏昆人乃至全球华人的瞩目聚焦——汤显祖的《牡丹亭》被中国台湾一位著名学者以及中国苏州昆剧团的领导一起认定是振兴昆剧的"优先剧目"，这个方向获得了苏州市委、市政府的积极支持。

"崇文、融合、创新、致远"的苏州城市精神，以及姑苏大地上一批敢于开拓的实干家，让这部古典戏剧焕发了新的生命力。于是，就有了2003年9月，白先勇先生亲自操刀、两岸艺术名家通力协作、苏州昆剧人全力以赴的"青春版"《牡丹亭》剧目，在苏州正式签约的历史性事件。

苏州昆剧院开始"出海"了——他们扬起的帆，从此再没有收过，一路远行，一路高歌……

这是无法想象的事实。

这是当今世界艺术界难得一见的景象。

这当然是苏昆人走出的高峰之旅！

2004年4月29日，由于当时的两岸关系融洽，加之台湾地区人民的渴望和白先勇先生的影响力，苏昆的青春版《牡丹亭》首次赴宝岛演出，结果大获成功，令苏昆人跟台湾戏迷们热泪奔涌……

"曾经我们一直向西走，但是走了一大圈，又回来了。回头看，最美的还是自家后园的牡丹……"白先勇感慨万千道。

回到苏州，苏昆人开始琢磨如何打响中国大陆首演的第一枪，几经讨论，几番筹备，终于选定了一条别出心裁的昆曲"校园路线"。他们首先尝试着到本城的苏州大学"来一场"——让苏昆人意想不到的是，这一场大学生竟然"疯狂地爱上了《牡丹亭》"。"那爱的程度绝不亚于对杰克逊的摇滚，当时的青年有些崇洋迷外，但在我们的《牡丹亭》面前，他们自己都觉得意外地'迷失'了！"蔡少华老院长描述当时的情形时，依然心潮澎湃。

"每天演出前，我们就提前一两个小时去抢位置，但都没有空余的一个位置，只能自己带着小凳子去排队，甚至排在走道上……不是座无虚席，而是无地插脚，存菊堂内挤得水泄不通。"今天已经是教授的几位苏大老师这样回忆。

在我们确定要写此书的2023年2月25日，又传来消息：苏昆的《牡丹亭》相隔十九年后，再度回到苏州大学，在十九年前首演的存菊堂演出当晚，千个座位座无虚席，景况依旧。

"这是我第一次近距离接触戏曲，昆曲演员们丝丝入扣、动情至深的精彩演绎令人惊叹，让我们感受到传统文化的韵味和魅力，也体会到了昆曲艺术随着时代发展的创新变化。"21级同学崔元昕说。

"我感到整个戏的每一折每一出，甚至每一个曲牌每一句唱词都很美好，唤起了我们对古典美学和中华优秀传统文化的兴趣。也让我从此爱上了昆曲……"文学院的李书涵同学这样说。

"演出当晚，存菊堂内，因经典动人的爱情故事、古典雅致的曲词、典雅唯美的舞台效果，青年观众如醉如痴，掌声、喝彩声连连不断。"记者在新闻报道里这样描述。

"时隔十九年重返苏大，既高兴又激动，仿佛回到了青春的当年！"扮演杜丽娘的一级演员沈丰英无法抑制内心的激动，这样说。

"那时我们青春，今天我们依旧感觉青春，是因为《牡丹亭》的缘故。"当年的艺术指导、八十余岁的汪世瑜先生更是感慨万千。

在台湾的白先勇先生听说苏昆青春版《牡丹亭》相隔十九年后原班人员再度赴苏州大学成功演出,激动万分地从远方写来贺信,道:

> 2004年,青春版《牡丹亭》在苏大存菊堂隆重演出,那是中国大陆首演,存菊堂2700个位子满座,南京、上海、杭州等地高校学生蜂拥而至,盛况空前。
> ……
> 十九年后,青春版《牡丹亭》重返苏大,依旧是在存菊堂演出,这次纪念性的演出而且还是原班演员,其意义非凡。
> 昆曲是我们中华民族的文化瑰宝,我们一同来保护发扬吧!

从2004年到2024年,苏州昆剧院的青春版《牡丹亭》整整走过了二十年。2024年3月,青春版《牡丹亭》迎来了二十周年纪念巡演,从高雄出发,再到新竹,最后在台北登场,又回到了首演的舞台,依旧是原班人马,依旧是青春的颜色。一个演出了二十年的古典剧目,能像苏州这座城市一样,永远在人们心目中拥有"天堂"般的崇高与美誉吗?

"我们就是这么走过来的,而且可以说是越演越出彩,越演越有光芒,越演观众越喜爱它……"剧院老院长这样说,接替他的年轻院长也这么说。

"每演一场都有记录吗？能拿出来看看吗？"这个要求并不高，但这个要求又是硬碰硬的。

"可以呀！小周，把团里的《牡丹亭》演出历程表给作家老师一份……"院长麻利地让助手传来一份相关内容的表格：自2004年4月29日在台北的第一场演出至2024年12月1日在南京大学的所有演出记录，共540场。二十年，540场，平均每年27场。这到底是多还是少？

"当然是了不起的记录！同一台戏，近二十年经久不衰，而且每一场演出观众都爆满，这绝对是罕见的！"国家戏曲权威人士十分明确地告诉我们。

"苏昆剧团并不只演《牡丹亭》一出戏，我们还有《长生殿》《琵琶记》《白蛇传》等二十余出戏，相比之下，青春版《牡丹亭》的剧目演出最出色……"苏昆剧院的年轻院长和苏州文旅局的领导提起他们的《牡丹亭》，无不喜形于色。令人特别欣喜的是，在那540场的记录单上，在名牌大学和国家级、省级大剧场的演出记录特别多：北京大学、清华大学、北京师范大学、南京大学、南开大学、浙江大学、上海同济大学、西安交通大学、武汉大学、中国科学技术大学、上海大学、东南大学……而且像北京大学至少有三次记录，青年观众占百分之七十以上，这一现象超出所有人的预想。自然，在国家大剧院、北京保利剧院、北京天桥剧场、北京民族文化宫、上海大剧院、上海保利剧院、杭州大剧院、重庆大剧院等著名剧场的演出，更是不胜枚举。

"场场火爆，大学生对我们的戏如此热爱和喜欢，是超出我们最初的想象的。而后来的日子里，我们又不断在原有基础上提升演艺品质，也因此越来越受到青年们的喜欢，所以称其为'青春版'《牡丹亭》——它受戏迷们痴迷，更受学生们青睐。"蔡少华老院长介绍。

"不光是在中华大地，远到美国、欧洲，我们的青春版《牡丹亭》掀起了国际旋风，所到之处，场场爆满，掌声不绝。日本著名歌舞伎演员坂东玉三郎专门来苏昆学习，中日版《牡丹亭》在日本演出同样火爆。"蔡少华谈起《牡丹亭》与苏昆，像是有数不完的"家珍"。

话到此处，不能不亲眼观摩一出了！

但听苏昆的老师说，一台完整的青春版《牡丹亭》，需要三个夜晚，每晚三个小时左右才能演毕。这令我暗惊：此生从未在剧场一连看九个小时的戏曲，我怀疑自己能不能坚持到底。

后来，我坚持了，坚持到了底。

并且一场比一场入戏，直至不能自拔……

这种经历在我的文学艺术生命中从未有过，需要说明的是，我在中国作家协会领导岗位近二十年的工作中，无数次参与文学和艺术作品的评审，它们多数是国家级的活动，然而也未曾有过连续三个晚上、长达九个多小时的观摩时间，且从没有像观赏苏昆《牡丹亭》这样入戏与入迷！

不得不惊叹一个事实：这戏极其成功，它的魅力超乎想象。

古典戏剧的舞台上，灯光、舞美的高科技特效运用十分谨慎，四百多年前大师笔下的唱腔与曲牌则须保持原貌，想依靠舞台上演员的一招一式、一吟一唱，挠得你热血沸腾、泪流满面，在今朝会有此事？又落在我自己身上？观摩之前我高度怀疑——自然首先是因为怕自己浅薄的戏感而误会了一台好戏，其次是当下百态的社会和多元的文化形态下，还会有一台古老而又冗长的舞台剧让人陶醉？这样的疑问一定不会是我们一两个人才有，而这也正说明了青春版《牡丹亭》需要接受巨大的考验……

苏州湾的那场《牡丹亭》，是在疫情没有放开并且多数人仍在胆战心惊时拉开帷幕的。我清楚地记得，入场前的寒风刮得异常肃杀，裹着棉大衣仍感寒意透骨。就是在如此的日子里，带着自己内心的一片怀疑与对他人的怀疑之心，我走进了剧场，开始了一次考验自己欣赏能力与欣赏毅力的漫长观摩之旅……

苏昆老院长蔡少华就坐在我身边，而这台戏的生成与发展又基本是在他手上完成的，于是我问了他这样一个问题："你看过这戏有多少场了？"

"至少看过300多场吧！因为平时排练和上级领导及专家来观摩指导时我都得在场，所以看得比一般人多。"既是老院长又是青春版《牡丹亭》制作人的蔡少华笑着说。

"没有疲倦过？"

"没有。"

"真没有?"

"从没有。"

"一直情绪饱满?"

"是的,都非常饱满。"

"是看戏还是看你的演员?"

"开始主要是看演员,后来则是观察剧场效果……"

"越看越……"

"越看越想看,越看越觉得有滋味。"他坦诚地说,"我坐在台下,总是有两种情绪:一为被戏所感染,二为被我的演员精彩表演所吸引,越看越知道他们哪一场又有了进步,哪个地方还有空间可以提升。这样每场演出完后,我都有话可说,有感可发。"

"就像一个运动员,只要他还可以动,那么他见了运动场就会兴奋而不会失去激情。我们也一样,戏演得越好,越看越会上瘾。"老院长说这话后,笑着冲我道,"你也会这样的。"

我也会这样吗?我暗暗自问。没有答案。

戏已经开始……舞台上的演员功夫到家,尤其是杜丽娘和她的丫鬟,一高贵优雅,一活泼可爱,将整个舞台和台上台下的情绪一下融在一起,似乎也没有了时空的隔阂……

从笑,到思,到静,再到忧,到伤心,到情感的出窍……

是戏,是情,是人,是鬼?已经分不清,已经泪洒双颊……

第一场九折，三个小时，仿佛一闪而过。一片感叹和惋惜之中，幕闭的灯光照亮全场……我的眼角湿湿的，扫了一下剧场：满满的人，老少皆有，青年占多。

"又见面啦！"

"又见面啦！"

"乃蛮好呀！"

"乃啊蛮好嘛！"

老院长起身时，有数位老相识过来与他握手。有的已经白发苍苍，步履颤颤。他说那些人是老戏迷，几乎每场必到。

有这样的人？我无比好奇。

老院长说："《牡丹亭》的老戏迷最多看过百场……"

"不可思议！"

老院长笑："这不算稀奇。还有更稀奇的……"

"啥？"

"有一家四代人都喜欢上了《牡丹亭》，儿女出国数年后，为了补看一场，专程买了飞机票从美国飞回来看三天，看完后再飞回纽约……"

听后，我惊愕又欣喜，只能自叹：真不可思议！

第二天的第二场，没有人催邀，我也会去剧场了……那晚的寒风其实比前一天更猛，但我似乎并没有感觉到它的冷，相反浑身热乎乎的，如春之温暖——我想，是自己的心已经被《牡丹亭》的杜丽娘和书生柳梦梅的真挚爱情所吸引和牵缠……

跌宕起伏的剧情、触心刺骨的人鬼深情，真可谓"但是相思莫相负，牡丹亭上三生路"。

"一窖愁残，三生梦余。"

"生和死，孤寒命。"

"有情人叫不出情人应……"呵！

又是三个小时，却感觉一念之间。回眸剧情，仍沉浸于苦情难诉之中……

第三晚的戏，就是有人用十万斤力气往后拉，也拉不住我赴剧场的双腿！

湖面上刮来的寒风呼啸冽冽，吾一心观戏的身子骨却一点儿也不觉寒意——肯定的是，被杜丽娘与柳梦梅的"人鬼情"沸腾了全身热血。

这第三场的戏，恰似惊涛骇浪，又如绵绵湖波，入你所惧，引你所愿……最后是"鬼"的杜丽娘因感天动地的真爱而重回人间，与郎君柳梦梅终于"归第成亲"，天下皆欢，阴阳同喜。

此结局令人欣慰，叫人喝彩，心头犹如荡漾起一片艳阳的春光……

走出戏场的那一瞬，展望眼前的苏州湾和灯光明耀的姑苏城时，我的心好一阵温暖……这暖意至今一直回荡在我胸间，它让我明白了，为什么是"苏州"，为什么"昆曲之命便是苏州之命"，为什么苏州从来都是"温山软水"，为什么杜丽娘与柳梦梅的爱情故事可以在苏州这片土地上永恒长驻，为什么苏州诞生了经久不衰的青春版《牡丹亭》……

因为苏州不仅美，不仅温情，而且青春！

美，可以让人陶醉和愉悦；温情，能让人心静下和留下来；青春，则是朝气和活力和爱的源流……

我的故乡苏州就是这样的品质。

这，也才有了我下面的一段追觅历史的文字旅程——

目录

第一章 但是相思莫相负

第一节·不知所起，一往而深 [003]

第二节·姹紫嫣红开遍 [015]

第三节·都付与断井颓垣 [020]

第二章 月落重生灯再红

第一节·无眠一夜灯明灭 [027]

第二节·梦回莺啭 [059]

第三节·呖呖莺歌 [085]

第三章 生生燕语明如翦

第一节 · 如花美眷，似水流年 [115]

第二节 · 花似人心好处牵 [123]

第三节 · 牡丹春归占得先 [147]

第四章 赏心乐事谁家院

第一节 · 最撩人春色是今年 [181]

第二节 · 春心无处不飞悬 [195]

第三节 · 遍青山啼红了杜鹃 [211]

第五章 牡丹亭上三生路

第一节 · 沉醉了九重春色 [229]

第二节 · 便看花十里归来 [239]

第三节 · 青春苏州处处青 [249]

第一声古老的"昆山腔"——"水磨调"出,昆曲脱胎而生——从清曲到剧曲,《浣纱记》奠定未来盛世——汤显祖写就传世《牡丹亭》,昆曲引入风行一时——民间昆班风生水起,昆曲开启"国剧"辉煌——诸腔并起,民间失守——昆班辗转求生,苏州"全福班"的坚持

第一章 但是相思莫相负

从14世纪中叶传出的第一声"昆山腔"开始，在历史的发酵中，经一众曲家、文人的多番锤炼，被视作东方审美代表之一的昆曲艺术，终于成型。

昆曲之兴，兴于文人。昆曲之盛，则盛在粉墙黛瓦之外普通市民的注目。

历经数百年沿袭，昆曲曾经"姹紫嫣红开遍"，却也在20世纪初面临"断井颓垣"之境。当苏州"全福班"苦苦支撑之际，试问：昆曲是否还有前路？微弱的火种可有机会复燃？

一切希望，都寄予了改天换地之后的新世界。

第一节 不知所起，一往而深

1348年，一场席卷整个欧洲的巨大瘟疫，正从意大利南端的西西里岛蔓延开去。瘟疫所带来的"黑死病"，将夺走2500万条生命。黑暗的中世纪欧洲，迎来了至暗时刻。而在万里之外，元朝也走到了最后一个阶段。

这年的一个春日，正是姑苏好景致，三十八岁的顾瑛与好友杨维桢踏着晨露登上玉山，透过薄雾俯瞰着远处的河流与田野。顾瑛双目微闭，轻轻吸了一口气，微凉又带着一丝甘甜的空气进入身体，让他感到了久违的舒爽。

春风吹拂起顾瑛的头发，杨维桢在他脸上看见了不同往日的愉悦，大约也想到了他心里的乐事，开口问道："仲瑛是看中了这块风水宝地吧？"顾瑛一笑，转过头来："杨老兄果然知我！自从摆脱商务杂事以来，这几年，总想找块地方造个园子，好让往来的朋友们有个相聚的地方。"

杨维桢知道顾瑛的心思。孔夫子讲"三十而立",别人而立之年刚刚在事业上有点成就,但顾瑛却在三十岁这一年宣告"退休",不事商务,更不愿意从政,把来请他做官的全部回绝,一门心思琢磨曲艺、文章。靠着祖上基业和他三十岁之前积攒下的财富,足以快意此生。人在壮年,能有这样的一份悠然心境和财富支撑,杨维桢心里也有些羡慕,以及感佩。但此时,杨维桢还不知道顾瑛对这处园子有着怎样的设想,凭他的财力,造一座阿房宫似的宫殿也不在话下。

顾瑛迎着拂面春风,用目光丈量着这一片山野,想象它建成一方园林后的模样。在他心里,这里所要修建的园林不是奢华的。他并不想为自己建造一个奢靡的宫殿,而是像陶渊明所描绘的"桃花源"一样,隐于世外,忘于江湖。一边想着,顾瑛嘴里脱口而出三个字:"小桃源"。

杨维桢听了,捋着胡须,满眼赞许,吟诵起陶渊明的词句:"问今是何世,乃不知有汉,无论魏晋。"两人相视一笑,生逢此世,醉心田园,忘了今是何世,或许更好。

名字定下,两人继续用脚步丈量,圈出一片南北长约十里、东西宽约六里的园子,一边走着,一边商议该在哪一处造个什么景致。日暮时分,当两人再回到早晨所站的地方俯瞰,心中已经有了一幅大致相同的图景。此时,他们还不会意识到,这座最初被命名为"小桃源"的园林,会在中国文化的历史画卷上留下多么重要的一笔。

顾瑛后来将"小桃源"易名为"玉山佳处",后又改为"玉山草堂"。更名"玉山",是因为地处昆山,而"草堂"之名,实在是顾瑛作为文人的自谦。令后人惋惜的是,玉山草堂与历史上的诸多名胜一样，很难幸免于战火，最终在1367年毁于元明易代的战乱之中。两年后，玉山草堂的主人顾瑛，也在躲避战乱途中客死异乡，尸骨回葬于绰墩山墓地。

物质性的东西通常脆弱，哪怕坚如磐石，也会在历史的烽烟中慢慢磨损，直至销毁。而非物质性的东西如风如水一般，看似无形、柔软，却可以历经王朝更迭，历经战火屠戮而万古流传。

在存世不足二十年的玉山草堂里，顾瑛凭借他巨大的财力和善于交游的性格，组织大小雅集共50余次，聚集了杨维桢、柯九思、郑元祐、张雨、袁华、倪瓒、黄公望、王冕、陈基等80多位文人雅士，留存诗歌5000余首。作为玉山雅集的重要图画记载，张渥的《玉山雅集图》已经不存，但从杨维桢的《玉山雅集图记》中，后人依旧可通过文字，感受1348年农历二月十九日这次雅集的盛景。

这样一个由民间文人发起，不分长幼、尊卑、行业的大型文人沙龙，也自然不再如往常那样，拘泥于诗文书画的雅好切磋，而把一些民间娱乐形式也引入聚会中来。戏曲，便是其中重要的一种。

顾瑛本身热爱戏曲，自己也非常善于弹阮，家中蓄养着专门从事戏曲表演的声伎；在玉山雅集的诸位座上宾中，亦有善吹铁笛的杨维桢、善弹古琴且通北曲的倪瓒等人。

在那次聚会上，顾瑛、杨维桢、倪瓒等主、宾众人，会在酒酣之后各自操起拿手的乐器，天香秀、丁香秀、南枝秀、小琼英等歌女声伎唱起经文人改编后的曲子，欢歌奏乐之声飘出草堂，飞向玉山，飞向寰宇。

昆山顾氏宗族中，有一位名叫顾坚的年轻人。顾坚的家境并不像他的长辈顾瑛那么优渥，不过是一个普通的耕读人家。但顾坚天资聪颖，自幼好学，除精通诗词，更通曲律，慢慢加入了顾瑛的玉山雅集，与杨铁笛、顾阿瑛、倪元镇这些前辈为友，一同钻研南曲。

每逢雅集，顾坚收到玉山发来的请柬，便从他所住的千墩出发，走过泥泞弯曲的乡间小路，一路思索着曲调唱法，赶往三十里外的玉山草堂，与多位前辈一同探讨南曲声腔的革新。他也学着"风月福人"杨铁笛、"风月异人"顾阿瑛、"风月主人"倪云林，自号"风月散人"。在一次次宴会上的弹唱与研讨中，顾坚从顾瑛、杨维桢那里习得了南曲的精粹，又从倪云林那里学来北曲之精华，结合昆山地方音乐特色，日夜思索，创设"昆山腔"。

而在昆山顾氏之后，又将有一位新人从历史的褶皱中徒步而来，成为对昆曲发展起到至关重要作用的一代"曲圣"。

当一位身背藤箱、满面风尘的年轻游医走过一千五百里路行至苏州，来到昆曲班主陶九宫面前时，走南闯北的陶班主正在收拾行头，一时没想起眼前这位到底是谁。但游医并不着急，他已经为这次见面准备了很久，一步步走了半年才到这里。游医谈起三年前那次滕王阁相遇，陶九宫才慢慢从记忆深处打捞出关于他的一些事情。

三年前，陶九宫带班外出表演，每到一个繁华城市，都驻扎下来演上几天。在滕王阁的那次演出，他记忆并不深刻，当地流行弋阳腔，对他们所唱的昆腔不太感兴趣，也有观众驻足听个新鲜，听几句就散了。演出结束后，迎面走来一个背着藤箱的年轻人，跟他攀谈了好一阵，最后还跟他要下地址，说之后想来学习请教。地址是给了，难得碰上这样热情的观众，但陶九宫觉得他也不过是一时兴趣，谁会抛家舍业，千里迢迢跑到另外一个地方，就为学个曲呢？

让陶班主没想到的是，时隔三年，他真来了。这位年轻游医，就是多年后被尊称为"曲圣"的魏良辅。

魏良辅是江西豫章人，也即今天的江西南昌，老家豫章莲塘与当时下辖于昆山的太仓相距一千五百余里。彼时没有汽车、高铁，身为一介平民，魏良辅也自然雇不起马车，一千五百里的脚程，要靠他一步步走完。好在魏良辅的看家本事是医术，能一路靠给人看病谋生。每到一处，魏良辅便探听本土地方戏，一边赶路一边"采曲"，闲暇时间刚好用来琢磨试唱，一路独行并不孤单。

当魏良辅带着一路风尘和满腹曲调找到阔别多年的陶九官时，陶班主需要好一阵子才能在记忆中打捞出这位年轻游医，随即惊讶、感叹。接下去，魏良辅滔滔不绝地向他讲述这一路的见闻，探讨各地声腔和地方小调的优缺短长。这一次畅谈，估计三天三夜难止。

来到苏州后，魏良辅在太仓定居下来。自春秋时期，吴王在此修建粮仓，始有"太仓"之名。此后，数代君王都在此设粮仓，司马迁《史记》中有载，"太仓之粟陈陈相因，充溢露积于外，至腐败不可食"。历经数代，太仓已经成为富庶之地。除了经济发达，太仓也是戏曲之乡，每年四五月间，民间都会自发搭台唱戏。

当时的太仓南码头，是明朝重要交通口岸。在魏良辅到来的一百多年前，郑和率领着27800余人的庞大队伍和240余艘航船组成的庞大船队，浩浩荡荡地从太仓码头出发。前后七下西洋，郑和都是从这里起锚出海，拜访30多个国家，带回了新鲜的商品和异域文化。

交通的发达带来商业的繁荣，也自然因人口大规模流动带来文化上的交流碰撞。不仅商人、文人聚集于太仓，众多被发配充军的士兵也带着家传武艺和家乡的戏曲来到这里。

当时的太仓城内流传着一句话,叫"西关莫动手,南关莫开口",意思是说,城内西关有很多武艺高强的士兵,若要在这里出手过招,多半要被伤到;而在南关,聚集了南腔北调的乐曲高手,若是在这里贸然开口唱曲,怕是要被比下去。

魏良辅在太仓安定下来后,一边开馆坐诊,一边磨炼曲艺。只不过,跟在老家时不同,身在异乡为异客,不再有熟人乡党对他这个不务正业的医生投来异样的眼光,也不再有人在他背后窃窃私语,他终于能把职业和爱好在精力投入上进行一次颠倒,以医养曲,拜会当地曲艺名家,深入研究南北曲调。

初来太仓时,魏良辅就听说过一个叫过云适的人,对南曲有颇深的研究心得,但脾气不算好,一般人不太能跟他说得上话。魏良辅心想,若真要决心改进南曲,必须去拜会这位老师傅,哪怕吃个闭门羹,或碰一鼻子灰,总比自己瞎琢磨强。于是,在一个午后,魏良辅便提着礼品走进过云适家大门。

登门一见,魏良辅觉得过云适并没有传说中那么孤傲,只是不太爱说话。一位瘦瘦小小的白须老先生,端坐在椅子上,一边听魏良辅谈自己的设想,一边用右手轻拍着桌沿,听到重要处点几下头。魏良辅说完,老先生也没有什么表示,右手依旧拍着桌沿,像是一首曲子还没拍完。魏良辅有些紧张,也有点尴尬,端起茶杯喝了一小口。又等了半天,过云适才从口中吐出一个字:"好。"这声"好"音量不高,却很绵长,像一枚石子在湖心荡出一圈圈水纹。老先生说完朝魏良辅点了下头,此后又无话。

等了半晌,魏良辅觉得不好再这么一直枯坐下去,便起身道别:"学生魏良辅先行告退,过几日再来请教先生。""好。"过云适这次回得倒挺快,起身送客到门口。出门时,魏良辅再一次拱手拜谢，他发现，过云适的右手一直有节奏地轻拍着长衫，把青衫拍出一道道波纹，像杨柳枝轻抚着湖面。

自从那次拜访后，魏良辅每隔一段时间都会登门，把自己新改的唱腔给过云适演示。他也慢慢习惯了老先生精简到极致的表达方式，只要过云适说"好"，他便放下心来，算是改定了一部分；若是老先生听完后一字不发，魏良辅便回去反复修改，直到过云适口中吐出那个"好"字为止。

除了这位帮着检验成果的老师过云适，魏良辅身边还聚集了一批戏曲爱好者，有洞箫高手张梅谷、笛师谢林泉，还有慕名而来拜在魏氏门下的戴梅川、季敬坡、张小泉、包郎朗。有了自己的专业团队和指导老师，再加上魏良辅本身就了解南北曲调，从老家一路走来又采集了那么多地方小调，他现在要做的，就是和团队一次次不厌其烦地打磨，一点点磨出满意的腔调。

新腔的打磨，很难说具体是在哪一天完成的，只是大家觉得越来越顺畅，越来越入耳，魏良辅觉得越来越接近他理想中的样子。也许就在忽然间的某一次，所有人奏唱完之后，有种天衣无缝的和谐感，都沉浸在那种韵致中久久不愿出来。过了好久，魏良辅和师友同道才慢慢回神，脸上带着满足的喜悦，一同庆贺道喜。

他们的新腔改革，成了。

"魏先生，给我们的新腔取个名吧。"戴梅川满眼期待地看着魏良辅。既然是新事物，就应该有新名字，命名的问题，魏良辅其实已经想了很久。来到太仓不久，他在行医途中偶然看见木匠师傅打家具的样子，一看就入了迷。高品质的红木家具制作，程序繁多，到最后一步时，为了保证细腻感，木匠会用木贼草沾水一点点打磨，师傅告诉魏良辅，这叫"水磨功夫"。

"水磨"，魏良辅心中琢磨着这个名字，他们的新腔，不正像木工师傅打磨木材，是一步步磨出来的吗？新腔所追求的感觉，不也正像木贼草沾水所研磨出的红木家具那种细致润滑感吗？

"水磨调"，魏良辅脱口说出三个字。众师友听了，各自在心里理解了一下，年长有经验者如张梅谷、谢林泉，知道魏良辅是从木匠师傅那里借来的词，都觉得很贴切。戴梅川年纪轻，一听"水磨"二字，想到家乡小河边的小磨坊，研磨出来的米粉细腻软糯，跟他们改进的新腔有一样的感觉。对于这后一种理解，魏良辅觉得也有道理。"水磨调"这个名字，从此便定下。

魏良辅主导的"转喉押调，度为新声"终于获得成功，但他心里也知道，这不过是改革的第一步，想让"昆腔水磨调"走出这一方繁华但狭小的天地，还有很长的路要走。接下来面临的一个重要问题便是，这一新腔如何选择演唱语音。

经历一番思考，魏良辅最终决定以苏州官话（苏州—中州音）作为演唱语音，用今天的话来说，就是"苏普"。这样一来，既保留了昆腔发源地的一些特色，又不会因吴侬软语的特色而显得过于阴柔，做到字正腔圆。更重要的原因是，魏良辅一直不满于昆山腔"止于吴中"的处境，志在将新腔推向全国，因此必须选定新的语音来兼容南北声腔，既能柔和绵软，又兼铿锵大气。完成这一步，魏良辅才算是真正创造出一种不同于前的新声腔体系。

梁辰鱼的出现，是昆曲之幸，也是魏良辅之幸，但魏良辅在亲眼见到这个年轻人之前，对他由听闻汇集起来的印象并不太好。

算起来，梁辰鱼也算出自名门望族，祖上世代为官，四世祖梁纨曾为朝廷五品官员。但从梁纨之后，梁家官运不济，到父亲梁介，只落得一个九品以下小官职。

身为梁家长子,梁辰鱼背负着整个家族的厚望,父亲希望他能够考取功名,振兴家族。梁辰鱼自己却不这么想。生于望族,哪怕落败了一些,但祖上世代累积的家产不少,他只想依着自己的兴趣做些事情,无心功名利禄。

梁辰鱼并非不读书,只是不愿怀着功利心苦读所谓圣贤书。他喜欢放风筝,还好剑术,好诗词,好曲艺,好旅行,好交友……在梁辰鱼的结交对象中,既有李攀龙、王世贞这样的文坛精英,也有张凤翼这样的戏剧家,更有僧道、优伶各色人等。不论所来何人,梁辰鱼一视同仁,在祖上遗留下来的宽宅大院中款待来客。

魏良辅声名渐起后,梁辰鱼慕其大名,想跟从魏先生学唱新曲。魏良辅对这位大名鼎鼎的梁公子早有耳闻,知道他诗词曲赋功夫到家,但就是兴趣太过广泛,怕是耐不住性子专营一门。

两人终于见面,梁辰鱼自报家门后,便拱手向魏良辅请教:"先生,我有志于学曲,却不知自己该在哪一方面着手,望先生指教。"魏良辅早就从朋友那儿听过梁辰鱼的情况,心中已经有了大致规划,他给梁辰鱼倒了一杯茶,慢悠悠地说:"你的专长,不在曲律,也不在乐器。"听完这句话,梁辰鱼心下一颤:这昆曲不就是曲律加乐器吗,先生说自己两者皆无所长,是不愿收自己这个学生吧?

梁辰鱼没想到,魏良辅的话还有后半句:"而在于文字。"虽然终于听到了一处肯定,但他还是很费解:昆曲不都是清唱吗,专长于文字又有什么用?魏良辅也看到了这位年轻人眼中的疑惑,继续引导:"《琵琶记》你可知道?如果昆曲能有这样一部相配的传奇剧,岂不很好?"说到这里,梁辰鱼终于明白了魏先生的用心。两人的谈话,便围绕着昆曲传奇剧的创作展开去。

得到魏良辅的指导，梁辰鱼终于找到了自己在昆曲事业发展上的方向，可这个剧要写什么呢？要怎么写呢？魏先生嘱咐说：要能配得上水磨调的优雅高贵气质，又能让平常百姓喜闻乐见；要能让苏州观众喜欢，又能走出江南，走向全国。每每想起先生的话，梁辰鱼就感到心头一阵沉重，像是压了一座昆仑山。魏先生提的这个要求，可真不简单啊。

梁辰鱼闭门翻书数月，决定要重写一部吴越争霸的传奇剧，故事既立足于地方传说，又为其他地域的人所熟知，这个选题应该很合适了吧。带着自己初步想法，梁辰鱼兴冲冲前去求教魏良辅。

听完梁辰鱼的选题想法，魏良辅拍案："好，这个故事好！"梁辰鱼心里自然高兴，接着又把更细致的一些想法说给先生听："在这部传奇中，学生想格外突出两个人物，一个是伍子胥，另一个是西施。"吴越争霸的故事竟然不是把焦点放在夫差和勾践身上，对于这个想法，魏良辅没有料到，仔细听梁辰鱼讲他的思路。

听完梁辰鱼的设想，魏良辅心里很满意，他之前所交代的那些要点，这个学生全听进去了，都融会到构思之中。两人又谈了一些剧本细节及其他闲话。天色已经不早，梁辰鱼起身告辞。魏良辅送学生下楼，看着他一步步走远，心下期待着这个学生能把昆曲再往前推一步。

回到家中，梁辰鱼杜绝了与外界的一切往来，每日除了吃饭睡觉就是写剧本，连续倾注心血多年，终于完成了一部让自己满意的《浣纱记》。可惜的是，他的老师魏良辅没能亲眼看到这部传奇搬上昆曲舞台，更没能见到昆曲凭借《浣纱记》所取得的新成就。但魏良辅已经完成了他的使命，将振兴昆曲的接力棒传到了下一代手中。

《浣纱记》在舞台上的成功，让梁辰鱼的名字得以和老师魏良辅并列，并称为"魏曲梁词"。自此之后，苏州城内的歌儿舞女纷纷登门拜访，要是哪位没能得到梁辰鱼的指点，便会感到危机重重，辨不清发展方向。也正是因为有了《浣纱记》，昆曲由以清唱为主发展到清曲与剧曲并重的新阶段，为昆曲上入贵室王宫、下潜巷末茶楼的盛势打下了基础。

从14世纪中叶昆山顾氏的文人雅集开始，顾坚将古老的昆山腔做了初步定型。一个半世纪后，外乡人魏良辅来到太仓，组织一众曲乐良才研磨出水磨调，将昆山腔推进为昆曲。魏良辅的弟子，带有侠客气质的富家子弟梁辰鱼，又为昆曲量身定制传奇剧《浣纱记》，使昆曲发展为昆剧。

或许，"百戏之祖"的发源能继续往历史更深处漫溯，但任何一个事物的发展都是渐进式的，最初的发源可能是卖货郎偶然兴起的一声吆喝，或闺中思妇盼望丈夫沙场归来的一声浅唱，甚至无赖小儿玩乐嬉戏时的一声奇腔……经过历史的长期发酵，经过曲家、文人的多次锤炼，最终成就了优雅华贵的昆曲艺术。

迤逦昆腔为何能起于姑苏大地？是温山软水的百年浸润，是人文苏州的文化滋养，更是姑苏大地上有识之士与实干家的精心哺育。太湖之水孕育鱼米之乡，富庶的苏州人得以引水筑桥，家家户户枕河而居，浸润出崇文尚礼的吴地文化。

昆曲之兴，兴于文人，但昆曲之盛，盛在粉墙黛瓦之外普通市民的注目。苏州丝绸、纺织业带来了经济繁荣，孕育了数量庞大的市民阶层，也幻化出昆剧舞台上翻飞的悠悠水袖。一双双水袖，舞出了东方水城的审美韵味。一出出昆剧，唱响在虎丘千人石上。

文人雅士、山水园林、粉墙黛瓦、丝绸水袖、商市街楼……这些得天独厚的条件，唯有姑苏大地上可得，也正是有了这些，昆曲才得以在姑苏兴、在姑苏盛，才可以顺着长江和运河传向南北，名动京师。

第二节 姹紫嫣红开遍

当二十一岁的临川才俊汤显祖考中举人时,他应该不会想到自己的一生最后会以传奇剧创作著称。凭借他的天资和才情,本可以一路高升,官居高位,但历史往往会有独特的安排,把人生引向另一重天地。

在中举之后的十二年中,汤显祖连续四次进京会试不中。第五次终于考中,进入仕途,却几经辗转流落。最终,四十八岁的汤显祖终于绝望,强行为自己的仕途生涯画了一个句号,辞官回到老家临川。

这时的汤显祖还不知道,他的人生传奇,才刚刚开始。

回到临川之后,汤显祖买了一处废园,拿出半生积蓄盖了一座宅第,取名"玉茗堂"。"玉茗"就是白色山茶花,他用此花来自比高洁。年近天命,汤显祖终于把身心安顿下来,从此不再关心朝堂政事，专情于传奇创作，做个散漫逍遥的文人。

在玉茗堂中，汤显祖感到了前所未有的放松，幼时乱翻书的快乐，又在他心间跃动起来。半生读书为功名，如今彻底辞去官职，罢了仕途，又开始读起闲书来。

一个淫雨霏霏的日子，汤显祖读到一本让他称奇的话本小说，故事里，闺中小姐杜丽娘因情郁郁而终，又因情复生还魂。读完这个故事，汤显祖心中很不平静。已是半百之人，他并不只是被故事中的男女爱情所感染，而且从杜丽娘身上看到了一种自由精神。长久以来，理学的束缚已经压得人们喘不过气，杜丽娘身为大家闺秀，没有按常规遵礼教生活，而是"慕色还魂"，如此大胆的设计，正合汤显祖心中所想。

抬眼望着院子里的梅花，在细雨微风中，花瓣翩翩飘落，正像怀春少女杜丽娘的命运。汤显祖走入雨中，俯身拾起地上的点点梅花，捧在手中仔细看着，内心仿佛听到一声声召唤。花瓣深处，像是有着一个世界，在那个世界里，一对才子佳人梦中相会，为情所困，千里奔赴，一番生死离别，最终团圆相守。一花一世界，他决定把花中世界的故事用自己的笔讲给世人听。

手捧梅花，汤显祖返回书案前，来不及扫去眉梢的雨水，便奋笔疾书内心谛听到的故事。青春貌美的闺中小姐杜丽娘，自然是一副温婉贤淑模样，但她的真实内心，又有谁知？如何将她的内心呈现？汤显祖细看手中梅花，在屋里来回踱步思索，心中每有一个好点子，便暗喜一下。

丫鬟，对，闺中小姐要配一个俏皮的小丫鬟，这个与杜丽娘情同姐妹的丫鬟，引着小姐去踏春光，把她的心思勾出来。春香，丫鬟名字就叫春香,满园春色还不够,春天更有她的香气。杜丽娘"慕色",慕的是个什么人呢?一定是个才华横溢又风度翩翩的书生,不用三媒六聘,他们梦中便可相会。

主要人物都勾勒完,汤显祖继续踱步,屋外风雨又骤了一些,梅花在枝头摇曳。是谁想要主宰丽娘的命运呢?自然是那个无形又有着极强钳制力的"理",丽娘的父亲便是那个"理"的化身,还要有一个怜爱她却又无法抗拒"理"的母亲,再加一个父亲请到家里来教丽娘读书的腐儒……一个个人物形象跃然纸上,汤显祖已经在心中幻化出了他们每个人的样子、他们的脾气秉性、他们的举止言谈。

顾不得停歇,汤显祖写得汗湿衣襟,写得筋疲力尽,一个个细节在他脑子里展开,就像一片片精巧的梅花瓣。手中梅花寄语,他像是只负责拿笔记下便可。丽娘如何游园,如何惊梦,如何寻梦;书生如何拾画、叫画,最终如何团圆……一整个故事,汤显祖像是借着神力挥笔写就。"生者可以死,死可以生。生而不可与死,死而不可复生者,皆非情之至也。"写下这句话,汤显祖再也没了力气,他已把自己的精魂都倾注到了方才几页纸上。

抬头再望庭院,春雨已歇,水珠从梅花上滴落,像是落下一滴滴泪。汤显祖手中的梅花已经沾了汗湿,他撑着桌案站起身来,走到院中,把花瓣轻轻撒入树下泥土。暗香浮动,心明澄澈,自中年后,他已经很久没进入过这种创作境界了。

故事和人物都勾勒完,剩下的就是一句句琢磨文辞,这对十二岁就能写得一手好诗的汤显祖算不上难题。玉茗堂前朝复暮,每日从天亮提笔写到红烛摇曳,汤显祖沉浸其中,乐此不疲,用了半年时间,他便完成了这部《牡丹亭》。

《牡丹亭》一经刻印就传遍四方,名声盖过《西厢记》。《牡丹亭》声名远扬,自然也飘到了昆曲的老家苏州。各方曲家精心琢磨,终于把这部经典传奇改成了昆曲,养活了一众昆曲班子。

职业昆班在民间风生水起,宫廷昆班也随着清王朝的政通人和之势显现生机。康熙皇帝喜欢昆曲,对这一汉民族的高雅文化赞赏有加。康熙二十三年(1684)第一次南巡到苏州,康熙皇帝就住在苏州织造署,找来苏州织造祁国臣问:"这里有唱戏的吗?"

祁国臣有些诧异,皇上一路到苏州来,没问政治也没问民生,一开口便问唱戏的事。来不及揣度皇帝心思,祁国臣直接回答:"回皇上,苏州昆曲甚佳。"康熙命祁国臣速速筹备戏班,当夜开演。戏班备好后,康熙点了二十多出戏,一直演到当天深夜。康熙没看过瘾,第二天又看了一晚上,还从每个班子中点了两三位名角进京。

回京之后,康熙下令组建南府,让苏州织造署定期选送名师、名角到南府,专供皇家欣赏昆曲。上有所好,下有所效,而且常常是下必甚焉。皇帝在宫中组建宫廷戏班,京城高官们也重新开始建设自己的家班,一时间,满城尽歌昆曲,苏州的童男玉女、昆曲师傅被大批送至京城。当时的京城文化圈内,尤震的一首诗非常流行:"索得姑苏钱,便买姑苏女。多少北京人,乱学姑苏语。"作为经济、文化皆负盛名的苏州,不但为京城供养着钱粮,还要从文化方面进行补给。

昆曲在康熙皇帝的推崇下享有了"国剧"地位,但传奇剧本创作并不像明朝时期那么兴盛,读书人都害怕莫名其妙被牵扯进"文字狱",不敢放开手脚写剧本。但也不妨有失意者,科场不顺,退而妙手著文章。康熙中期,洪昇的《长生殿》与孔尚任的《桃花扇》,几乎成了昆曲剧作最后的辉煌。此后,昆曲在民间遇到越来越多强劲的对手,慢慢失去了民间基础,逐步没落。

第三节　都付与断井颓垣

康乾盛世，是清王朝最为繁盛的一百三十四年，而昆曲，却在这段时期由盛入衰。昆曲称"雅部"，此外如高腔、秦腔、梆子腔等，皆称"花部"，数次"花雅之争"后，昆曲逐渐败下阵来，作为高雅文化停留在皇族贵胄的厅堂之中，而戏院茶楼的舞台，逐渐被其他声腔夺取。

昆曲少了新意，观众没了耐心。反倒是曾经被魏良辅瞧不上的家乡弋阳高腔，传入京城后转为京腔，刚劲有力，又配有武戏，上至宫廷下到百姓，都听着、看着过瘾，被纳入与昆曲同等地位的官方曲种。

这种情况下，就算自幼学习昆曲的演员，也只能随大流再学京腔、学武戏，所谓"昆乱不挡"。京城诸腔并起，昆曲退居到帝王贵胄的厅堂中惨淡经营。

1798年农历三月的一个春晨，嘉庆皇帝在殿上听大臣奏报。兵部报完白莲教的事，皇帝心烦意乱，自他登基以来，这个白莲教就一直没消停过，派兵镇压了几年也没见好转。接下来礼部又报："花部乱弹在京城、江苏、安徽屡禁不止，淫邪怪诞，扰乱民心，望圣上下旨严禁。"这事看上去没有白莲教的事那么严重，但恰恰是另一场没有硝烟的战争。

嘉庆帝甚至想到，这白莲教的发展，是不是就跟乱弹中所宣扬的那些怪诞、暴力之事有关？看上去是两码事，说不定内在有着紧密关联——正是因为乱弹扰乱了民心，才蹦出那么多叛军逆子。于是，皇帝亲自下旨，在苏州的老郎庙立了两块《钦奉谕旨给示碑》，下令除昆、弋两腔，其他一切禁演。

最高禁令先是在京城颁布，把"花部"戏班子赶到了江浙，后又传令到苏州，在江苏、安徽也一并禁演。但总有一些天高皇帝远的地方，成为乱弹诸腔调休养生息的温床。一旦政令松弛，便又如雨后春笋般冒出。

老郎庙中的老郎，是戏曲行当供奉的祖师，老郎庙也带有梨园行会的性质，凡是在苏州开唱的歌伶，必须先到老郎庙注册登记。历史上，每到老郎庙重修时，各戏班都要按例捐资，乾隆年间重修，捐资的昆班尚有四十六家，再到道光年间，有能力捐资者只剩下四家。

就算在老家苏州，昆曲也没逃过衰败的命运。

1860年春，太平军一路南下，兵临苏州城，城内昆曲班子赶忙转移到上海以避兵乱。然而，上海也已经是乱弹的天下，柔美的昆曲在上海打不开市场，即便像鸿福班那样加了武戏，也打不赢南下来沪的京剧班子。而此时，昆曲也渐渐失去了来自统治阶级的庇护。

1908年农历十月初十，慈禧太后在皇宫中度过了她最后一个寿辰，当时她已经感觉身体时有不适，但她还是坚持要为自己大办寿宴。为太后祝寿，自然少不了戏曲，慈禧忍着腹痛亲自一出出点戏，一共点了一百二十出。连续十二天里，每天上演十出戏，但其中只有四出是昆曲。也许是祝寿活动让慈禧太过操劳，寿宴过后的第十二天她便西去，而光绪帝十分巧合地死在了前一天。

皇帝与皇太后相继去世，全国服丧，各大城市禁止一切娱乐活动，昆曲的细微火光愈加黯淡，苏州城内，只剩全福、鸿福两个昆班。没法在城里演戏，也就断了经济来源，一个戏班子几十张口，不可一日无米。无奈，一直坚持唱文戏的全福班只能与唱武戏的鸿福班难兄难弟合并，一起下乡跑江湖去。

这时的全福班班主一职，已经由沈寿林交到了次子沈月泉手中。沈寿林原本是浙江吴兴的锡匠，专做婚丧所用的锡器，喜欢唱昆曲，于是搬迁到苏州。太平天国时期，沈寿林没有像其他昆曲艺人一样跑去上海，而是被洪秀全招进了天王府。洪秀全很喜欢沈寿林，当感到太平天国大势已去时，他给了沈寿林一笔钱财，让他回了家。

沈寿林回到苏州后，用洪秀全给的钱财置办了房产，随后加入一个小戏班继续唱昆曲。行业不景气，小戏班不多久就散了，班中台柱聚林重新组织了一个聚福班，继续惨淡经营。唱了半辈子昆曲，他们不知道除了唱曲还能干些什么。班主聚林去世后，沈寿林被推荐为新班主。按常规做法，沈寿林应该从自己名字中摘出一个字，为新班命名，当时班里都觉得该叫"寿福班"，福寿双全，是个很吉祥的名字。但沈寿林执意改作"全福班",众人一听,也觉得妙,比"寿福"更"全",是个吉利顺口的名字。只有沈寿林自己知道,他是在悄悄纪念天王洪秀全。

沈月泉沐着月色站立船头,回想着父亲临终前给他讲的故事,船队行驶在宽阔的河道中,荡碎一片星辰。几年来,沈月泉带着全福班游走在苏南浙北这片富庶的江南水乡,辗转于这片土地上星罗棋布的六十六个码头。每年年夜饭吃过,他们就趁着除夕的鞭炮声到阊门集合,赶在天亮之前到下一个码头开唱。白天在戏台上扮着帝王将相、才子佳人,晚上则卧在船舱里随着水波进入梦乡。一年里,他们有一半时间生活在船上,另一半时间在戏台上。

如果只是辛苦,对全福班的演员来说并不算什么,学戏的时候哪个不是受过一番锤炼,最关键的还是演出越来越惨淡,哪怕是跑码头下乡,也是收入微薄。随着全福班这一代艺人年事渐高,后继无人,演出场次也逐渐减少。

数百年沿袭下来的昆曲,有过鼎盛,有过绚烂,但到此已气数衰微,如摇曳的风中残烛。曾经姹紫嫣红开遍,到如今,一切繁盛都付与断井颓垣。昆曲的发展是否还有前路?昆曲微弱的火种是否还有机会复燃?一切的希望,都寄予了改天换地之后的新世界。

扶大厦于将倾，苏州"昆剧传习所"存续昆曲火种——昆曲"传"字辈承上启下，守护星星之火——新编昆剧《十五贯》，"一出戏救活一个剧种"——从"民锋"到"苏昆"，"继"字辈接过昆曲传承——百废待兴，"弘"字辈走进苏昆——新时代的挑战——第一朵"梅花"——中国第一届昆剧艺术节——"扬"字辈"小兰花"扬起昆曲曲调——黎明前的曙光

第二章 月落重生灯再红

20世纪上半叶，在昆曲的存亡绝续之路上，从苏州昆剧传习所走出的昆曲"传"字辈，承上启下，为昆曲事业奔波往来，抵抗着大时代的风雨，存续着古老昆曲的火种。他们为中国和世界保存下了优美的昆曲艺术，也为绚烂的人类文明点染了一抹亮色。

"传、继、弘、扬"，在中国，在苏州，昆曲人用自己的坚守和努力，即将迎来昆曲的盛世……

昆曲的魅力在于艺术，更在于人——那些视昆曲为生命的艺人们。

第一节 无眠一夜灯明灭

清末民初的中国社会，风云激荡，城头变换大王旗，新思想、新文化不断涌入，社会文化和人们的观念也发生着巨变。1917年，席卷中国知识界的新文化运动正如火如荼展开，蔡元培就任北京大学校长，聘请陈独秀担任文科学长，接连引进胡适、鲁迅等秉持新文化观念的学者，开一时风气之先。

蔡元培主持北大工作，绝非一味扬新抑旧，而是主张"兼容并包"。在这一思想指导下，来自苏州的曲学大家吴梅也在一片质疑声中站上了北大讲台。蔡元培与吴梅并非旧交，纯粹是知识分子间的惺惺相惜。蔡元培喜欢逛旧书摊，偶然间翻到吴梅所写的谈论昆曲的《顾曲麈谈》，读完之后赞不绝口，便邀请当时还在苏州民立中学任教的吴梅到北大担任词曲教授。

在新与旧对立的时代，吴梅迎着小报上的冷嘲与台下学生的窃窃私语走上讲台，随身携带一支油光发亮的笛子，当场度曲。每讲到兴处，还要当堂唱曲。吴先生长一张四方脸，留八字须，却尤其喜欢唱旦角，形象与所唱角色很不对称。学生刚开始听时忍不住捂嘴窃笑，先生倒满不在乎，只管沉浸在自己的昆曲世界中。学生上课久了，才对这位教昆曲的吴教授熟络起来，也跟着吴梅走入了昆曲殿堂，众学子中，不乏后来成为词曲大家的俞平伯、任中敏等人。

如果只是在大学里作为一门学问、一门课程存在，而不是活生生地唱演于舞台，昆曲无疑已经成为被陈列和被研究的文化遗产。一国危难之际，有猛士挺身而出，挽狂澜于既倒；一个剧种危难之际，一样有贤达能者扶大厦于将倾。在1921年前后，中国历史和中国昆曲的历史，由两批先行者的引领和探索，而发生转向。

1920年2月，出狱不久的陈独秀得到消息，京师警察厅准备再次对他实施抓捕。陈独秀不怕坐牢，但革命同志绝不同意他再次冒险，做无谓的牺牲，挚友李大钊主动请缨护送陈独秀出京。为了掩人耳目，李大钊特意雇了一辆骡车，自己扮成收账先生，让陈独秀独坐车内。

李大钊驾着骡车，载陈独秀从北京至天津，一路颠簸，一路忐忑。察觉到没有危险时，陈独秀便掀开车帘，与李大钊商讨革命事宜。在颠簸的骡车上，在行人稀少的小路上，在北方天气尚寒的初春中，两人商讨了在中国建立共产党组织的问题。

南陈北李，相约建党。在这次长谈中，两位革命者一定看到了黎明的朝霞，看到了初升的朝日，看到了破土的春芽，看到了一个无限光明的未来。从史料中我们知晓，当时两位革命导师在讨论选择在上海建党时，特别强调了"上海和苏州、杭州等城市都是文化人集聚之地"，传播马克思主义革命理论具有"极佳的方便"，可谓"革命的天造之地"。

到上海后，陈独秀立即投身到工人群众中去宣传马克思主义，在知识界发起和成立马克思主义研究会。1920年5月1日，陈独秀领导发动了5000多人参与的集会游行，高喊"劳工万岁"。同年6月，陈独秀起草十条党的纲领草案，筹备成立党组织，但对于党的名称，他还有些拿不太准，于是去信给身在北京的李大钊。不久，李大钊复信，主张定名为"共产党"，陈独秀深以为然。这年8月，中国共产党早期组织在上海渔阳里正式成立。11月，陈独秀领导拟定了《中国共产党宣言》，宣告"共产主义者的目的是要按照共产主义者的理想，创造一个新的社会"。一个全新的政党，在历史的地平线上逐渐显露耀目的光芒。

苏州的革命基础并不亚于相毗邻的上海，尤其是成立于1909年的"南社"，它是中国近代史上爱国知识分子最集中、参加人数最多的民间组织，而且它的革命性、文化性特别突出。正如发起人柳亚子所言："这个时候的革命工作，一部分是武的，暗杀、暴动是家常便饭；另一部分是文的，便是所谓宣传工作了。文学是宣传的利器……"

此时的昆曲家们，似乎也找到了一种让一个戏剧增添新的活力的源头——投向革命！

此时，陈独秀等早期共产党人创办的《新青年》杂志上，也经常发表一些进步的戏剧理论与讨论文章，对昆曲界的思想引领产生着一定作用。同样，由于昆曲在上海和苏州、杭州拥有大量的民众基础，革命领导者也非常重视利用这些艺术家的社会影响力来为革命事业服务。早期的第一批共产党人中，有许多人都是戏剧方面的专家和爱好者，他们对组建中国共产党和召开一大等工作在文化上、组织外围上做出了积极贡献。

有一个重要的实例为证：1920年5月3日，热心昆曲事业的实业家穆藕初由上海到北京出差，特地到北京大学拜访了吴梅先生，探讨昆曲的存亡绝续之路。一番人亡艺绝的感叹之后，穆藕初以其实业家的干劲，决意返沪之后倾全力救昆曲于危亡。"上海条件好，革命风浪已起，苏州的昆剧遇上好时势了！要牢牢抓住它！"两位大师在京城做出了如此高瞻远瞩的预言。这也才有了后来保留昆曲火种的昆剧传习所一事。

任何社会动荡中呈现的革命风潮，皆与当时的文化源流有着密不可分的关系。苏州昆曲在20世纪初的重振山河，与中国共产党在上海建党自然也有不言而喻的紧密联系。

1921年7月23日，中国共产党第一次全国代表大会在上海和嘉兴召开，毛泽东、董必武、张国焘、李达等50多名党员冒着生命危险参加大会，揭开了中国历史的新一页。1921年8月，由张紫东、贝晋眉、徐镜清共同发起的昆剧传习所，在苏州正式成立；次年初，穆藕初接办传习所，倾全力出资，并制定现代教学章程。

1921年的这个夏天，两簇星星之火在中国的上海和苏州燃起。或许最初，没有人想到日后的星火燎原之势，没有人想到这些先锋者将如何创造历史。但正是这些先锋者的探索，改变了中国的历史，也改变了昆曲的历史。因为他们都代表了当时的时代潮流和先进文化，以及人民对精神世界的渴望与追求。

从革命和文化的形态来看，它们之间的意味其实也很值得后人去探讨：

建政党，是用暴力和革命去实现自己的理想。它符合奋进的革命者，也符合上海这样一座"海派"城市的特性。

搞戏剧，则是用一种"柔性"的文化去完成某种使命。它很符合苏州和文化人的性情。

所以有人说：上海更适合搞革命，而苏州喜欢"味道"。革命是改天换地，"味道"是熏陶人的情操。

昆曲不在苏州大地兴盛，才是怪事！

如果不是昆剧传习所的成立，全福班之后，昆曲的火种或许就此断掉，从此成为历史遗产。但就在昆曲危难之际，一众名士捧起了微弱的火种，保住了最后的星星之火。如今，苏州昆剧院内树立着传习所最重要的两位主导者的塑像，一位是穆藕初，另一位是张紫东。

穆藕初早年赴美留学，归国后创办德大纱厂，被称为中国的"棉纱大王"，一方面是所办工厂蒸蒸日上，而另一方面，穆藕初也感到心力交瘁。工作之余，穆藕初最大的爱好就是唱昆曲，请了苏州名家俞粟庐来家中教曲。

后来俞粟庐染上眼疾，派十八岁的儿子俞振飞来接班。见来的是位眉清目秀的小伙子，穆藕初索性聘他做自己纱厂的文书，主要工作还是陪他唱曲。每天吃完午饭，穆藕初必定要与俞振飞唱一个小时昆曲，在这期间绝不允许外人打扰，即便有天大的事，也得等他身心愉悦地唱完曲，再投身到世俗杂务中去。

虽然爱唱曲，但穆藕初并不具备一副天生好嗓，作为后辈的俞振飞陪他唱了一段时间昆曲后，回家悄悄对父亲抱怨："穆先生虽痴迷昆曲，但嗓子有些紧，发音也过细，字咬不圆，音发不亮……"俞粟庐知道儿子心里的想法，尽力睁圆眼睛对他说："眼下昆曲这态势，能像穆先生这样真心喜欢的就已经不错了，你好生教唱，就算穆先生学不到多高水准，说不准能在其他方面为昆曲打开一条新路。"

俞粟庐心中早就有了一些打算，一个月前，学生张紫东特地从苏州到上海拜访，商讨创办昆曲学校的事。听完张紫东的想法，俞粟庐微闭起尚在疼痛的眼睛，思考了一会儿，随后奋力睁开眼，对张紫东、贝晋眉和徐镜清说："昆曲学校要办，而且要好好办，但这件事凭我们的力量还做不成，我们需要去找一个人。"

他们要找的这个人，就是穆藕初。

1920年夏天，穆藕初在杭州韬光寺旁建成了一座成韬别墅，邀请俞粟庐、俞振飞、沈月泉、张紫东等一同来避暑雅集。张紫东与穆藕初十分相熟，算是穆藕初在昆曲上的入门师傅。全福班主沈月泉又是余粟庐的老友、俞振飞的老师。师徒、老友相聚，无话不谈，张紫东向在座的师友们谈起他和贝晋眉、徐镜清开办昆曲学校的计划来，并寻求穆藕初的支持。

穆藕初在西洋求学多年，归国后对教育，尤其是职业教育事业十分热衷。不久前去北京出差，他还专门拜访了在北京大学教昆曲的苏州人吴梅。两人谈起南北昆曲的现状，也是忍不住一声叹息。

听了张紫东的计划，穆藕初当即表示愿意全力相助："昆曲是百戏之祖，沦落到现在这番境地，实在让人痛心。如果再不做些什么，昆曲恐将失传。"一旁的沈月泉这时已经五十有五，听了张紫东和穆藕初的发言，心中也是百感交集。自他从艺以来，就没赶上过昆曲的好时候，只看她一步步衰败下去。作为南方昆曲最后的薪火传人，他感到重任在肩。

经过一番商讨，穆藕初最后做总结，先由张紫东等人按目前的计划把学校办起来，他负责在上海募集资金，进一步筹划。但有一点，穆藕初做了特别强调："早先梨园行里太多不正之风，我们办学，必须纠正这些，增加文化科目教学，办成新式职业教育。"前来参会的几位纷纷赞同，一项在当时看起来似乎微不足道，却对后世影响深远的昆曲火种计划，就此展开。

1921年初秋，在张紫东、贝晋眉、徐镜清等人的策划下，"昆曲传习所"于贝晋眉的旧宅"五亩园"正式挂牌，红纸所写的招生广告贴满苏州城，像是撒出去的点点火苗。

迎着秋日的朝阳，人们围在红得有些扎眼的招生广告前，以为又是在宣传从上海传过来的什么西洋玩意儿，读过才知道，是招收昆曲学徒。一位商人模样的中年人摇着头说："昆曲是咱苏州的好东西，可如今谁还听这个啊，全福班都好久没回苏州城唱戏了，听说在上海混得也不咋样。让孩子学这个，以后还不得喝西北风去？"挑着菱角担子的妇女接他话说："学戏可是要吃大苦，老一辈时进戏园拜师，还要先签个'生死状'，就算被师傅打死了，也不用戏园负责。但凡能吃得上一口热饭，谁会送自己孩子去学戏？"墙角戴着墨镜的算命先生听了众人的讨论，掐指算了一卦："呀，单挑五亩园——停棺的地方开课教曲，这帮人怎么想的？"听了他的话，围观的人纷纷散去，生怕一大早就沾了晦气。

人群散去后，那个踮着脚的男孩才得以看清红纸上的字，他还不太知道昆曲是怎么回事，也不知道到底要去学什么，这则广告上吸引他的只有八个字：学费免收，食宿全包。

这个虚岁刚满十四的孩子叫筱荣，家住阊门外的山塘街上，父亲原本是工厂里做帽子的工人，近两年染上重病，整日卧床，母亲身体也不好，除照顾父亲，还需要外出做些织补。筱荣在虎丘半塘小学读完初小后，家里没能力再供他上学。今天他一早出门，本来是要给父亲抓药的,见这里聚了些人,忍不住过来看看。筱荣心里盘算着,什么钱不用花,在里面上五年学,就算出来不唱戏,自己也成年了,哪怕去码头上卖苦力,也能靠力气活下去。

筱荣又把招生广告看了一遍,心里记下地址。替父亲抓完药,筱荣一路跑回家,他想回家和父母商量一下,要是他们同意,他愿去学戏。一回到家,筱荣的兴致就淡了下去,母亲外出做工,父亲在床上咳嗽,衣服泡在盆里,旁边另一个盆子摆着还没洗的碗筷。这个家,暂时还离不了他。

时间来到1921年冬天,不到半年时间,张紫东、贝晋眉等人筹集的一千大洋已经用完,不得已,写信到上海向穆藕初求助。穆藕初并没有忘了这事,当即带钱来到苏州,为传习所注资。不过,他还有几项要求:第一,"昆曲传习所"要改"昆剧传习所",光靠唱曲不够,重要的还是演戏;第二,加大文化课占比,要让所有学生都能看懂戏文,领会戏文;第三,继续招收一批学生,保证顺利出师后能够成班演出。在穆藕初的赞助下,昆剧传习所又开始招收第二批学生。

筱荣的父亲没能熬过冬天,年关将近时撒手人寰。父亲走后,母亲想让他到帽子厂学徒,跟着父亲的老朋友学学手艺。母亲觉得,不管什么世道,有手艺就有饭吃,比卖力气强。

这半年里,入了传习所的小学好友顾时雨每逢放假都来看他,跟他讲传习所里的事:"夏天发蚊帐,还发席子;吃的每顿有荤有素,比家里还好,一大群人边吃边抢;逢五放假,回家换衣裳,还给发剃头票……"顾时雨把筱荣说得心痒痒:"里面都学些啥?师傅打不打人?"顾时雨站起来翻了几个跟头,唱了几句戏文:"就学这个。还学拍曲,学把子,学刀枪。打人?我们那儿从不打人,大先生说了，哪个师傅要是打人，就去告诉他。师傅们最多拿个小棍儿吓唬吓唬，从不真打。"

筱荣看着这位从里到外大变样的老同学，后悔自己当时没有狠狠心去报名参加。但机会终于又一次降临，大红的招生广告像半年前一样贴到了苏州城的大街小巷。筱荣看到广告后，立马朝五亩园方向跑去。这地方他不陌生，一间间屋子里摆的尽是棺材，上学时经常和同学们一块跑到那边比胆大，每次玩闹时一点不怕，等到自己走夜路回山塘街时，才觉得老有人在后面跟着他。可眼下他管不了这些了，广告上说"限招三十，人满为止"，他得赶紧跑去，不能被别人抢了先。

跑到五亩园，右脚鞋上那个被拇指戳出的洞更大了些。筱荣看到了昆剧传习所的牌子，抹了把汗，把脚趾努力收进鞋里，挺起胸膛走了进去。

面试官沈月泉从上到下打量了一番走进门来的筱荣，目光落到他的脚上时，沈月泉注意到这个孩子把脚趾蜷得更紧了一些。沈月泉把目光移回筱荣的脸上，问："今年多大了？"

"十五。"

"会唱戏吗？"

"不太会。"

"歌儿会唱吧？"

筱荣想了想，扯开嗓子唱了几句。沈月泉听完，在簿子上画了个钩，以示通过。

顾时雨带着筱荣参观传习所，介绍早他半年来的师兄们。这群十四五岁的孩子，要么来自穷苦人家，要么是教戏先生家的亲戚，还有几个是上海送来的孤儿。正是不知道忧愁的年纪，吃穿用度有保障，每天练完功就是打打闹闹，这群孩子把这片曾经寄放棺材的阴森之地变得十分热闹有生机。

他们这时还不知道，自己身上肩负着怎样的使命，而他们又将因这使命，走过怎样悲喜哀乐的一生。

入学一年，基本功扎实了，老师开始给他们分行当。分行当是个大事，决定着小演员们日后的舞台生涯，穆先生也特地从上海赶来参加。

穆藕初和朋友们走进五亩园昆剧传习所，沈月泉早已带着师生列队迎接。穆藕初走到近处，44位少年集体跪拜，齐声喊："穆老爷好！"早年间伶人戏子地位低，对出资赞助他们的人行跪拜礼、喊老爷，等于是受他们所养。

穆藕初见状，一脸严肃："都站起来！我们是传习所，不是旧梨园，在这只有先生和学生，没有老爷。行礼只行鞠躬礼，从此不许再跪。"孩子们看看大先生沈月泉，沈先生说："向穆先生问好。"44位学生一起鞠躬，齐声喊："穆先生好。"穆藕初表情从严肃转为和悦，将目光投向一张张明媚的脸庞、一双双明亮的眼睛，像是从他们身上看见了昆剧接续的薪火。

分行当表演，也算是一次成果会演，穆藕初看得很满意，与沈月泉、沈斌泉等人商议后定下了每一个孩子的行当。穆藕初很重视这帮孩子，特地请了上海文字学功底深厚的曲家王慕诘给他们取艺名。

王先生觉得，现在已经不再是旧社会，取艺名也应该把他们的姓氏保留下来，以示对个人的尊重。名字中间那个字，穆先生已经和其他人商议过，把这一批昆剧学员定为"传"字辈，意为对昆曲这一古老剧种的传承。他自己所负责的工作，就是对第三个字进行琢磨选取。一一看过孩子们的表演和面相，现在又已经分好了行当，王慕诘心中大体有数，用了一个晚上时间琢磨推敲，第二天便递给穆藕初一张红笺。

穆藕初接过去看完，连声赞叹："妙，实在是太妙了！"随后转交给沈月泉，请他为学生赋名。沈月泉见红笺上按生、旦、净、丑写下了一个个名字，唱生行的最后一字都带个"玉"字旁，表玉树临风之意，如顾传玠、顾传琳；旦行最后一字带"草"字头，表意香草美人，如朱传茗、姚传芗；末行与净行最后一字用"金"字旁，意在黄钟大吕，唱声铿锵，如倪传钺、周传铮；最后是副行、丑行，最后一字带三点"水"，寄意口若悬河，如王传淞、周传沧。

从此，那个叫筱荣的孩子成了倪传钺，他的同学顾时雨成了顾传玠。别扭地互相叫了一两个月后，他们认下了自己的名字，也认下了各自的行当。

三年学戏时间过得很快，"传"字辈学员每个人肚子里装着老师傅们口传心授的一百多出折子戏奔赴上海，开启他们的舞台生涯。1924年5月23日，"传"字辈登上上海广西路的笑舞台，沪上名角徐凌云、俞振飞都来助演，票价涨到平常的两三倍，却仍场场爆满。上海的昆曲票友们已经很久没有看过这样年轻、齐整的一支昆曲班子了。在《申报》等媒体的大力宣传下，昆剧传习所的这批"传"字辈小演员，在大上海唱响了名气，顾传玠、张传芳、朱传茗的曲声和大名，印刻到每一位戏迷的耳朵和脑袋里。

两年"帮演"时间过去，比预期的效果要好很多，这批"传"字辈即将正式出师。但就在这时，穆藕初的纱厂相继倒闭。本来想要在"传"字辈出师时办个盛大仪式，定个班名，再置办一整套新行头，甚至还设想在上海南京路附近改建一个新剧场，但如今，穆藕初已经无力操办这些了。

虽然自己麻烦缠身，但穆藕初还是不放心，担心耗费这些年心血培养出来的一批孩子就此散落，于是找到上海大东烟草公司总经理严惠宇接办，把这个班子带来上海。

严惠宇十分重视这件事，他已经看到了"传"字辈"帮演"时期在上海引发的轰动，觉得是个很好的商机，随即斥资两万元，把原来的笑舞台翻修一新，改名"笑舞台新乐府昆戏院"，班名就叫"新乐府"。带着严老板置办的新行头，新乐府的"传"字辈演员在12月13日这天正式鸣锣开演，观众席上名流云集，周信芳、徐志摩、陆小曼等都购票来听曲。

有了自己的舞台，也有了稳定收入和观众叫好，传习所这批苦孩子总算苦尽甘来。但接下来，另一个问题随之显现。

学戏三年和"帮演"两年间，所有学徒衣食住行没有区别，哪怕有的家境稍好，也显现不出什么不同，大家彼此亲密无间，情同手足。可人心总是不患寡而患不均，一旦登台唱戏，自然就有突出的名角，获得更好的待遇，拿更多的"份子"（旧时伶人工资统称"份子"或"包银"）。逐渐显现的收入差别，最终酿成了师兄弟间的分崩离析。

新乐府解散后，闲居在家的倪传钺重游了昆剧传习所，往昔岁月在他眼前一幕幕显现，对昆曲和唱昆曲的那帮师兄弟们，他还是难以割舍。顾传玠彻底离开，但其他人还在。倪传钺又把大伙组织起来，取名"共和班"，没有固定班主，大家共同议事。没有行头，他们便搬出全福班老师傅们的戏箱，能补的补，实在补不了的，便买。就这样，共和班在昆曲发源地苏州重新开唱。

苏州舞台不够大,他们还是想要去上海。倪传钺和郑传鉴先行跑去上海,一家家戏园去谈,想为共和班找一处落脚的舞台。最终,大世界的老板愿意合作,但戏班名字要依他。两人一咬牙,答应下来。

这年10月,共和班的"传"字辈演员齐聚苏州老郎庙,拜过祖师爷后,一行二十几人带着全福班老师傅们留下的旧行头,乘船奔赴上海大世界,成为"仙霓社"。"传"字辈昆曲演员的归来,又在上海掀起一阵旋风。对外称仙霓社,对内还是共和班,大家共商共建,没了分配不均的矛盾,所有人都憋着一股劲头,戏台上丝毫不敢松懈。

此时,战火虽然已经在中国大地燃起,但上海还算太平,仙霓社安稳唱了几年戏,也真正磨炼了几年功夫。随着日军将矛头对准上海,一场劫难再次将一切努力化为乌有。

1937年8月,日本人的炮声在上海响起,正在福安公司游乐场演出的仙霓社闻声躲避,隆隆炮火声中,已经来不及搬运一箱箱行头。人刚逃走,一颗炮弹刚好落下。轰炸过后,仙霓社的演员们跑回游乐场,那里只剩一片狼藉。他们最后的家当、最后的一身行头,已经在大火中化成了灰。一行行眼泪流过他们的面颊,可再多的泪也浇不灭战火。想在上海重振昆曲的仙霓社,就此名存实亡。

即便此后郑传鉴、沈传芷又召集了十二人再次出山演出,但战火中再也没人听得进调如水磨般精细、婉转的昆曲。苦苦支撑了一段日子后,1942年2月,仙霓社在上海东方书场演了最后一出戏。

"原来姹紫嫣红开遍,似这般都付与断井颓垣",唱到这句,台上的演员哽咽了。没想到,丽曲华章六百年绵延下来的昆曲,曾经姹紫嫣红开遍,竟在他们手上付与了"断井颓垣"。台下寥寥无几的观众,也跟着落下泪来。

一曲唱罢,"传"字辈演员保留着各自身上的那一星微弱火苗,四散开去,等待着下一个时代的使命召唤。

"传"字辈艺人四散之后,朱国樑组织了"国风昆苏剧团",把王传淞和周传瑛找了回来。作为新中国成立之前的具有革命成分的剧团管理者,朱国樑从一开始建团就实行"共产主义",全团成员,只要承担工作的,不管台前还是幕后,不管名角还是跑龙套,收入一律平等。这样的平均分配政策,一来避免了像新乐府那样因心理不平衡而闹掰,二来又能促使那些工作任务不重的成员自己去找事情做。对于这样一个多由同一家人组成的小剧团而言,合理的分配方式保证了大家一条心、一股劲儿。

除了是个出色的管理者,朱国樑也从事剧本创作,他把最时兴的新闻、八卦等都想办法搬进苏剧中来,尽可能地吸引观众,以苏养昆。而对于昆曲,他的态度是尽量守正,但也不排斥创新,请王传淞以及经王传淞引进来的周传瑛给演员们口传心授一出出经典折子戏。

正因为爱编新剧,又有一腔热血,1945年抗战胜利前,朱国樑因连续编演了几出讽刺伪政府的剧目,被特务盯上,不得不离开上海,全团再次开启了跑码头的漂泊生涯。

相比于几十年前全福班跑码头时的几十口人、三条大船,国风昆苏剧团的名字变大了,但人员精简了许多。两条船、几个戏箱、八个大人、一群孩子,这就是当时整个剧团的规模。在领头人朱国樨的苦心撮合下,船上的八个人中结成了王传淞与张凤云、周传瑛与张凤霞、龚祥甫与张艳云三对夫妇,剩下一位则是一人能掌控整个乐器班子的张兰亭。这样一个特殊的班子,热热闹闹地游走在江南水乡,日子清苦,却也乐趣无限。

1949年,新中国成立。而昆剧团体尤其是师徒传承之间的关系,其实并没有什么本质上的改变,这也是中国传统戏曲能够延续至今的一个重要原因。

1952年岁末,剧团正流转到无锡乡间演出,作为民营小剧团,他们的处境越来越艰难,又加上随团的孩子们一天天长大,生计压力让八个大人时常犯愁。

为了能在杭州唱出些名堂,朱国樨花了不少心思。要想在这块土地上留下国风昆苏剧团的名字,就要来点创意,朱国樨再次动用自己的编剧特长,把莎士比亚的《哈姆雷特》改成昆苏剧《疯太子》,在1953年的除夕夜搬上了杭州人民游艺场的舞台。这一场别出心裁的演出,让杭州城内的观众耳目一新:原来昆曲还能这么唱!原来苏剧还能这么演!

第一场演完,全团上下都是笑脸,大家心里觉得,现在至少半只脚在杭州立下了。凭借朱国樨的无限创意和苦心付出,一出出新剧不断搬上舞台。观众喜新不厌旧,对两位"传"字辈演员上演的经典剧目更是赞叹不绝。就这样,国风昆苏剧团在杭州城内一家家剧院演下去,双脚在舞台上立住,也在杭州这方土地上立住。

虽然依旧没有固定住所,但全团人终于能在陆地上安定生活。不像之前在船上,大多数时候都要弓着身子、缩着脖子,回到陆地上后,这些大人突然发现自己的孩子已经长这么大了。身子伸展开后,孩子们似乎也越长越快。大人们一番商议后决定,既然短期内不打算走了，就要考虑下一代人的培养问题。

这帮生在团里长在船上的孩子，简直是在昆剧和苏剧里泡大的，白天听晚上唱，一趁父母不注意就偷偷开戏箱摆弄行头。基础的东西他们都已经看会了，如果真有心学，就得一出出戏给他们细细抠，每一个动作、每一个眼神仔细打磨。

想法确定后，王传淞、周传瑛两人去了浙江图书馆，找到曾经在昆剧传习所当过他们国文老师，现在已经是浙江图书馆馆长的张宗祥先生。一别近三十年，张先生还记得王传淞小时候的淘气样，抄个书也坐不住，总把墨汁往周传瑛脸上涂，把小他六岁的传瑛涂成个丑，没想到后来他自己成了名丑。

说起这些年的经历，师徒三人一阵唏嘘慨叹，好在如今已是新中国，他们不再是"旧艺人"。不过，一些祖上传下的老规矩，该守的还是要守。今天来找老师，两位"传"字辈师兄弟，就是要请张先生为下一代定个辈分。一听他们是为这事而来，张先生很有兴致，沉思了一小会儿，提笔便写下四个大字："传、世、盛、绝"。张宗祥先生用这四个字，寄寓六百年昆曲能够永久传世，长盛不绝。

带着这四个苍劲大字，王传淞和周传瑛告别了年逾七旬的张先生，满心欢喜地回到住处。从此，在苏州昆剧传习所培养的"传"字辈之后，昆剧有了新一代的传承。这帮跟着父母在跑码头的过程中奔波长大的孩子，有了自己的新名字：朱世藕、朱世莲、龚世葵、周世瑞、周世琮、周世璋、王世瑶、王世荷……这一批孩子，将成为日后复兴昆曲的重要力量之一。

1954年春天，担任中宣部文艺处处长职务的丁玲已经五十一岁，这位曾在延安时期被毛主席称赞为"昨天文小姐，今日武将军"的革命作家，感觉到长期高强度工作所带来的疲惫感，向组织打报告，申请休养一段时间，于是来到杭州一家干部疗养院。跟她差不多同时来的，还有曾任中央电影局局长的袁牧之。袁牧之小丁玲五岁，按说正是当打之年，但自从两年多前妻子陈波儿突然离世，他的身体和情绪也逐渐败落下去。

一个晴朗的春晨，丁玲吃过早饭后坐在院子里读报。投身革命之后，她已经很久没有这样悠闲的时光了，如今革命成功，共和国一步步走向繁荣，她终于可以安心歇一歇。

一阵清风吹过，掀起报纸一角，"牡丹亭"三个字刚好映入丁玲的眼帘。从事革命文艺这么多年，才子佳人的故事她已经很久没关注过了，回想上次听到这个名字，还是在1949年之前的上海。但这三个字好像是有什么魔力一样，引着丁玲重新拿起报纸，翻到平常都会略过不看的广告部分，仔细读起来。

看完后，丁玲越想越觉得有意思，竟然还有个不知名的小剧团在杭州演《牡丹亭》和《长生殿》，好奇心勾着她拿着报纸去找了袁牧之。

"牧之，你是浙江人，又在洪深先生的剧团待过，你可知道这个'浙江国风昆苏剧团'？"丁玲把报纸上的演出广告指给袁牧之看。

袁牧之读完后，也感到奇怪，他长期负责电影工作，对国内戏曲方面的情况也算熟悉，却不知道有这么一个团体，更不知道他们还能演《牡丹亭》和串本的《长生殿》。两个人都好奇，相约一块儿去看个究竟。

丁玲手里握着报纸，按上面的地址找到了剧场，比她想象的要小和破旧不少。两人买了票，走进剧场，只有前面几排位置稀稀疏疏坐着些观众，上座率不高。发觉并不是对号入座，丁玲和袁牧之想找个尽量好的位置坐下。可试了好几个地方，椅子都是坏的，只好坐到边上去。

演员一出场，丁玲就注意到了他们皱巴巴的戏服，如果仔细些看，还能分辨出上面缝过的针脚。再看演员，演杜丽娘的小姑娘看上去都没有剧中人物年纪大，春香更是个小丫头，青涩得很。可杜丽娘的父亲杜宝，看上去又比剧中人物年纪更大。虽说是个行头简陋、老少结合的小剧团，可演员们一招一式都很见功底，看得出是专业练过的。

看见这个剧团的精湛演技与艰苦条件，都在文化系统工作的丁玲和袁牧之决定要为他们做些什么。他们先是找到在北京当文化部艺术局局长的田汉，请田汉致信浙江省省长沙文汉，邀剧团进京演出，沙文汉又把这事委派给省文化局局长黄源。几番周折后，这条政策通道终于打通。丁玲留京做宣传工作，逢人就说在杭州还有个能演《牡丹亭》《长生殿》的昆剧团，比大熊猫还珍贵。袁牧之则回到杭州，与黄源同志对接工作。

有了政策支持，下面就是付出努力。文化局先给剧团解决了生活上的后顾之忧：第一是发放基本生活费，解决吃饭问题；第二是专门安排了几间房子，解决睡觉和排戏问题；第三是服装问题，这个需要不少钱，一时半会筹不来，只能先向越剧团借。

衣食住行基本问题都解决了，接下来就是挑选剧目。进京演出，兹事体大，既要剧本好，又要政治思想过硬。黄源心里一时拿不太准，征求袁牧之的意见："牧之同志，有何高见？"袁牧之答："根据以往经验来看，靠演折子戏恐怕不行，要排一出大戏，才能打得响。"至于要排什么样的一出大戏，他也说不好，具体工作还是交给了黄源。

没有什么思路，黄源跑去国风昆苏剧团，想听听朱国樑的想法。刚刚走进院子，黄源就听见演员们在排戏，他熟悉昆曲，听了几句就知道是在排演什么剧目。黄源脑中突然灵光一闪：这一出《十五贯》，要故事有故事，思想上也能提炼出大家想要的东西，再合适不过了！

1956年4月17日，已经更名为"浙江省苏昆剧团"的这一批"传"字辈、"世"字辈演员在团长周传瑛的带领下，走进中南海怀仁堂，为中央领导同志演出新编昆剧《十五贯》。

虽然是第一次站上这样特殊的一个舞台，但所有老少演员无一怯场，每一个动作以及每一处念白、唱词的数千次演练，已经让他们的身体形成了最本能的记忆。尤其是王传淞和周传瑛那折《访鼠测字》中的对手戏，清官况钟（周传瑛饰）假扮算命先生，巧言探询娄阿鼠（王传淞饰）作案真相，一正一邪，相映成趣。王传淞所扮的娄阿鼠将这个人物的内涵展现到了极致，堪称一绝。

坐在台下的毛主席脸上始终带着微笑，碰到听不懂的念白，他就请坐在旁边的康生来翻译。康生早年在上海待过不少时间，又喜好昆曲，对《十五贯》中的唱念很熟悉。听着康生的翻译，毛主席眼睛不离戏台，一边抽着烟，一边频频发笑。剧终之后，演员谢幕，毛主席微笑着站起身来，双手举过头顶为演员们鼓掌。怀仁堂内的掌声响了很久才停歇。

第二天，毛泽东特意委派康生到剧团驻地传达指示：一是祝贺昆剧《十五贯》的成功改编和演出，二是要大力推广这出戏，三是要对他们进行嘉奖。如此巨大的振奋人心的消息，让参加演出的团员们感到万分激动，许多人一夜难眠。

第三天，剧团领导决定，既然主席说了要大力推广，那就马不停蹄，在北京继续上演。

4月19日，剧团再次来到了不到十天前只卖出47张票的广和剧场。这一次，全场出票1002张，座无虚席。刚从外地出差回京的周恩来总理也赶来看了这场戏，散场后专门去简陋的后台与演员们交流了近一小时。21日，文化部在吉祥剧院举行颁奖仪式，为浙江昆苏剧团颁发了5000元奖金。25日，中央领导同志在中直机关礼堂又一次集体观看了《十五贯》，这次，不用康生再来翻译，毛主席手里夹着香烟，看得津津有味。

就在《十五贯》如火如荼演出期间，毛泽东于5月2日在最高国务会议上正式提出了"百花齐放，百家争鸣"的"双百方针"，新编昆剧《十五贯》恰好成了"双百方针"的一个典型案例。由《十五贯》引发的昆剧旋风还在持续，虽然是借着几股政治强力才刮起这阵风，但这风力实在强劲，让它的参与者以及发起者丁玲、袁牧之、田汉、沙文汉、黄源等人都始料未及。

5月12日，文化部印发《关于推荐〈十五贯〉在全国各戏曲剧种进行上演的通知》，这出戏开始以昆曲之外的各种形式走向全国。17日，文化部、戏剧家协会邀请200多位文艺界代表在中南海紫光阁召开"《十五贯》座谈会"，周恩来总理全程参会，并进行了一个小时的重要讲话。

18日一早，头版头条刊载着《从"一出戏救活了一个剧种"谈起》社论的《人民日报》流向全国各地。这出"戏"就是《十五贯》，这个"剧种"就是昆曲。这篇社论为昆曲做了一次正名，也为全国的戏曲改革工作注入了一剂强心针。27日，浙江昆苏剧团即将踏上归程，临行前的中午，文化部副部长郑振铎邀请叶圣陶、老舍等文化界名家一起为全团设宴饯行。

在北京的五十天时间里，全团一共演了46场，观众达到7万多人次。离京的火车上，周传瑛回想起这些天发生的事情，就像做了一场大梦。"世"字辈的年轻演员们躺在各自铺位上昏睡过去，朱国樑、王传淞、周传瑛几位老艺人围坐在一起，端着茶杯回味46场演出中的一些瞬间，好像是在互相印证这不是一场梦。他们其实也已经累了，但这时还不能休息，火车即将抵达下一站，他们要把尚在睡梦中的孩子们一一喊起，到天津继续演出。接下来还有济南、南京、镇江……要走过好长一段路，演好多场，才能回到杭州稍作休整。

凭借一出《十五贯》，昆曲火了，周传瑛领衔的"浙昆"也火了。作为昆剧的发源地——苏州昆曲界，此时一方面为昆曲复兴的趋势感到振奋，另一方面也不得不开始自我检讨：新编《十五贯》为什么没有出生在昆曲的故乡苏州，而是杭州？

虽然曾错过"国风"，但苏州昆曲界没有再错失"民锋"。1951年，苏滩艺人吴兰英创办"民锋苏剧团"，为全团置办了新行头，在上海滩开唱苏剧。同为苏剧团，但"民锋"比"国风"的班子大得多，全团上下八十口人，日常开支巨大。团长吴兰英四处筹资支撑，心想只要第一出大戏排出来，很快就能扭亏为盈。

第一出大戏《李香君血溅桃花扇》从4月一直排演到9月，出身苏滩世家的尹斯明刚在台上演了十一天李香君，全团就因为票房低迷、开支巨大而停演。团长吴兰英每天被讨债的人追得东奔西走，但已经排练了半年的演员们不忍就此散去，于是自贴车钱、饭钱、房租钱来排戏，演出之前还要自己去推销门票。苦苦支撑下，民锋苏剧团终于没有夭折，从1952年春天起，开始慢慢接到演出单子。

唱出一些名声后，无锡华宫剧场也特地跑来上海邀约。要去无锡出演二十天，尹斯明当时有些犯难，家中老母年逾古稀，儿子尹建民刚上小学，她一去外地，老人孩子谁来照顾？尹斯明向团里告假，申请留沪演出。

接替吴兰英做团长的朱容没有直接回复尹斯明的申请，而是在下班后提着水果专门去了尹斯明家。朱容到后一看，家里老的老小的小，情况确实不易，但她还是劝尹斯明："这回要演《西厢记》，你不去，谁演张生？"尹斯明从小跟着父亲的"尹家班"学唱旦角，来民锋后也是演李香君，但团里实在缺小生，尹斯明硬着头皮换行当，没想到反响甚佳，此后，她就成了团里的兼职女小生。

尹斯明也明白，要是她不去无锡，《西厢记》就没法演，她不去，李香君也得重新找人替。反正只有二十天，尹斯明心一横，请来二姐尹玉娥帮忙照顾一家老小，自己跟着剧团去了无锡。本想着只有二十天，可后来却一去几十年，最后把家也安在了苏州。

1952年夏天，民锋苏剧团来到无锡，意外接收了一个叫张忆青的小成员。这一年，张忆青祖父、苏滩艺人张是吾去世，祖母准备领着虚岁还不满十五的张忆青离开苏州，去上海投奔家属。收到上海的回信，祖母让张忆青读来听。只有初小文化的张忆青把信读得磕磕巴巴，但大体意思明了：姑姑张惠芬正准备启程去无锡，要在那里待二十天，可直接到无锡华宫剧场来。听完来信，祖母收拾好包袱，迈着小脚，带张忆青出门往无锡走。她年纪大了，必须给身边这个苦命丫头找个饭碗。

一个夏天的傍晚，在蝉鸣和燥热中，张忆青跟着祖母走进了无锡华宫剧场后台，台上正在上演苏剧《李香君》。她之前跟着祖父的张家班子跑码头时都是清唱，还没见过这么漂亮的戏衣和装扮，台上尹斯明扮演的李香君让她觉得如画中仙子。

姑姑张惠芬把张忆青拉到身前，仔细打量着这个已经几年没见的苦命侄女。姑姑虽然心疼她，但觉得她并不太适合唱苏剧。读书耽误了倒可以补，但一双小眼睛和天生窄小的声带是没法弥补的。她只好先让小侄女在团里打打杂，帮忙拉幕、整理道具、打扫化妆间，哪里缺人手就派她到哪里去，好有口饭吃。那时，谁都没想到，这个其貌不扬的小姑娘，会在多年后成为享誉世界的昆曲名角。

在无锡的二十天里，剧团演出之余也在讨论未来的路。政策收紧，民营剧团面临着要在地方注册落地的问题，他们的民锋苏剧团到底要注册在哪里呢？大部分人认为当然是上海，那是他们的大本营；但也有人觉得，既然是苏剧团，他们理应复姓归宗回苏州去，大部分人的老家也在苏州。见两派意见不合，团长朱容拍板："我先去苏州看看情况，要是人家不愿接收，我们就回上海。"对这个折中方案，大家没意见。

与苏州方面接洽很顺畅，这对双方都是好事。民锋苏剧团行头齐全，演员也相对齐整，不需要苏州文化部门再出资筹备，能够自给自足。

1953 年 10 月，民锋苏剧团正式回归苏州，苏州市文联派顾笃璜来团主持工作。顾笃璜出生于江南世家，是"过云楼主人"

顾文彬的第五代传人，虽然家里的藏品在新中国成立后大都捐给了博物馆，但文化的精魄却在顾家子弟身上流传下来。顾笃璜的父亲顾公硕及三位伯父都学昆曲，伯父顾公可更是名家俞粟庐的弟子，在这样的家庭环境中长大，顾笃璜对传承昆曲有着先天的使命感。

二十五岁的顾笃璜到来后，第一件事就是按老规矩为团里的年轻一代演员取艺名。昆剧传习所的"传"字辈艺人已经人到中年，下一代需要继承接续，于是这一批演员被定为"继"字辈。几乎在同一时期，杭州的"世"字辈，苏州的"继"字辈，上海的"昆大班"，共同继承了苏州昆剧传习所的"传"字辈火种。

名字定下，第二步工作就是请老师，没有好的老师教，只能靠面相吃个青春饭，走不长远。请老师还必须请昆曲老师，昆曲是苏剧的底子，必须把这个底子补上。顾笃璜最先请来的就是昆剧传习所时期"传"字辈的老师尤彩云、曾长生。仙霓社解散后，多数艺人只能靠为人拍曲度日，后来昆曲越发不景气，尤彩云回到苏州，在护龙街上靠卖汤圆为生，师弟曾长生则在他旁边摆摊卖咸鱼。

年近古稀的尤彩云戴着一副圆眼镜，晃着长长的白胡须教"继"字辈拍曲。老师、学生围着一个大桌子坐下，有板有眼地拍着桌沿，一遍遍拍唱。尤先生很喜欢这帮"继"字辈孩子，每天早晨自费买些油条之类的点心来，课前给学生们泡红茶，只要谁不唱错、不脱板，就奖励油条一根。此时的张忆青已经改名张继青，她常常是得到尤先生油条奖励最多的那个。

张继青的开蒙戏《游园》，也是尤彩云教的。她只上过三年初小，文化底子不太好，还看不懂汤显祖的曲词，只能硬背，到台上则跟着老师照葫芦画瓢。在尤彩云一遍遍的耐心指导下,张继青慢慢读懂了戏文。

那时候全团上下还是要跑码头,七十岁的尤彩云也跟着一块跑。晚上唱完,剧团自己拆台子、搬箱子,搭白天刚拉过沙子、石灰的手摇船转战下一个码头。

在一次去宜兴演出途中,尤彩云坐在大篷船的后舱口,望着悠悠河水,突然发问:"继青,《游园》学了两个多月,感觉怎么样?"被这么突然一问,张继青有些慌张,支支吾吾回答:"戏文,都懂了,能唱了。身段,也差不多了……"尤彩云摇头,白胡须跟着头左右甩动:"问题不在这。"

张继青不解,也不敢看那架圆眼镜后面老师的眼,一谈到昆曲,她就有点怯,"四功五法"这些童子功,她没有一点积累。尤彩云捋着白胡子,慢悠悠地说:"问题在于台步,你脚下步子太碎、太乱,哪怕身段学得再好,上下身合不上,还是难看。往后要多练台步,多走圆场,只要脚底下走瓷实了,教给你的身段就不会乱。"

张继青一下子被点醒,原来问题的关键在这里,怪不得不论自己怎么努力,手脚身口总是合不到一块去。回想自己第一次登台,还是1953年3月跟着姑姑在杭州演《鸳鸯剑》,她扮演一个跟着父亲逃难的小丫头。姑姑把"随便哪里不肯去,宁愿饿死在家里"两句词写在飞马牌香烟纸上递给她,她就这样慌慌张张唱了两句,从此靠着自己摸索唱下来,直到跟着尤彩云、曾长生两位昆曲师傅学戏,她才知道什么是真正的"手眼身法步"。

为了练好基本功,张继青每天早上五点起来,先吊嗓子,直到让树上的鸟儿感到自愧弗如飞走为止。吊完嗓子,她会跑回宿舍吃一块三分钱的黄松糕垫垫肚子,泡上一大缸解暑的青蒿茶,端着到练功房，练得口干舌燥了就到场边喝几大口，继续练，出的汗都是茶黄色。练完功吃早饭时，身上的衣服湿了又干，干了又湿，已经变成茶色。

顾笃璜对演员要求严格，排戏之前要把演员全部集中起来上文化课，讲剧本、分析人物，还要请老师来上音乐课、舞蹈课，只要能够帮助演员成长，他会不惜代价请全国最好的老师来教。为了解决演员的台步基本功问题，顾笃璜别出心裁地请来苏州老书法家费新我教太极拳。

每天早上练功前，演员们一个个跟在费老身后打太极，缓慢的一招一式中，他们的手脚配合越来越合拍。尤其是张继青，手、眼、身、步慢慢听从大脑指挥，渐渐变得和谐一体。

1956年，《十五贯》掀起的昆曲旋风自然也刮到了苏州，江苏省文化局与苏州市文化局联合举办了一场规模空前的昆曲观摩演出，上海、浙江、苏州剧团的老艺人们再次聚首，"传"字辈的周传瑛、王传淞、沈传芷、张传芳、华传浩、郑传鉴回到了家乡。三十多年了，"传"字辈从毛头小伙变成了一个个小老头，但他们身上的技艺，也到了炉火纯青的境界。然而，这时的昆剧传习所，已经变成了苏州林业机械厂的仓库。

名家聚首苏州城，让观众大饱眼福，年轻演员的表演也让前辈们眼前一亮。第一天演出结束后的晚宴上，五十五岁的俞振飞走到张继青身旁。一见俞老师过来，张继青赶紧起身。"你的表演不错，明天能不能请你一起演一出《断桥》？"俞振飞十分谦逊，张继青受宠若惊，磕磕巴巴答应下来。

张继青心里清楚，俞先生这是有意培养、提携她。可是，第二天演出前排戏时，张继青有点怯——倒不是怯场，而是怯一个动作。《断桥》中有一段戏，白娘子要去指许仙的额头，可十八岁的张继青面对爷爷辈的俞振飞，怎么都伸不出这一指头。俞振飞看出了她的心思，走到近前，轻声对张继青说："在台上演戏，抛弃一切杂念，戏怎么写的就怎么演，演谁你就是谁。"张继青记下了这句"演谁就是谁"，现在她不是张继青，而是白娘子，对面也不是俞大师，而是许仙。张继青抛却了杂念，全身心进入人物，一个指头大大方方指向许仙的额头。一老一少演完《断桥》，满堂喝彩。

《十五贯》之后，江苏省文化局一直在省内寻找昆剧表演团体，他们也纳闷：在自古文脉昌盛的江苏，在昆曲的老家苏州，竟然找不到一家昆剧班子？！这次观摩会，让国内昆曲界对由民锋苏剧团更名而来的苏州市苏剧团刮目相看——原来这个苏剧团也能演这么好的昆剧。观摩会结束后，顾笃璜马上邀请省文化局两位局长来苏州，让苏剧团演了一台折子戏。两位局长看后赞不绝口，当夜就与顾笃璜筹划剧团更名问题。

1956年10月23日，"江苏省苏昆剧团"正式成立，他们的名字里终于有了"昆"字。虽然性质上还是"民办公助"，仍需要为了生计跑码头演戏，但这一次他们有了固定的团址，第一次有了家的感觉。

还在民锋时期，团里为了发展，在丹阳珥陵码头把演员们分为两队，老一辈的被分为一队，自称"阿姨队"，年轻一代被分为二队，也叫"青年队"。两队在码头分别，"阿姨队"北上镇江、扬州，"青年队"南下宜兴、张渚。腊月寒冬，刚到目的地就遭遇大雪，搭不了戏台开不了张，眼巴巴被大雪围困。

雪连下了几天，不演出就没有收入，困在张渚的青年队身上的钱已经用完，吃喝住宿都成问题，只能派个脚力好的跑去向一队求助。听到这帮身子骨还没长硬的孩子们受苦，同样被大雪围困扬州的阿姨队从自己口粮中省出一部分，带给青年队。当时，尹斯明特地从口袋里掏出五角钱，让来人拿给张继青，嘱咐她买点点心，补补身子。时隔多年后，张继青每次见到尹斯明都会提起围困张渚时的那五角"救命钱"。

跑码头辛苦，冬天怕大雪，夏天怕大雨。但心里更苦的是，回到苏州后也并没有回家的感觉，这种心思很微妙，却一直缠绕在他们心头。由于一直没有固定团址，民锋苏剧团从第一次到苏州起，就借住在张幻尔的蒲林巷33号滑稽剧团里，楼上一个大厅供演员们住宿，楼下就是排戏练功的地方，反正一年中大多时候在外跑码头，他们就这样一直将就住着。

江苏省苏昆剧团成立后，苏州市政府把文衙弄5号划拨给剧团作为固定团址。这一处宅邸，原是文徵明曾孙文震孟的故园"艺圃"，占地3000多平方米，有古典园林，也有厅堂、厢房，给剧团使用再合适不过。从此，剧团有了"苏昆"合一的名字，也有了文衙弄里这个固定的家。

一切名正言顺后，苏昆剧团变得十分繁忙，《十五贯》的旋风还在持续，国内外的领导人到江苏，剧团就要赶去演出。不光在苏州演，还要到南京，到上海，一年间在沪宁线上来回奔波。虽说比之前跑码头时条件好了很多，但那时演出时间可以自己掌控，到早了能早开锣，时间迟了晚一会儿开唱问题也不大。可现在要招待外宾，经常是演员们刚从上海回苏州的火车上下来，南京来的外事办车子已经等在剧院门口，顾不得休息，他们又得转战南京。时间一长，演员们身体吃不消，省文化局的领导也担心这样来回奔波容易误事。

1959年岁末，三年前曾被顾笃璜请来苏州的省文化局局长又特地跑来苏州，找到顾笃璜，说明了来意："老顾啊，情况就是这么个情况，你有什么看法？"顾笃璜这时其实只有三十二岁，南京来的局长老友觉得这个提议对他有些残酷，特意称他"老顾"，以示尊重，也包含着一点点致歉的意味。

顾笃璜听完，明白了省里的意思。于理来说，这个决定没错，一直这么来回奔波，演员们的身体也受不了。但于情来讲，确实有些残酷了。这一批"继"字辈演员，经他亲手调教，六七年来已经慢慢开始有了自己的风格。每次请老先生来教戏，怕演员们基础差记不下，他必定在一边看着，老师傅走后再跟小演员们一遍遍回顾。付出这么多心血培养出的一代人，现在南京要把他们带走，顾笃璜难免不舍。但组织上既然已经决定，他也没有其他办法。

顾笃璜叹完一口气，沉着嗓子问："要抽调哪些演员？"

局长解开中山装胸前的口袋，从里面捏出一张薄信笺，一边展开，一边抬眼观察着顾笃璜的神情。这时的顾笃璜，有一种等待判决的心情。纸上的每一个名字，都是他心头的一块肉。

局长展开信笺，慢慢念出13个名字："张继青、姚继焜、董继浩、吴继月、范继信、姚继荪、王继南、高继荣、吴继静、潘继正、李继平、崔继慧、朱继云。"每听到一个名字，顾笃璜都像心头被戳了一针，他闭着双眼，眉头紧皱，很久没有回话。

"还能缓多长时间？我还有东西没教完。"顾笃璜睁开眼，接过对面递来的信笺，这是他最得意的13位弟子。

见顾笃璜没有表现出反对意见，局长松了一口气："三个月，我能争取到的只有三个月,最迟明年5月调去南京。"顾笃璜凝眉点头,手掌摩挲着纸上的13个名字。送走这些弟子之前,还要教他们最后的看家本事,就像把女儿嫁出去要置办嫁妆一样。

要教给张继青一出什么傍身戏?顾笃璜琢磨了很久,还是拿不准,于是请教上海的徐凌云先生。徐凌云是"传"字辈的老师,一直关心着苏州昆剧的发展,"传"字辈当年到上海演出,就是以徐园为大本营。

顾笃璜去上海找到徐凌云,把南京方面的意思和自己的想法全部说完:"徐先生,您看该给继青配一出什么戏呢?"已经七十五岁的徐凌云一直在关心"继"字辈的成长,几年前在苏州看了张继青和俞振飞合作的《断桥》后,对这个小姑娘评价很高。

徐凌云不用思考,脱口而出:"《痴梦》,张继青适合这出戏。"

得了徐先生的锦囊,顾笃璜又找曾长生商量。尤彩云老先生已经离世,曾先生是现存老师傅中最年长最有经验的一位。曾长生对顾笃璜说:"这个戏,要请沈传芷教。""传"字辈是曾先生一手带大的,到上海后又合作多年,哪出戏谁最拿手,他心里非常清楚。

顾笃璜又去上海戏校找到沈传芷,想请他为张继青传戏,但沈传芷拒绝了:"现在戏校里我负责教小生,传茗教花旦。"来之前,曾长生就反复嘱咐,这个戏只能请传芷来教,别人不行。顾笃璜把沈传芷请到食堂,多加了几个菜,算是宴请,并把其中原委说清楚。

沈传芷听完,接受了这顿宴请,也答应了给张继青传这出戏:"她们要去南京,等于姑娘大了要嫁出门,虽然我身在上海,但根永远在苏州。作为娘家人,我们一块给姑娘们陪送些嫁妆吧!"

后来，为了沈传芷教戏的事，上海戏校还专门批评了他，问他为什么教苏州《痴梦》不教上海。沈传芷回说："你们只让我教小生戏，又没让我教花旦戏。"戏校领导无言以对，只能作罢。沈传芷一个人身上就有300多出戏，教戏从来不用看剧本，全在心里。如果只让他教小生，剩下的就都失传了。"传"字辈几乎每个人都会上百出戏，南昆各院团的演员们继承下来一些，但也有很多戏永久地失传了。

1960年5月，"嫁"去南京后的张继青凭借《烂柯山·痴梦》一举成名，后来又凭借《牡丹亭·惊梦》《牡丹亭·寻梦》被称为"张三梦"，成了昆曲旦角中的"青衣祭酒"。

"传"字辈的老艺人们，成功将昆曲传承的接力棒交到了下一代手中。

当44名贫苦少年踏进昆剧传习所的门内时，他们不会想到，自己身上将肩负起何等重任。五度春秋，日夜苦练，练成一身好本事，却没有赶上最好的时代。"传"字辈老艺人几乎半生都在凄风苦雨中为昆曲事业奔波往来，错过了表演事业最好的青春年华和壮年时光；终于，在他们中年之后，一出《十五贯》救活了这个剧种。

昆剧传习所的一众发起者、资助者，以及"传"字辈一众昆曲艺术家，一同抗住了黑暗的闸门，存续着古老昆曲的火种。哪怕风再大、夜再黑，他们依然小心守护着各自手中的小小火苗，将星星之火撒在苏州，撒向杭州，撒到上海与南京，在江浙沪延续着正宗的南昆传统。

"花有重开时，人无再少年。"如果不是这44位昆剧传习所的年轻后生倾力传续，中国昆曲的历史或将在20世纪初戛然而止。

自然，如果不是他们用一生去守护，昆曲便不会有日后各大院团的代代相传、人才辈出，更不会有机会在 21 世纪初重获新生，走向复兴。

从苏州街巷走出的"传"字辈昆曲艺术家，为中国和世界保存下了优美的昆曲艺术，为绚烂的人类文明点染了一抹亮色，他们的卓越功绩，会被历史永远铭记。

苏州昆曲的魅力在于艺术，更在于人——那些视昆曲为自己生命的艺人们。

第二节 梦回莺峤

"继"字辈演员学戏时正赶上好时候,虽然条件清苦,但"传"字辈老师傅正年富力强,再往上一辈的徐凌云、尤彩云、曾长生也能亲临指导。借着《十五贯》掀起的昆曲风,他们眼里只有戏,别的什么都不想,满怀希望地站上昆曲舞台。

当他们真正走上舞台,成为剧中人时,没过多久,轰轰烈烈的"文化大革命"砸烂了一切旧事物,传统昆曲在舞台上销声匿迹。所幸,"文革"期间"继"字辈已经相对成熟,不管是被调去南京,还是又回到苏州,不管是演传统戏还是现代戏,他们打下的底子好,往后不管经历什么风浪,身上的本事丢不了。但"继"字辈之后的"承"字辈,则没了这样的运气。

尹斯明在1952年夏天随"民锋"到无锡演出时,最放心不下的就是刚上小学的儿子尹建民,可她实在没想到,本计划去无锡演完二十天就回上海，最后却在苏州永久定居下来。更让她没想到的是，儿子尹建民在七年之后也跑来苏州，成为苏昆"承"字辈的二师兄。

母亲离开上海后，尹建民的生活变得自由逍遥，每个周末都组织弄堂里的小孩跑去"大世界"看戏。大世界的惠民剧场只要一毛钱戏票，白天演京剧，晚上演滑稽戏，一帮小孩从早看到晚。母亲每月寄钱回上海，一月给尹建民三块零花钱，有时候钱花完了，他就跑去龙凤大戏院扒着门缝看戏，从小就是个戏痴。

光看戏还不过瘾，趁外婆和负责看管他的二姨不注意时，他就把家里母亲留下的那把长枪偷出去，跟孙悟空一样蹑手蹑脚走下楼，学着戏台上的样子耍枪花，带着弄堂里的小兄弟们一块排《孙悟空三打白骨精》。

每到寒暑假，尹建民就跑去苏州，跟着母亲一块跑码头。尹斯明虽然终于能够见到日思夜想的儿子，但还是要趁着在船上的空档教育他一番："在学校要好好做功课呀，不然长大只能像妈妈一样辛苦跑码头。"尹建民满头大汗地摆弄着行头箱子里的一件件兵器："有啥辛苦，我愿意天天来跑码头。"一群阿姨听后大笑，尹斯明也只能看着这个十来岁的儿子苦笑着摇头。

夏天和冬天是一年中跑码头最辛苦的时候，不是暴雨就是大雪，但尹建民只有这两个时段有时间来。妈妈和团里的阿姨们上台唱戏，他就在下面打杂，拆戏台、搬箱子样样都做，一点儿不觉得辛苦。船一开，大人们坐在船舱里休息，他就从戏箱里掏出大刀、长矛，站在船头有模有样地练，把白天看的都演一遍。团里武戏好的长辈，有时候看他哪里动作不对，就上去指点几下。起初，尹斯明还不让教，怕儿子真入了这一行当，后来也不拦了，要做什么随他自己选吧。

1958年,尹建民正在读初一,寒假时瞒着母亲偷偷报考了上海戏校,最终被上海新民京剧团录取。带着这个消息,尹建民又一次去了苏州。那时的苏昆剧团已经搬到了文衙弄,条件好了很多。一直忙着玩,尹建民还没把自己考上京剧团的事情跟妈妈说。

一个冬日午后,团里刚好开完会,顾笃璜、尹斯明还有几位老演员走到院子里,见尹建民一个人在那儿耍枪花,高高抛起,轻轻接下,又稳又准。顾笃璜几乎每个夏天和冬天都能见到这孩子,可半年不见,他又长了一截,样貌变化也不小。

顾笃璜一边招手把尹建民叫过来,一边对尹斯明说:"你家这孩子不错,眉清目秀,长得端庄,也喜欢这行,不如你就把他带来团里,老不和孩子在一块也不行。"尹斯明看着走过来的这个半大小伙,心里一阵酸,离开上海快七年了,一年见孩子两三回,每次见面变化都不小,忽然就长这么大了。想着想着,眼泪不自觉在眼眶里打转。尹斯明赶紧用手抹掉眼泪,回顾笃璜说:"感谢顾老师关心,但我还是想让他先上上学,再读两年书看看。"

走过来的尹建民听了顾笃璜和母亲的对话,忙说:"妈,还没来得及跟您说,我考上新民京剧团了,过了暑假就去。"尹斯明上去使劲拍了一下儿子的头:"你个死孩子,怎么不早说!"尹建民把长枪背在身后,头往下一缩,一脸委屈地说:"这不是,刚好赶上这个话茬吗。"

尹斯明翻来覆去想了一夜,儿子要是留在上海去新民京剧团呢,条件可能会比苏州好一些,但接下来的日子又是聚少离多。况且,京剧里的武行学起来可要吃大苦,要是摔了、碰了、扭了,自己也没法跑去照顾。不如就让他跟在自己身边,学学昆剧、苏剧,能照顾得上他，将来也有个拿得住的饭碗。

　　自己想清楚后，尹斯明又去问了尹建民的意见。尹建民想了一会儿，觉得母亲这个提议也不错，他从小在团里玩，跟妈妈一辈的叔叔阿姨都是看着他长大的，再下面的"继"字辈小师兄师姐们他也都熟，经常跟着他们舞刀弄枪。苏州嘛，虽然比起上海来条件差那么一点儿，但他蛮喜欢这里的开阔，不像上海到哪儿都是挤挤挨挨。他也喜欢这里的园林，古色古香，屋子还冬暖夏凉。母子俩决定，一块在苏州扎根。

　　尹建民自小爱学武戏，进团后就跟着盖叫天的弟子周荣芝学武生。周荣芝本来是做黄金生意的，从小喜欢京剧，于是变卖家产跟着盖叫天学戏。顾笃璜非常看重周荣芝的武戏，把他请到团里来，培养年轻演员，给昆剧加武戏。

　　3月进团练基本功，6月就开始学戏，尹建民的开蒙戏是周荣芝教的《乾元山》，也是盖叫天的代表作，非常讲究身段。拉腿、踢腿、下腰、翻跟头……一遍遍反复练，尹建民从来不叫苦。当时，周荣芝先生的儿子周正国也在团里，但他更看好这个一不怕苦、二不怕疼的尹建民。

　　学戏半年后，十五岁的尹建民得到了第一次登台的机会。按常理，不管昆剧还是苏剧，不管演员天赋多高，训练多刻苦，都没有这么快登台的先例，但这次是个意外。

　　当时团里有专门唱《乾元山》的史瑞泉，演出前一天他家中突然有急事，可广告单子已经发了出去，怎么办？几个领导一商量，只能请目前对这个戏最熟的演员来救场。领导问这个戏谁熟，算下来只有正在跟周荣芝学戏的尹建民。

　　得到要去开明大戏院登台演戏的消息，尹建民心里有些慌，没办法，救场如救火，他必须上。勾完脸，换好戏装，尹建民站在台侧候场，心里仔细过着一会儿要走的步子、要做的动作、要说的词，额头上冒出一层细密的汗珠。

马忆兰看到这个在台侧心急如蚁的小孩，走过去，两手捉住他的肩膀，往外轻轻一翻，帮他正了一下肩。"武生肩要正，这样上台才有气势。"马忆兰是梅派弟子、著名花旦演员。看尹建民脸上的紧张神色稍缓和下来，又对他说："小鬼，没问题的，我们当年第一次登台，年龄都比你小，不要怕。"尹建民点头，谢过马老师，把心安定下来，告诉自己不用怕，动作、唱腔、念白，自己都烂熟于心，没什么好怕的。

心里是不怕，身体却不那么听话。上台后，尹建民的腿一直在抖。他也没空去管不听话的两条腿，靠着身体记忆把第一场戏演完。中间下来休息一会儿，喘几口气，从第二场开始就不怕了，腿也不抖了，把平时勤学苦练的本事都演了出来。放松下来后，尹建民开始有空闲观察台下，他在观众席的角落里看见了母亲。

尹斯明一直坐在台下偏僻处看着儿子，心里比他还紧张。看上去这只是一场普通的演出，但作为老演员的尹斯明心里明白，第一次登台，对儿子太重要了。如果这次演砸了，不知道要过多久才能把信心找回来。尹建民刚上台时，她看到了那双不断打战的双腿，像冬天寒风里的两株枯木。再登台时，尹斯明发现儿子腿不抖了，像一棵挺拔的青松立在台上，一招一式有模有样。

谢幕后，尹斯明带着早备好的贴身衣服来到后台，找到满头大汗的尹建民，他身上里外三层衣服都已经湿透。还是老母亲有经验，赶紧让儿子把干衣服换上。换好衣服走出来的尹建民满面红光，尹斯明走上去用手绢帮他擦了擦还没干透的头发："不错嘛，小子。"

尹建民捉过手绢自己擦，脸上堆满得意神色："那当然，我也是有家传的，身上带的。"尹斯明上去拍了一下儿子脑袋："别得意，你还差得远呢！"

1960年，尹建民的老师周荣芝被调往南京，他又拜另一位盖门弟子张剑鸣为师，继续跟他学戏。不管寒冬酷暑，每天早上雷打不动五点起，先帮老师做家务，烧水、扫地、倒痰盂，做完了这些再开始压腿练功。如果不是"文革"，尹建民应该会在武生行当一直演下去，把《乾元山》演成带有自己特色的拿手戏。可时代变了，"苏昆"牌子被换成了"红色文工团"，老演员被批斗、下放，年轻演员顺着潮流变成"红小兵"。

命运总是在捉弄那些有所追求的人，而昆曲此时面临着前所未有的厄运……

"文革"期间，昆曲与其他戏剧一样，被视作"封建文化"而遭到严厉打压。"继"字辈演员相继下放，尹斯明更是差点含恨自杀。二十岁出头的尹建民虽然学的是武生，但他内里性格温和，最多跟着大家一起喊喊口号、写写大字报，从来不参与打砸抢。到"文革"后期，他安顿好母亲后，索性成了个"逍遥派"，跑去上海，从此不再参与苏州的活动。

冰川世纪终会过去，需要有人再次献身，去清理冰凌。1972年恢复工作之后，顾笃璜回到苏昆剧团继续主持工作。南京的"苏昆二团"也回归苏州，但除了一些委派下来的革命剧目，囿于时代原因，并没有什么真正的昆剧可排。于乱世余波中，顾笃璜已经在心里筹划，为昆曲在下一个时代的"还魂"做好准备。

昆曲培养学生，理想情况是十到十五年收一届，既能保证不断档，同一年龄段演员在台上扮相整齐；又能让不同届演员之间避开竞争关系，代代出新人、出新戏。

1977年，苏昆从数千位报考者中择优选出了22男8女，共30名小演员，定名为"弘"字辈。

与"弘"字辈其他同学不太一样，王芳被中学音乐老师带去考过试后，家里却不同意她学戏。

王芳到苏昆报到那天，是1977年的9月16日，正是一阵台风过后。天还在落着淅淅沥沥的雨点，景象如汤显祖笔下的"雨丝风片"。王芳是看样板戏长大的，这时她还不知道汤显祖，更想不到用《牡丹亭》里的词语来描绘眼前这番景致。

王芳以为，自己来学戏就是要成为《红灯记》里李铁梅那样铁骨铮铮的少年女英雄，表演的舞台也应该是光鲜亮丽的。可当她走进剧团后，眼前所见让她大失所望：练功房就在一楼，窗户上的玻璃几乎没一块是完整的，只剩下锈迹斑斑的窗架子，地面上没铺地板，也没有毯子，只有冰凉的水泥地。既然已经选择，后悔也没用，她只能在这儿待下去，通过对昆曲的学习，一点点洗刷掉大脑中关于样板戏的记忆。

"弘"字辈走进苏昆，刚好赶上了百废待兴的时候，就像他们第一天报到前刚经历的那场台风，风暴过后，年轻的男孩女孩一块收拾残枝败叶，打扫落瓦散砖，清理出一块属于他们的舞台。

戏校的新生活对王芳来说并不轻松。夏天五点半，冬天六点，每天早上都会准时打响起床铃。给学员们二十八分钟时间起床洗漱，然后打一遍预备铃，两分钟后准时上课。十四岁的王芳正是长身体贪睡的时候，怕早上赶不及上课，晚上睡前预先在头顶左边扎一个小辫子，睡觉往右边侧躺，起床铃打响后再睡二十八分钟，等到打预备铃时立刻爬起，把辫子往脑后一拉，脸也不洗，牙也不刷，穿好衣服就往练功房飞奔，两分钟时间正好赶到。

冬天练早功是最苦的事，30个同学中除了8个乐队成员，其他22人全到，徒手撑在冰凉的水泥地上拿大顶，身上是暖的，但双手冰凉。一到冬天，所有人手上都是冻疮。早功练完，回宿舍洗漱、吃饭，随后开始上午的文化课，下午上形体课，晚上还有七点到九点半的晚功课，压腿、控腿、踢腿，三项内容连续练两个半小时，老师们全程监督指导，中间没有休息，也不能喝水。大家日复一日练习，直到把动作练成肌肉记忆。

基本功练习虽苦，但所有同学在一块，心理上有种苦中作乐的感觉。最让王芳头疼的是"头功"。所谓"头功"，不是练头上功夫，而是化妆的一部分。凡是旦角演员，画好了面妆后，接下来都要"包头"。

老师第一次教王芳包头时，她还觉得蛮有趣，跟着老师一步步练习。先用一个网兜把头发全部兜住，再用勒头的黑布条卡住眉梢，往上一提，把眼睛眉毛都吊起来，王芳一照镜子，眼睛真的变大了，眉毛也斜向双鬓，看起来精神了不少。接着用黑布条沿着网兜边缘一圈圈固定好后，再往头上贴片子，最后用黑色水纱把头一层层缠起来。水纱很薄，用前要沾水，再捏干，湿湿润润地裹到头上，叫作勒头。一整套动作下来，王芳觉得自己头上长出来一顶钢盔，沉甸甸的，让她有点喘不过气。

这还不算完，对于演武戏的同学，老师还要专门辅导。武戏台上动作多，头勒得要比文戏演员紧很多，不然动作一大容易把盔帽甩掉。王芳的开蒙戏演的是《扈家庄》里的扈三娘，是个刀马旦，台上要连续翻身、打斗，一顶硬盔头必须勒在水纱上，水纱勒在网子上，勒头带再紧紧勒在头上。

终于把头包好，王芳已经感到有些晕。上台之后，她觉得头上越来越紧，像是被施了法的紧箍咒。后来才知道，因为水纱是湿的，刚缠到头上时还能忍受，但上台一番打斗后，头上的热量会把湿水纱慢慢烘干，会感觉越来越紧，就成了孙悟空脑袋的紧箍咒。

王芳第一次包完头上场演扈三娘就吐了两回，先是上场后和矮脚虎王英一番打斗，下场就吐，吐完再回去和林冲打，打完下来再吐。台上是雄姿英发、武艺高强的"一丈青"扈三娘，台下就变回浑身没有一丝力气的病猫。

第一次演完，王芳就决定再也不演这个扈三娘了，改唱文戏，兴许能不这么难受，可每次到排戏时又忍不住登台。凡演必吐，吐后再演，老师们也劝她："要不换个花旦角色吧？"可柔弱的王芳身上有一股执拗的劲头，她摇头拒绝，硬要克服这个难题。

1979年冬天，入团一年半的王芳终于迎来了自己第一次正式登台的机会，在苏州林机厂的礼堂中进行汇报演出，苏州文化部门的领导都来了，王芳的父母也来了。踏着锣鼓点登台，亮相，一个个翻身，迎来一声声叫好，从开场到结束整整四十分钟，王芳比台下训练时演得都好。谢幕时，王芳看到了父母脸上荡漾着的笑容。

凭借这次演出，王芳获得了1979年苏州市专业剧团青年演员汇演的一等奖，文化局钱璎局长把获奖证书送到她手中时，特意拍了拍她的肩膀说："小姑娘，好好努力，你是苏昆的未来！"她才学了一年半，她还没有毕业，她有生以来第一次获得这样的大奖，她被老局长视为苏昆的未来……王芳突然觉得自己稚嫩的肩膀上挑了很重的担子，但她并不觉得这是负担，她喜欢这副担子。

《扈家庄》的成功演出，让王芳信心高涨，她的性格也跟扈三娘一样，有股傲气，不是骄傲的傲，而是不肯落后于人的那种傲。虽然天生体质不好，但王芳对自己要求严格，每天给自己加练，武戏练完后接着用最高的嗓音去唱，训练强度大了就发热，一边生病一边埋怨自己不争气的身体。不等病好，又马上投入下一轮训练，她以为能以这种超负荷的训练突破边界，得到提升，可没想到最终事与愿违。

　　一个很平常的夏天早晨，王芳和往常一样早起苦练，吊完嗓子翻完跟头也不停歇，扯着嗓子继续唱，浑身气血充盈，心里觉得今天状态不错。可就在她尝试唱到一个更高的音阶时，耳朵突然听不见口中的声音。

　　是耳朵坏了吗？她心里一惊。定神仔细听，近处的蝉鸣，远处的人声，都能听见。再一想，完了，比耳朵听不见更可怕的事情发生了。她不愿相信"倒嗓"的事发生在了自己身上，再次用尽全力把胸腔中的气流挤出嗓子，还是没有声音。

　　王芳吓坏了，"倒嗓"意味着戏曲演员被判极刑，可她才十六岁，她是班里最优秀的那个，她的舞台生涯还没有真正开始……连续哭了几天，连哭也没有声音，只有一股股强劲的气息从喉咙中涌出。为了8月的汇演，她那么努力准备，最后却是这样的结果。

　　因为倒嗓，"声休"了快一年，王芳内心的焦急开始慢慢转化为绝望，如果再不能开口唱戏，或许她要离开剧团了。顾笃璜注意到了王芳的变化，在食堂吃过午饭后找到她，一边晒着太阳一边跟她聊天。

　　"你这嗓子不能着急，越急恢复得越慢。"顾笃璜坐在藤椅上，按着自己的喉咙对王芳说。王芳点头，但阳光照射下那皱着的眉头，以及眉头下的一双眼睛里，还是透露着焦急。为苏昆抛洒半生心血的顾笃璜，看着这样一位才华横溢又努力上进的青年演员没法演戏，心底也为她着急。

"昆曲以文戏为主，你可以一边'声休'，一边学文戏基本功，为以后做准备。"王芳为顾老的关怀所感动，心里对这个建议却不以为然。她才十七岁，学了两年的刀马旦，正在兴头上，她喜欢这种舞台上酣畅淋漓的感觉。现在突然让她去学昆曲的文戏，她一时不愿接受。况且，她如今还在倒嗓，文戏也没法唱。

虽然心里犯嘀咕，但王芳还是按顾老给她安排的任务学了起来。唱不出声，就在心里念，主要还是领会昆曲文戏的那种韵味，练习手眼身法步的基本功。王芳没想到的是，多年之后，还是这些昆曲文戏的锻炼帮了她。

王芳这一批"弘"字辈学员很幸运，赶上了"传"字辈老师退休，沈传芷、倪传钺、薛传刚三位老先生就住在苏昆剧团院子里，带着他们一起练功、学戏。

沈传芷先生教的第一出戏是《思凡》，戏曲行当里老话讲"男怕夜奔、女怕思凡"，这出独角戏身段复杂，很考验基本功。王芳第一次看沈先生示范时，觉得一点也不美：七十多岁的老头，已经没了头发，一条腿行动不便，拿拐杖作拂尘，给一帮小演员们演年方二八的小尼姑色空。眼前的扮相，与她所想象的赵色空形象实在相差太远。而沈传芷的表演动作，也跟王芳学了半年的基本功相差太多，她皱着眉头在心里嘀咕：老师教的手眼身法步，怎么在沈先生这一点都看不见？

怕孩子们领会不到精髓，施雍容老师跟在沈先生身后，把每个动作再分解一遍，示范给他们看。跟沈先生学得多了，王芳才慢慢体会到这位老头表演上的妙处。沈先生眼睛不大,但口中唱词一出,眼里的光就跟着冒出来,唱一句"他把眼儿瞧着咱,咱把眼儿觑着他",满眼都是喜悦,仿佛真的看见了那个小和尚。

见学生渐渐领悟到其中的玄妙,沈先生才慢悠悠对他们说:"昆曲最高境界是一个'然'字。把所有的形体规范都拿掉,回归自然。"这番话,对这些大多不满二十岁的"弘"字辈学生来说,还太过深奥,太过遥远。他们需要先一步步把动作做规范,然后加上些自创的动作,再经过几年,甚至几十年,把复杂的东西都拿掉,最后才有可能回归天然。沈先生的开蒙,足以让他们受用一生。

就像施雍容老师当时所说的那样,机会一定会再来。王芳嗓子恢复之后,迎来了自己的毕业戏,也赶上了又一次青年演员汇演。为了毕业演出,团里的蒋玉芳老师给王芳定了戏,教她《醉归》。

《醉归》里,花魁出场时有一套百媚千娇的醉步,可二十岁不到的王芳从没喝过酒,跟着蒋老师照葫芦画瓢学下来,始终没有那股韵味。"民锋"时期带团来苏州的朱容老团长看了王芳的表演后,也觉得这个小姑娘样貌、唱腔、身段样样都好,就是差一点花魁醉酒后的那种娇媚。

排练完后,朱容找到王芳:"你应该去喝点酒,感受一下醉的感觉。"平日里,剧团这些阿姨辈的老师都对王芳格外关照。

王芳知道,朱团长不是在跟她开玩笑,回家就让妈妈给她买了瓶黄酒。晚上,妈妈特地多烧了几个菜,爸爸拿出自己珍藏多年的一套酒具,说是提前给她庆祝毕业演出成功。

菜上齐,酒斟满,王芳跟着父亲一块提杯,喝下人生中第一口酒。虽然只是黄酒,但王芳还是感受到了那种热辣辣的感觉,像是一团小火苗流入喉咙，落入心间。

见王芳张着嘴使劲哈气，扇动着手掌像是给口腔降温，父亲笑着给她夹菜："压一压，赶紧吃菜压一压。"王芳吃了父亲夹来的椒盐排条，把那股火辣压下去，又提杯喝了好几口，一口菜一口酒，好让自己快点进入醉的状态。

三杯酒下肚，王芳开始觉得有些不一样，无端端觉得很开心，很兴奋，一直想笑，父亲见状，收了她的酒杯："再喝就演不了《醉归》了，只能演《惊梦》了。"王芳笑着站起身，有一丁点踉跄，妈妈的手一直隔空等在她身后。

慢慢移步到客厅亮堂一些的地方，王芳自己打着锣鼓点，迈开步子，真的有了花魁的那种步步娇颤的感觉。虽然心里本有一大堆烦恼，精神上却一直很兴奋，她能感觉到自己迷离的眼神，眼神里还带着难以自抑的笑。这一刻，她不光找到了步态和身段，也体会到了花魁女的心境。原来这就是体验人物，原来这就是顾老一直强调的"斯坦尼体系"。带着沉沉醉意，王芳睡了沉沉的一个大觉。

1981年8月，伴着热浪和蝉鸣，又一次青年演员汇演开始，由于倒嗓错过了上一届，王芳终于赶上了这一次。

几声清脆的小锣响过，醉酒后的花魁女踏着月色缓缓登台，"懒抬双目，看厌了桃红柳绿"，脚步微颤，脸上带着笑意和红晕。心恨豪门日日欢歌，不思亡国愁绪，又悲叹自己国破亲散的悲惨命运，王芳的这个出场，把花魁外在的醉态、内心的忧愁全把握到了。

凭借这一出《醉归》，不到二十岁的王芳获得了青年学员表演一等奖，并作为代表上台发言。能把花魁女这一形象把握得这么好，那三杯黄酒居功至伟。但此后王芳也发现了自己对酒精过敏，汇演结束后过敏都还没褪去。从那之后，王芳再没有喝过酒。

与王芳一块获得一等奖的，还有"弘"字辈的吕福海，陶红珍也获得了二等奖。"弘"字辈演员的获奖，标志着这一代苏昆演员成长了起来。自从"继"字辈大部分优秀演员被调往南京后，"承"字辈、"弘"字辈两代演员终于从幼木长成大树，古老的昆曲在这一代代演员手中交接传承下去。

他们本以为，轰轰烈烈的"文革"过后，昆曲会迎来欣欣向荣的春天，可是改革开放的经济大潮，又将昆曲这艘艺海航船推向新的挑战。

1984年正月初三，剧团成员依旧像老前辈们一样，扛着戏箱，带着锅碗瓢盆奔波在一条条水路上，到达一个个村镇码头，但演出令人意外地突然冷清下来。第一站到丹阳，本来计划演五六场，要是像往年一样火爆的话，还准备再加几场。可实际演了两场就没人再来看，转到下一个码头，情况也是一样。大家只好带着满肚子疑惑灰头土脸地返回苏州。

台上无戏可演，全团上下一年12万的拨款，根本不够支出，有时连基本工资都发不出来。演一场戏，几十个人，人工成本不算，水电、道具、化妆样样都要钱，一大票支出只能换来寥寥几张票房，大家既寒心又觉得划不来。那时候，年轻演员们私下发牢骚说"多演多赔，少演少赔，不演不赔"，索性不来上班，自谋生路去了。面对这种境况，剧团开会商议对策，想办法让剧团活下去。

在校场路昆剧院办公楼四楼，一群人板着面孔坐下。磨炼多年的功夫没法在台上表演，工资也不能及时发放，大家心里都不好受。已经成长为苏昆剧团领导的尹建民站起身，把会议室里所有的窗帘都拉开，虽然是一个阴雨天，但天光还是透过蒙了尘的玻璃照了进来。

"我们已经给文化部艺术司写了信,也给昆山市委书记写了信,相信这些信能有一些回音。"尹建民说完,会场依旧幽寂无声,大家还是一个个紧皱着眉头。大家知道,俞振飞老先生早已经写信给中央领导同志,政府也紧急出台了一些保护昆曲的措施,可如今已经改革开放了,光有政策文件,引不来观众,变不成效益,也没用啊。

对于大家的反应,尹建民早有预料:"这说的第二件事,就是准备利用咱们剧团现有的资源,办一些产业,保证咱们都能吃得上饭。"这一条显然是大家更关心的。虽然演戏没了观众,但昆剧院还有院产,离苏州火车站又近,大家决定把剧团大楼改成招待所。

招待所改造好后,在火车站的三轮车夫都愿把有住店需求的游客往苏昆剧团拉,一是离得近,二是还能拿一点回扣。开招待所需要人手,几位"继"字辈演员决定与剧团共患难,主动报名做了服务员。

当五十岁的老演员柳继雁褪下戏服,扎起围裙,在剧院一间间客房奔忙着扫地、叠被子时,她知道有些人会在背后议论"柳继雁怎么连这样的事情都要去做"。但为了剧团的存亡,她不在意这些。苏州的京剧团已经解散,沪剧团接着解散,越剧团也跟着解散,再往下就是苏昆剧团了。"继"字辈演员中有不少是跟着剧团从上海到苏州扎根的,三十多年来一步步艰难走到现在,他们不能看着剧团就此散掉。

王芳的丈夫是她在剧团的同班同学,蒋玉芳老师教《醉归》时,王芳演花魁女,他扮秦钟。蒋老师见这对剧中人蛮有眼缘,暗暗撮合他们。两人恋爱成婚后,正赶上出师跑码头那阵,一年中有半年时间在外面奔波。跑完码头,回到苏州的新婚小屋后,夫妻两人开始为长远考虑。如果以后有了孩子,还要这么一直奔波下去,谁来照顾家呢?两人都勤学苦练这么多年,对戏台难以割舍。最后,还是丈夫做了牺牲:"你在这行比我有前途,往后我来照顾家里,你安心去演出。"丈夫申请了内部调动,离开剧团去了新华书店。

丈夫刚调走不久,演出市场就突然冷下来,他们再也不用为跑码头巡演而辛苦奔波了。剧团还在,但无戏可演,每个月拿着几十块钱的基本工资,大家各自寻找出路。这样的光景下,二十岁出头的王芳非常迷茫,事业上刚刚起步,却突然陷入一片迷雾,不知前路在何方。

每天晚上跟丈夫发一番牢骚,想半天离开舞台后的出路,第二天一早还是爬起来骑自行车去练功房。为了不给剧团增加额外开支,王芳早上来练功尽量不开灯,冬天早上太黑,她就只开一盏。老旧的白炽灯高高吊在房顶,投下昏暗的光,一副还没睡醒的样子。屋外的寒风卷着枯叶从窗棂划过,把门上笨重的老棉布帘吹得啪嗒啪嗒响。伴着这盏孤灯,王芳脱下棉外套,搓一搓被车把冰透的手,开始压腿、控腿、踢腿,像十年前刚到这间练功房一样,一次次重复这些基本动作。

一路被寒风吹透的身子终于暖和过来,额头冒出一层细密的汗珠。继续翻身、舞剑、甩枪……汗从脊背上一道道流下,浸湿了棉衫。王芳喜欢这种酣畅淋漓的感觉,舞台已经没有了,仿佛只有这样的苦练才能证明她还是一位演员,她还能演戏。屋外天色已明,王芳熄掉那盏老友一样每日陪伴她的孤灯,骑上自行车,汇入热闹的街市。

写过《美食家》的苏州老作家陆文夫，曾在台下看过王芳的昆剧《寻梦》，在她身上找得到庄再春、张继青的影子，对她的表演赞不绝口。多年不见，陆文夫经常在报纸上看到王芳的名字，没想到，有一天竟在一座夜花园的演出中相遇。

陆文夫那天专门陪几位外宾欣赏苏州地方曲艺，在一个气派的厅堂里看了一折昆曲，正准备离开时，被身后一个声音叫住，回头一看，是王芳。

"你怎么会在这里？"陆文夫心中，王芳已经是个名演员，不可能出现在这种赚外快的场合。

王芳低下头，有些不好意思："陆老师，团里已经快发不出工资了。"

对于文化机构的这种困境，陆文夫不奇怪，但对王芳这种已经有了名气的青年演员，他感到有些不可思议："这里，给你几个钱？"

"一天八块钱。"王芳抬起头看着陆文夫，眼睛里并没有什么委屈，反而有一种劳有所得的欣慰。陆文夫听后摇了摇头，这样的一个著名演员，一晚上唱十多次，才拿八块钱，这让他很不解，也很心寒。

1988年岁末，之前在越剧团的一位好友找上门来，想邀请王芳去做一份新工作。越剧团解散后，这位好友去了一家中外合资的婚纱摄影公司，待遇很不错，公司人手不够，她第一时间想到了王芳。朋友来时，王芳刚巧赶上一年没几次的外地演出，丈夫听了情况后，觉得这是好事，先帮她应了下来。

王芳从香港演出回来，一脸蓬勃之气。丈夫已经习惯了她这种表现，每次外出演出，她又会回到那个最纯粹的自己，为舞台艺术陶醉。回来几天后，就会慢慢转入犹豫、彷徨和抱怨中。

"这次又学到什么好东西了？"丈夫一边把烧好的菜端上饭桌，一边引着王芳把一肚子话倒出来。

"哎，这回在香港我看了张继青老师全本的《牡丹亭》，真是绝！张老师还说，要是想学，可以到南京找她。我打算过了年就去。"

见王芳还在为演出上的事情兴奋着，丈夫有些不忍心把摄影公司的事告诉她。但已经答应人家尽快回话，不能再拖了，于是把那天聊的内容复述一遍。王芳听完立马说："那怎么行，单位禁止'两手抓'，再做一份工作是要被开除的。""你那是多久的老皇历了，政策已经放开了。"丈夫盛了一碗汤，递给王芳。

"那，他们有没有说，给多少？"以前在剧团，她基本不关心每月发多少钱，反正大家都差不多，穷不着、富不了，刚能够生活。可这两年不一样了，所有人见面都是先谈钱，生怕自己比别人赚得少。

丈夫用捏筷子的那只手伸出两根手指，王芳一看，没太满意："两百，跟之前在剧团时差不多。"丈夫放下筷子和饭碗："两千，他们说刚开始差不多一月两千，还能慢慢再涨。"

王芳听了一惊。现在团里一个月只发几十块基本工资，出去兼职练摊一晚上十块钱不到，两千块一月，除去四天休息日，一天将近八十块钱！比她现在大半月赚的还多！

这一晚，王芳又是辗转难眠。那么多次想要离开舞台，现在机会真的来了，她又开始觉得不舍，也有点畏惧。去婚纱摄影公司，是要做什么工作呢，那些活她真的做得来吗？想想自己这二十几年，除了学戏唱戏，真是一无所长，忍不住在黑夜里轻声叹息。一个个夜晚的纠结之后，她还是接下了这份工作。

为了振兴昆曲，为了保住剧团，那几年，大家想了各种办法。1989年，顾笃璜老先生与苏州大学中文系合作办了一届昆剧班，这个被誉为"继七十年前昆剧传习所之后在中国戏曲史上值得记载的又一新篇章"的本科班，并没有实现整个昆曲界的希望。1993年夏天，这批学生在江苏省昆剧院兰苑剧场完成实习公演，一毕业就散入社会，所从事的工作几乎都与昆曲无关。这条学院化人才培养路径，终是没能走通。

同样是在1993年，全国昆剧院团长会议在苏州召开，中国戏剧家协会、文化部振兴昆剧指导委员会以及全国各昆剧院领导都参加了这次会议。前一年，在昆山举办的"昆剧传习所成立七十周年纪念会"上，大家兴致勃勃地讨论下一年要在昆山举办的首届"中国昆剧艺术节"，展望着昆剧事业将要迎来的春天。

会议前，昆山专门派人来说明：由于各种情况，剧场还没来得及建好，昆剧节需要推迟。那人说完后，看着老先生们一张张失望的脸和紧皱着的眉头，微微鞠了个躬，收拾好东西赶紧走了。会议还没正式开始，大家的失望情绪就已经升到了顶点。会上，有人总结了全国昆剧院团普遍存在的"六少三多"问题：演出少、排戏少、练功少、观众少、收入少、接班人少，兼职下海的多、改行流失的多、闲散无戏的多。昆剧，成了走不出的"困局"。

冷清局面已经持续了十年，苏昆剧院试了各种办法维持自身不被解散。没人来看戏，他们就尝试走出去，推出"定向戏"计划。所谓定向戏，就是根据客户的需求专门编剧，组织演员进行演出，客户哪里不满意，他们就继续修改。尹建民作为当时的副团长，主抓这块业务，通过个人关系联系到了交警队，项目一谈好，褚铭团长就操刀写剧本《欢喜冤家》，演一场写一场，边写边改，从轻喜剧改成通俗剧，场面很热闹，演出反响不错。靠着这样一部现代剧，三年间演了100多场，盈利50多万元，苏昆剧团渡过了经济难关。

1994年春天，褚铭去婚纱摄影公司找到了王芳。这时的王芳，虽然还坚持练功，但已经快两年没有登台了。相对于戏台，她现在更熟悉化妆间和摄影棚。王芳赶紧请褚团长坐下，反身去给他倒茶。这一幕，让王芳想到了两年前钱璎老局长来劝她留在团里的场景。

"这次团里要去北京参加全国昆曲汇演，我们讨论了一下，还是得请你出山。"褚铭没有绕弯，有话直说。

一听这个消息，王芳心里对舞台的渴望感重新燃起，给自己建立起来的心理防线塌陷了。在此之前，她还没有参加过全国性质的演出，1987年那次进京，也只是文化部组织的一次汇报演出。那次去北京演了苏剧《醉归》，反响很好。七年过去了，她想让别人看到，除了苏剧，昆曲她也能演得好。

"好，我去。"王芳回答得很坚定。

"太好了，那咱们就接着商议下一步计划。这次进京，不光是要参加昆曲汇演，局里领导特意叮嘱，要给你办一个折子戏专场，争取拿下梅花奖！"褚团长很有激情，高昂的语调像是志在必得。

这个计划超出了王芳的预想，能去北京演一出昆剧折子戏对她来说已经足够荣幸，也足够有压力，现在领导竟然想让一个离开舞台多年的演员去冲中国戏剧界最高奖项，她觉得这是天方夜谭。

褚铭知道王芳的忧虑，来之前早就帮她想好了："我们地方院团，去一次北京不容易，既然去了，顺便办一个折子戏专场，你别有什么压力，正常发挥就行。剧目我也帮你想了一下，两出昆剧折子戏《思凡》《寻梦》，一出苏剧《醉归》，都是你拿手的。昆曲汇演就演《寻梦》，怎么样？"

王芳听了，觉得褚团长考虑得很周全，《思凡》算是她的昆剧开蒙戏，沈传芷老先生教的；几年前她去南京跟张继青老师学了全本《牡丹亭》，对《寻梦》这一出非常熟悉；苏剧《醉归》更不用说，是她二十岁不到就唱响的拿手好戏。王芳知道，眼下剧团这个情况，找人配戏最难。褚团长特意挑的这三出戏都不怎么需要配戏演员，前两出昆剧都是独角戏，后一出苏剧只需要简单找个老旦、一个小花旦，再加个小生稍微配一下戏就行。觉得问题不大，王芳就答应下来，跟公司请了假，每天去团里排练一上午。

这年6月，全国六大专业昆剧团齐聚北京，六十四出传统昆曲折子戏亮相舞台，王芳最终凭借《寻梦》获得"兰花最佳表演奖"。昆曲冷清了多年，王芳已经很久没有见过这样热闹的场景了。近百名35岁以下的青年演员，大家彼此都不熟悉，但又好像相识多年的老友一样，聚在一块很亲切。这些年大家处境都不好，或许，在这些年轻人心中，都有一种重新找到组织的感觉，终于有了久违的归属感。

完成了昆曲汇演，王芳立刻开始准备自己的折子戏专场，虽说没抱什么希望，但既然来了，既然要做这件事，就好好去完成。6月的北京非常干燥，王芳心里更躁，端着大玻璃杯咕咚咕咚不停喝水，还是浇不灭嗓子里冒出的火苗，口腔干得像被烈日炙烤过的路面。每一折演完，王芳就赶紧跑去喝水，给口腔、喉咙降温，加湿后接着换装演下一折。

专场演完，王芳并没有什么特别的感觉。大家回到苏州后各自散去，各回各的兼职岗位，王芳也回到阔别半月多的婚纱摄影公司上班。

1994年岁末的一天，公司正赶上婚纱照拍摄旺季，王芳忙得脚不沾地。褚铭团长又一次跑来，找到在化妆间和摄影棚之间来回穿梭的王芳，见面就扬着调子说："王芳，你得梅花奖了！"王芳反应了好半天，始终不敢相信。虽然心里有过一点点期待，但那毕竟是全国戏剧界的最高奖项，两年才评一次，那么多曲艺门类，那么多院团，那么多演员，怎么会这么轻易落到她头上？"褚团，您可别跟我开玩笑，我这会儿正忙，要不您先坐会儿，中午请您吃饭。"

"这种事哪能开玩笑，北京电话刚打过来，新鲜热乎的，刚出炉的消息！你可是咱们团第一朵'梅花'，也是全苏州最年轻的'梅花'！"褚铭越说越激动，他真心为王芳高兴，也为苏昆高兴。

确认了消息，王芳呆住了，没有哭，也没有笑，大脑在几十秒钟的时间里闪过了十几年来学戏的点点滴滴，一个个画面，一位位老师，走过了曲曲折折这么长的路，她竟然在这个时间点上摘到了"梅花"。身边不断有人往来穿梭，丝毫不影响她脑中老电影一样的情景放映。

拿到了梅花奖，王芳的生活情况似乎没太大变化，除了辞掉一月3000多块钱的工作，回到团里拿每月300多元的工资。剧团的情况好像也没有因为这个梅花奖带来什么变化，仍旧以"定向戏"的方式维持运营。

之前的《欢喜冤家》三年时间为剧团带来50多万元收益，堪称苏昆在特殊时期的"救命戏"。有了成功经验，尹建民又去找了政法委系统的领导，想要接洽再排一出"定向戏"。不管外界多少人指责他们这种做法如何破坏传统、如何降低身段、曲意逢迎……可千说万说，昆剧要复兴，先保留住火种才是关键。

1995年，正赶上苏州工业园区建设，大量外地打工者涌进苏州。

这时的苏州，再也不仅仅是那个小桥流水、亭台楼阁的温婉姑苏，这片精致的土地上，也有了像上海浦东新区一样的现代化园区。作为苏州传统经典文化代表的昆曲，也在这时尝试与"新苏州"建设相结合，改编了方言剧《都市寻梦》，讲述外来打工者在苏州这片土地上的理想与追求。

回归剧团后，王芳参演了《都市寻梦》，跟着剧团到周边市县巡回演出。第二年，团里想要把这部新剧改编成昆曲，去北京参加"全国昆曲新剧目观摩演出"，找到王芳商议。

王芳这时已经三十四岁，十几年前刚结婚时，她就跟丈夫筹划着要个小孩，丈夫为此还特地调去了新华书店工作。

1990年，已经到婚纱摄影公司上班的王芳听说省里要举办第二届青年演员大奖赛，义无反顾地回团里排练。四年前的第一届大赛，她凭借苏剧《醉归》得了二等奖，心有不甘，这次想拿刚跟张继青老师学完的昆剧《牡丹亭·寻梦》去冲一等奖。

还好是一出独角戏，王芳不用去麻烦别人，只需要自己在练功房里放着音乐就能练习。每天早上去剧团，大脑里自动放映张继青老师在台上的每一个动作、身段，每一声唱腔，有些学不来，或者放在她身上不合适的地方，她就按照自己的长处去改。虽然没有人指导，但靠着十几年的舞台经验，她对自己的排练还是比较满意的。日复一日地训练中，她开始感觉到身体有些不对，经常莫名头晕，浑身没有力气。是多年前"包头"的后遗症又来了吗？王芳在心里嘀咕。可她现在演的是杜丽娘，头上并没有包得很紧。可能是最近精神压力太大了吧，王芳没有停下，继续一圈圈走台步。

直到有一天，王芳在压腿时感到一阵恶心，跑到水龙头下面干呕了一阵。洗完脸后，心里忽然一惊：难道是，他们夫妻俩一直想要的小孩来了？卸了妆，换好衣服，王芳赶紧跑去医院检查。果然，她怀孕了。医生特意叮嘱：你体质不是很好，一定多注意休息，避免劳累，坚决不可剧烈活动。

走出医院，初夏的暖风吹动她额前的碎发，王芳却感觉不到一点暖意。她已经二十八岁了，腹中这个还未成形的小生命他们一家期盼了好久，她很想要这个孩子，可她更想去参加这次比赛，如果能够拿到一等奖，证明她的舞台生涯还能继续，而不是像现在一样时常自我怀疑，每天在去留之间纠结徘徊。用手捂住嘴巴，抵御住一阵恶心，王芳反身走回医院。

"二十八岁，正是生育的黄金年龄，你想好了？"医生拿着她的检验报告，带着劝说的口吻又问了王芳一遍。王芳闭上眼睛，点头，泪水从睫毛上滑下，啪嗒一声落在手背上。她清楚地听到了眼泪滴落的声音，像一声婴儿的啼哭。从手术室出来，王芳觉得天很昏暗，身体没有一丝力气，只想找个地方静静地休息。可她还要继续回团里排练，还要回公司上班，还要把这件事偷偷藏在心里。

回到团里，有一个坏消息紧接着传来：这次参赛不能演昆剧，需要改成苏剧。还有不到二十天就比赛了，临时排一个新剧，还要找演员来重新磨合，再加上她刚做完手术虚弱无力的身体……既然剧团做了决定，她只能配合。半月后，王芳带着由昆曲改编来的苏剧《昭君出塞》去了南京，只拿回一个三等奖。一肚子委屈，一腔挫败情绪，她只能憋在心里。

六年时间里，她一直在努力要一个小孩，可老天就像是在惩罚她当初的决定一样，始终不能如愿。如今已经三十四岁，褚铭院长又一次找她来排大戏，王芳很犹豫，如果像六年前一样，排练期间怀了孕，她该怎么办？

为了打消王芳的忧虑，褚铭特意和吕福海一起请王芳两口子去新开的西餐厅吃饭。吕福海是王芳和丈夫的同班同学，1977年入团学习，如今是剧团的党支部书记。伴着西餐厅舒缓的钢琴曲，四个人聊了聊各自近况，一盘盘精致菜肴上来后，褚团长切着牛排，直奔谈话主题："这次文广局给了20万元排演经费，咱们一部《欢喜冤家》三年东奔西走才赚50万。要是有了这笔钱，团里的财政危机就能缓一下了。"王芳知道，团里的财政拨款跟几年前一样，还是每年12万，光靠这点钱，根本不够开支。"你是咱们团唯一一朵'梅花'，局里还是想让你来挑这个大梁。"褚铭说完，一块牛排已经切成了均匀的条块。

"前后也就一个月时间，不怎么耽误事。"吕福海在一旁帮腔，抬眼看向王芳丈夫，他这位曾经的同宿舍师弟。王芳丈夫心里也清楚，如果妻子不参演，这部戏很可能就演不成，即便能找其他人演，经费也难有保障。虽然离开剧团多年，但他一直把那里当成老家，他知道这笔钱对剧团而言意味着什么。沉默了很久，他最终还是点头同意了。

1996年初秋，王芳带着《都市寻梦》这出新编的现代昆剧，又一次到了北京。入住酒店后，王芳来到餐厅，给自己点了一份鲤鱼汤。她之前从来不吃香菜，这次匆忙中忘了提醒服务员，结果上来一碗满满香菜的鱼汤。菜都上了，也不好再退，她拿起筷子一点点把香菜往小碗里夹。要是往常，她肯定一边夹一边捂鼻子，受不了那味儿，可这次竟然没觉得香菜"臭"。王芳试着把香菜放到嘴里，一尝，还挺香，把一碗带着香菜的鱼汤都喝了下去。

这个饮食上的变化让她觉得奇怪，经验告诉她，这兴许是怀孕的征兆。演出完要离开那天，团长带着大家去吃烤鸭庆功，王芳原本对烤鸭特别着迷，可这次看见鸭肉那副油腻的样子就想吐。一边捂着嘴扭头，一边在心里窃喜：这回应该是准了！

第二天一回苏州，她就让丈夫陪她去做检查，果然，三十四岁的王芳如愿以偿。这次进京演《都市寻梦》很成功，她也在北京这座都市中寻到了自己多年的"宝宝梦"。作为大龄产妇，王芳被全家像熊猫一样保护了起来。舞台上的演出任务完成，家庭梦想在腹中孕育，王芳终于可以心安理得在家养胎。

学戏、演戏二十年，她还是第一次有机会得到这么长时间的休养。而她心心念念的昆曲，也在最后的寒冬中孕育着一个崭新的春天。

王芳的成长之路，是新一代苏昆人的缩影，他（她）们中间的每一个人都是一部"王芳传"，有些人尽管后来可能没有成为名角，但付出的和经历的是一样的苦与难、欢与乐……

这是时代的印迹，是苏昆青春人的印迹。

第三节 呖呖莺歌

1999年6月,文化部"昆指委"在湖南郴州例行召开全国昆剧院团长会议,这已经是会上第八次提议要办中国昆剧艺术节,依旧困难重重。看不到经济效益,没人愿意来做这件事。年年开会,年年倒苦水、喊口号,就是看不到一点儿实质进展,八十三岁的戏剧家协会老领导郭汉城终于发火:"每次都这样,纯粹是浪费时间!下次我不来参加了!"老先生一拍桌子,吓住了所有人。大家心里都着急,新世纪的钟声马上就要敲响了,再这样下去,昆剧怕是走不出世纪末这场"困局"了。

没人敢再说空话,话题再次回到昆剧艺术节的具体筹备上来,所有人都坚定决心,一定要在新世纪第一年把昆剧节办起来。可是第一届要在哪儿办呢?大家把目光聚集到了苏州市文化局局长高福民身上。

苏州是昆曲的发源地,是人文荟萃的文化古城,这几年又发展成改革开放的新样本,不管从哪个方面来看,苏州都是首选。可是昆山的剧场建了八年还没建好,让人等得寒了心。

会议结束当晚,高福民憋着一股气回到房间,给自己倒了一大杯水,坐在沙发上开始打电话。这一晚,他打出的三个电话扭转了昆曲的命运。

第一个电话打给昆山市委书记张卫国,继续跟他落实昆剧艺术节的筹办。昆山其实已经把前期工作都做好了,就差这一股东风,一个电话过去,双方的顾虑都打消了。张卫国书记打了包票:办!就在昆山,明年3月就办起来!

第一个电话打完,高福民松了一口气,最难的一个环节已经打通,比他想象的要顺利一些。第二个电话他打给了自己的领导,苏州市委常委、宣传部部长周向群。周部长一直关心着苏州昆曲的发展情况,尽所能筹措经费支持苏昆剧团,避免了昆曲在自己家乡无处容身的尴尬境况。高福民向周部长汇报了筹办昆剧艺术节的计划,周向群也很高兴,嘱咐他放开手脚干,有什么困难尽管提。

打第三个电话时,高福民已经放松下来,一个多小时,两个电话打完,现在已经不是要不要做、能不能做的问题,而是这件事需要怎么去做。高福民的第三个电话打给了文化局的老领导钱璎。

快八十岁的老人,一说起昆曲就很激动,苏昆剧团就是经她的手才得以在苏州扎根和发展起来。这十几年的戏曲寒冬中,钱老没少为振兴昆曲奔忙,一听说哪个演员要离开剧院,她二话不说跑去把人找回来。如果不是钱璎,王芳也许已经彻底离开了剧院,与"梅花奖"永远地错过了。听说昆剧艺术节终于提上日程,钱璎激动得嗓子都有些哑了:"只要你肯做,我和顾笃璜这帮老骨头搭上老命也陪着！"有了钱老这句话，高福民心里踏实了。

三个电话，从八点一直打到十点半，大脑高速运转，嘴皮子忙得合不起来，电话从左手倒到右手，耳根已经发烫。打完电话，高福民像一台跑完超长赛道的跑车，散发着灼热。终于有时间端起桌上那一杯水，一口气豪饮而尽，舒爽、畅快！场地、经费有了着落，政策方面有了领导支持，策划方面有了智库，他恨不得立马插上翅膀飞回苏州开始这一场宏图大业。

回到苏州，高福民着手做事，一边跟进场地情况、活动策划，另一边赶紧向外界传递讯息，广而告之。一开始还在担心，已经沉寂十多年的昆曲，还能引起大家的兴趣吗？消息传出后，反响比他预计的要热烈很多，不仅仅是国内各大专业昆剧院团，海内外一些昆剧爱好者团体也纷纷来电申请参加。民间潜藏的昆曲艺术活力触动着高福民，他恨不得像孙悟空一样变出多个分身，各条站线上齐头并进，保证首届昆剧艺术节准时开幕。

全国性昆剧节就在家门口开办，苏昆剧团作为东道主自然要精心准备一番。从经济条件、知名演员、代表性剧目、后备力量各方面实力来看，苏昆在全国最主要的昆剧院团中排名靠后，前面有实力强劲的上昆、北昆、浙昆、江苏省昆、湘昆这些大哥大姐，他们在圈里经常被称作"小六子"。昆剧大家族聚会，有团聚的喜悦，但也有些竞争的味道。

作为团里唯一的梅花奖得主，王芳责无旁贷要挑起苏昆的大梁。2000年春节一过，苏昆剧团把顾笃璜老先生请回来开筹备会。顾老问王芳准备演什么剧目，王芳心里早有打算，自从跟着张继青老师学了《牡丹亭》后，因为剧团人员不够，大多只演折子戏，她想趁着这个机会来演一下全本《牡丹亭》，刚好打磨一下细节。

顾老听了王芳的想法后，摇了摇头："上海昆剧团有上中下三本的《牡丹亭》，蔡正仁和张静娴两个人来演，跟他们比，我们会显得单薄一些。"虽然自己的想法被否决，但王芳觉得顾老说得有道理，她从小就很相信顾老师的判断。她自己也知道，就算要排《牡丹亭》，也很难找到一个合适的小生来配戏。

顾笃璜捧着套了毛线网兜的大玻璃瓶，那是他多年来随身携带的茶杯，手指在毛线上来回摩挲："我们是苏昆剧团，苏剧昆剧都要演。王芳还是演苏剧《花魁记》，'弘'字辈排一出传统大戏《荆钗记》，'扬'字辈的小孩，再演几折《长生殿》。一苏两昆，我们就拿这些出去。"对于顾老的提议，大家都没意见，苏剧、昆剧向来不分家，大多数演员都是苏、昆兼演，在昆剧节上唱苏剧，也说得过去。同时，大家心里明白，定出这个方案也有些无奈，团里这时人员配备青黄不接，没什么拿得出手的昆曲大戏，也只能拿苏剧《花魁记》出手。

2000年3月31日，首届中国昆剧艺术节在苏州开幕。春天的苏州城里，飘着一股香甜的味道，那是春水初生的味道，是初芽新绿的味道，也是古老昆曲在她的家乡、在21世纪之初绿叶新生的味道。

《花魁记》作为开幕大戏，正式拉开了艺术节的大幕。三十八岁的王芳，已经不用像二十年前刚登台时一样靠喝酒找醉步的感觉，她对花魁女这个人物的里里外外了如指掌，且每次排演都能加进去一些新内容。

第一天演出结束后，全国各地来的剧团领导、主要演员，戏曲界专家，苏州市宣传、文化部门领导聚到一块开座谈会。自从

1994年在北京举办的全国昆剧青年演员交流演出大会后，好久都没有这样热闹的场面了。这次在昆曲的故乡，人们仿佛看到了"百戏之祖"复兴的希望，个个脸上挂着喜悦的春光。

座谈会上，外地来的演员、专家盛赞苏州的人文环境，也赞叹这次活动的成功组织。一片赞扬声中，传来一句惋惜："如果能早个十年来办昆剧节，我们的状况应该比现在好很多。"这句话一出，话风又转向了大家各自倒苦水：优秀演员流失，经费保障不足，经典剧目失传……一句句牢骚打破了春日的祥和，像是往一泓清水里倒进了一杯杯废染料。

"传"字辈在世的四位老先生之一，九十三岁的倪传钺左手抚着拐杖，蜷起右手食指，在桌上轻轻敲了三下："我来说两句。"老先生一开口，所有人迅速安静下来。"我们当初，都靠演戏吃饭，有戏演，也不一定能吃得上饭，因为不一定有人买票看戏；但如果不演，一定没饭吃。共产党好啊，现在就算不演出，也有饭吃。"倪老先生话一说完，座谈会现场先是一阵沉默，随后响起一片掌声。倪传钺就像一座近现代昆曲发展的活化石，只要他在，谁也不敢喊苦喊累。

除了一众名角献艺，各剧团年轻一代的演员们也终于在艺术节上亮相。苏昆剧团的"扬"字辈演员演了几折《长生殿》，五对唐明皇和杨贵妃相继出场，青春亮丽的风采让观众瞬间眼前一亮。风采归风采，但从基本功来看，"扬"字辈"小兰花"演员相比兄弟院团的同代人，明显差了一截。五对唐明皇和杨贵妃的设置虽然别出心裁，但从另一方面来看，正因为排不出大戏，才以这样的折子戏方式来登台。这一次昆剧艺术节，让苏昆的年轻演员们开了眼界，也知了不足。

这一批年龄整齐的"小兰花"刚从学校毕业不久，是苏昆剧团的新一代接班人。他们比前辈们都要幸运，一出场便赶上了昆曲发展的触底反弹。然而这时他们还无法预料的是，多年之后，他们也将像"传"字辈老前辈们一样，承担起昆曲传承的大业。

自王芳这一代"弘"字辈1977年入团学习之后，苏昆一直没再规模性地招收新人，往上几代演员，退的退，走的走，到20世纪90年代初期，剧团已经面临着人才断档的危险。苏州市文化局领导为剧团的发展忧心，反复向市里打报告，终于获批了60万元资金，招收了40余名定向培养的四年制中专学生，由评弹学校委托培养。剧团的老师们带着新的希望奔赴苏州各县区，去挖掘还深埋于地下的一块块宝藏。

1994年5月的一天，当苏昆剧院的陈蓓老师走进俞玖林的教室时，他和大家一样，都在忙着写政治试卷。陈老师在教室里转了一圈，回到讲台。

"同学们把头抬一下。"音乐老师纤柔的声音传入大家的耳朵，他们都觉得奇怪：为什么政治考试，音乐老师会过来？大家抬起了头，一个个眉头都有些皱，脑袋里还在思考着接下去要写的考试内容。

陈蓓老师的目光划过一张张青涩的面孔，停在了俞玖林脸上，露出了一丝不易觉察的微笑，就像淘金人寻到了一处宝藏。陈老师走到音乐老师身旁，伸手指了指俞玖林的方向，悄悄说了几句话。"同学们继续考试吧。"音乐老师说完，和陈老师一块走出教室。

十六岁的俞玖林觉得，这个从没见过的女老师很有气质，尤其是冲他伸出的那一指，有点像电视里的人物。可是，她为什么要指自己呢？整个后半场考试，俞玖林都在分神思考这个问题。

考完试，音乐老师找了个同学把俞玖林叫到办公室，在他前面已经到了十几个同学，陈蓓老师让他们每人唱一首歌。轮到俞玖林时，他问："唱张学友行吗？"那时候流行"四大天王"，几乎每一个青春期的男孩都梦想着成为像他们一样的明星。陈老师笑了笑，点点头。俞玖林就唱了一首张学友的《情网》。

下午放学时，音乐老师又找到俞玖林："你被苏昆剧团选中了，回去和家里商量一下，准备去复试。"这时俞玖林才知道，原来今天是有学校来挑学生。在他上小学时，就有各种体育学校来挑学生，足球队、篮球队、乒乓球队……挑中了，愿意去的就转到体校去。可是，这个苏昆剧团是什么样的学校呢？他从没听说过，只能悄声问："老师，这个剧团是干吗的，去学什么？"老师回他："你回家就说，这是个公费中专，免费上四年，学戏曲，包分配。"俞玖林把老师这句话在心里反复念叨了几遍，骑上车出了学校大门。

俞玖林的家在昆山正仪，念的是正仪中学，从小到大没怎么离开过这块地方。正仪是昆曲的故乡，顾瑛当年所建的"玉山佳处"就在这里，"剧圣"梁辰鱼的家离这儿也不远；但十六岁的俞玖林从没接触过昆曲，自他出生以来这些年，刚好是昆曲最没落的十几年。

回到家，俞玖林把这天发生的事和老师的话完整复述了一遍。姐姐把饭菜端上桌，听完后捕捉到几个关键词：中专、免费上、包分配。"这是好事啊，念完了就有工作，直接转城镇户口。"姐姐听了蛮开心。俞玖林的叔叔刚好也在，听明白情况后说："这个事不错，但昆曲这个行当，这些年不大景气，不知道等林林四年书念完后这个团还在不在。"这番话，又让一家人担心起来，姐姐转头问他:"要是毕了业,包分配的单位没了咋办?"俞玖林两手剥着虾,一脸茫然:"这个老师没说。"

最终还是爸爸拍板,定了主意:"既然有这么个机会,不如让他去试试,我也跟着去再问问清楚。"一家人带着喜悦和一丝忧虑吃完了这顿晚饭。忧虑都在父亲和叔叔那里,十六岁的俞玖林一点没为未来操心。当他像往常一样听着张学友的磁带睡去时,不会想到这一天的经历将会改变他的人生航向。

苏昆剧院的老师们到沈国芳所在的中学时,她和同学们正站在操场上整齐划一地做广播体操。沈国芳看见校长带着几个人来到操场,一边聊天,一边用目光巡视着每一个学生的脸,像是要找什么人。旁边女生压低声音说:"哎,听说昨天咱们年级有人逃课出去打游戏,被教导主任查到了,这不会是游戏厅老板来认人吧?"沈国芳听了,觉得蛮有意思,等着看哪几个调皮学生被揪出去。有校长在,这天的广播体操大家都做得蛮认真,但一双双眼睛似乎又都在盯着校长那边的动向。

沈国芳的眼珠随着校长的身影移动着,发现他们竟朝着自己班级的方向走来。那个游戏厅老板模样的人和她对视了一眼,她忽然紧张了一下,低下了头。自己又没去打游戏,有什么好紧张的,于是把头又抬起,刚好看到那人抬手指了指自己,还在校长耳边说了句话。沈国芳心想,完了,这个老板一定是个老糊涂,自己记不清人脸,害她要去陪绑。

和几个同学跟在校长身后,沈国芳一路上都在想,一会儿要怎么解释这件事。到了校长办公室,沈国芳才知道,不是学校抓人,那个游戏厅老板模样的人,是苏昆剧院的张天乐老师,今天来选学生,在初三年级的队伍里选出了他们两男三女五个学生。

张老师先让大家表演个舞蹈，沈国芳不会跳舞，只能又做了一遍广播体操。唱歌也不大会，就跟着老师咿咿呀呀喊了几句。回到班里，之前在队伍里跟她说悄悄话的那个女生赶紧跑过来问："咋回事，咋把你也抓去了。"沈国芳一五一十把刚才的事情说了一遍。女同学斜着眼，满脸不解："就你这僵硬的小身板，也能被选中学戏？"

沈国芳冲她翻了个白眼，坐回自己座位上，煞有介事地思考起自己的未来。她原本打算去考一个"中师"，毕业后当个语文老师。这个四年的中专戏校，说是学苏剧、昆剧，又说是什么评弹学校，她也没怎么搞清楚，反正跟戏曲有关，应该就像妈妈经常在家听的越剧吧。

回家后，沈国芳把这件事说给父母听，爸妈一听能去苏州上公办中专，都说让她去试试。要去考试，就得准备点才艺，不能到那儿后还做广播体操，她自己都做得不好意思了。妈妈在家里搜寻了一圈，给沈国芳找来学习资料："小芳啊，咱们家里能找到的就是这个大收音机和这几盒越剧磁带了，明天我再出去给你借几盒，挑一出你喜欢的，跟着唱。考戏曲学校唱越剧，准行。"

越剧是十六岁的沈国芳对戏曲的全部了解，像灌耳朵一样听了十几年，谈不上喜欢，但很熟悉，于是选了一出，跟着磁带一句句认真学唱。光学越剧也不行，只有唱没有跳，又请村里的小伙伴一块帮她排了几段《采蘑菇的小姑娘》，带着这两个现学现卖的才艺参加了复试。

复试地点在苏州市评弹学校，才艺考核结束后还有一个即兴表演环节，老师给沈国芳拿来三样东西——收音机、拖把、水桶，告诉她："你现在自己想象一个场景，用上这三件物品，然后，突然着火了，你怎么办？"老师一边说，沈国芳的大脑一边迅速运转，等到老师说完"开始"，她马上进入情境。

沈国芳自己设定了一个早晨起床后的情境，先是伸了个大懒腰，用手捂着嘴巴打了个哈欠，随后迈着步子走到收音机前，按下播放键，身子随着虚拟的音乐旋律慢慢晃动。走到墙边拿起拖把，假装在水桶里浸湿、沥干，开始拖地。老师们一边看着这个小姑娘的即兴表演，一边在考核纸上记录下一些细节，等着看她如何处理突发的火情。

沈国芳假模假样地拖了一会儿地，觉得时间差不多该到着火剧情了，于是像受惊的小猫一样猛地抬起头，随后大喊一声："啊，着火了！"拖把一丢，抱起收音机就跑，一直跑到了考场外。

门外候考的同学看到一个瘦瘦小小的女孩，抱着一个大收音机慌慌张张夺门而出，还往大门方向跑去，听到考场里传来老师们的一阵大笑，纷纷朝沈国芳投去疑惑的目光。跑出了门，沈国芳才走出了自己设定的情境，不好意思地对同学们笑笑，抱着大收音机回到考场，这时才感觉到怀里这个东西竟然这么沉。

沈国芳把收音机抱回到原来的位置，老师们也努力止住笑声，看着这个别出心裁的小姑娘。朱文元老师先开口问："着火了你不拿着水桶去救火吗，干吗抱着收音机跑？"沈国芳低着头，有些不好意思，以为自己的表演不符合老师们的要求，但还想解释一下："刚才的火很大，我想着反正用这个小桶也救不了大火，还是保证自身安全、保护自己财产重要，就抱了件最贵重的东西跑了。"沈国芳说完，抬头看老师们，都是一副笑眯眯的样子，并没有批评她的意思。老师们又跟她说了几句，大致是以后到学校后的生活和学习情况，让她好好准备接下来的文化考试。沈国芳一听这些话，才知道自己没演砸，揪着的心终于放松下来。

燥热的夏天来临前，沈国芳已经收到了剧团寄来的录取通知书，也按学校的安排参加了中考，拿到了中等师范专科学校的入学机会。一天傍晚，一家人坐在院子里吃完饭，沈国芳和妈妈一块收拾完碗筷，擦干净桌子。父亲很正式地把她叫到跟前，说："今天老师托人带了口信，要是不去上中师，得让我去签个字，把这个名额让出来。你想好了？"

上中师，毕业出来当老师，这是沈国芳一直以来的梦想，但现在，另一个梦想突然半路杀出，横刀夺爱。复试那天，朱文元老师对她们未来生活的一番描绘，让沈国芳陷入了文艺女青年的美梦。朱老师两眼闪烁着光芒，两只手挥摆着向她描绘：你们入学之后，会在一个三面都是镜子的大房子里练功，再也不用学那些枯燥的文化课，只学音乐，学文学，会有全国最好的老师来教。毕业以后，你们会登上最漂亮的舞台，像明星一样，全国各地去演出……

三面都是镜子的练功房，那会是什么样子呢？自从那天听了朱文元老师这番话后，沈国芳一直想象那个场景，这个新生的梦想完全占据了她的大脑。当父亲让她自己做出选择时，沈国芳毫不犹豫地选了梦幻的练功房。

关于女儿的未来，父母已经悄悄商量过，上中师毕业出来当老师，这是很稳定的一条路，但要是去这个剧团学戏曲，未来不知道会是什么样。他们也专门找人打听过，得到的消息是：现在的戏曲根本没人看，全苏州的剧团都不景气，这个昆剧团也说不定哪天就解散了。父母也担心，要是四年学完，最后没地方上班，这四年时间岂不是白白浪费了？但女儿一副痴迷样，自从拿到通知书后，她看电视专门挑戏曲频道，边看边跟着学。

最终，父母还是决定尊重女儿的想法，她自己的未来，自己去选。跟着父亲去学校签了字，沈国芳等待着暑假过完后，前往苏州城里那个三面都是镜子的大练功房。

与其他同学不太一样，吕佳自小生活在苏州城里，父亲是医药工程师，母亲是医生，父母都喜欢京剧，家庭文艺氛围很浓。从三年级开始，吕佳就在少年宫学京剧，小学毕业纪念册上写下的人生梦想是"长大后成为一名演员"。

上了初中，父母还是坚持让吕佳每周去少年宫，学完了回家由着她和哥哥随便翻书。一到周末，家里就会响起京剧曲调，妈妈开唱，爸爸就坐在桌上帮她打拍子。京剧唱完，爸妈会接着跳一段交谊舞。有时候，父母还会带着他们兄妹俩一块看西方名著电影，《简·爱》《乱世佳人》《蝴蝶梦》《茜茜公主》……翻来覆去欣赏。家里的藏书，父母也任由两个孩子按着自己的兴趣翻阅，吕佳喜欢《金粉世家》《红楼梦》，对《水浒传》这样的书从来不看一眼，没想到多年后自己竟然会以武旦闻名。

上了初三，父母也没把吕佳每周一次的京剧课停掉，来教戏的正好是苏昆剧团的宋苏霞老师。宋老师看这孩子身段、长相、基本功都不错，下课后找到了来接她回家的父母，劝他们带吕佳去考苏昆剧团。

回家后，父亲把吕佳叫到沙发上坐下："今天宋老师说你戏唱得不错，打算让你去参加苏昆剧团的考试，你觉得怎么样？"学了这么多年京剧，吕佳对文艺学习已经摸到了门路，反而学校里的文化课学习让她时常觉得头疼。两种不同的学习方式，两个不一样的人生路径，吕佳更愿意在舞台上探索。

"我愿意去。"小吕佳回答得很干脆。父母很清楚当前戏曲界的困境，除了这个苏昆剧团，其他的越剧、京剧、沪剧团基本已解散，但女儿喜欢，想往这方面发展，他们觉得是好事，学一身艺术本事，总不至于最后连饭都吃不上吧。

考试对吕佳来说很容易，无非就是把平时在少年宫练的一些东西再表演一遍。看到一些一块来参加复试的同学竟不会唱歌，唯一能完整演唱的就是国歌，吕佳觉得很奇怪。直到后来一块入学，她才知道，自己从小接触的艺术教育，并不是所有孩子都能拥有的。

苏昆剧团的老师们来到唐荣所在的中学时，他和同学们正在上自习。教导主任站上讲台："同学们，今天咱们苏昆剧团的老师来学校挑选演员，大家先把头抬一下。"唐荣抬起头，见几位老师在教室里转了一圈，点了几个同学。本来以为自己也会被点到，可老师走到他身边时，只看了他一眼就过去了。

同桌拐了拐唐荣的胳膊："哎，你不是文艺积极分子吗，挑演员咋没点你？""可能觉得我长得不行吧。"唐荣叹了口气说。同桌接着怂恿："没点你自己举手啊！平时不是挺积极的吗，这会儿怎么厌了？"邻座几个男生一听，也跟着一块激他。唐荣性格外向，又是个急脾气，经不起激将法，立马把手举了起来："老师，我也想试试。"苏昆剧团的张天乐老师回过头，看这小子有股英武劲头，笑着向他招了招手："好，你也来！"

这临时起意的一举手，就此改变了唐荣的人生航向。举手的那一刻，唐荣不知道这几位老师要带他们去哪里、学什么，只是"演员"两个字吸引了他。从小跟着同学们一起唱歌、说相声、办文艺演出，后来的初试、复试对唐荣来说都不算难，收到剧团发来的录取通知书后，中考他也没去参加，过完暑假就跑去了苏州，准备正式开启自己的演艺生涯。

一群靓丽的少男少女，伴着夏日的蝉鸣和潮热的暑气，来到离寒山寺不远的苏州艺术学校，四十几个人在学校空地上完成了为期一周的军训，一个个晒得像小包公。军训结束后，老师们开始给大家发衣服：一身军大衣、一双白球鞋、一条灯笼裤、一件练功衫。排队领完衣服后，老师告诉他们说："回去把练功衫和灯笼裤洗洗，自己也休息一下，明早开始练功！"

唐荣听了，心里很纳闷：不是要当演员、学表演吗，怎么还要练功？虽然一路通过考试，进了学校，但他对苏昆剧团没有一点概念，不光是他，大多数同学都以为是来做影视演员。

跟唐荣来自同一个地方的屈斌斌，第二天一早跑到练功房，看到门上贴了一张手写的课程表，字倒是蛮好看，但内容一点也看不懂——声乐、形体、把子功、毯子功……换上新服装的同学们慢慢围拢过来，对这身新衣服还不太适应，尤其是那条宽宽的大灯笼裤，穿在身上凉飕飕的。

第一天开始练基本功，压腿、下腰、开叉，练功房里一片骨头摩擦的咔咔声和鬼哭狼号。他们大多已经十六七岁，骨骼发育基本定型，即便有些童子功的吕佳，在少年宫时积累的那点基础到了戏校也不太派得上用场，跟着大家一块生压、哭号。

一直期待着三面镜子练功房的沈国芳，终于到了梦寐以求的地方，她在镜子里看到的却是一张张狰狞的面孔，自己的面孔扭曲得更严重。她从小身体比别人硬，下腰怎么都下不去，毯子功老师打量着她细细长长的身段，不知道该从哪里下手："像根面条，还是晒干了的面条，真怕一下折断了。"听了老师的话，大家觉得好笑又害怕，担心自己会不会也像面条一样被折断。

放了学，大家都去食堂吃饭，沈国芳还在那儿一边流着眼泪一边下腰，想用泪水把自己这根干面条泡软一些。现在整个练功房都是她的，从三面镜子里看去，全是自己的狼狈样。

练完功，吃完饭，沈国芳到公共电话亭给邻居家打了个电话，等邻居把父母叫来后，一边大哭一边讲述这一天练功的辛苦。"芳芳啊，这么苦咱们就不练了，明天就回来，再读一年初三，考师专去。"妈妈心疼女儿，隔着电话跟她一块落泪。一听妈妈让她回家，沈国芳赶紧止住哭声："哪有第一天来就回去的，那不得被别人笑死。我再试试，把您生的这根干面条煮软一些。"

挂了电话，擦干眼泪，沈国芳回到宿舍，见舍友们正在比谁的腿筋变得更青，看见大家都苦，她心里的委屈变少了一点。大家洗漱完，费劲爬上床，结束了第一天的练功生活，准备迎接第二天的起床铃。除了一开始身体疼得躺不下，慢慢放轻松后，他们这一夜都睡得格外好。

第一个月基本功练完，四十几个少男少女的身子终于变软了些，带着一身伤回了家。周雪峰第一次回家是瘸着腿回去的，大腿内侧韧带一片青紫，一瘸一拐搭上公交车。他要先坐公交，中间转一次车，经过一个多小时车程到苏州汽车北站，然后坐上一个小时大巴到昆山客运站，下来再坐一个小时公交到淀山湖镇，最后拐着腿走十分钟路回到家里。

父母知道儿子国庆节回来，之前电话里已经说过，但当周雪峰一瘸一拐地踏着秋天的阳光走进自家院子时，母亲差点没认出儿子。走的时候还是白白胖胖的，不到一个月时间，又黑又瘦，腿还瘸，像一条受了伤的小黑鱼。妈妈把这条小黑鱼拉到磅秤上一过秤，瘦了将近二十斤。

"你这是上的什么学，受的什么苦啊！"妈妈上上下下打量着儿子,想看看这二十斤肉到底瘦在了哪里。"行了妈,掉的那些都是赘肉。今天有啥好吃的?"本来回家打算诉一番苦的周雪峰,一看妈妈眼泪汪汪,立马撑出一副男子汉的样子。爸爸看着儿子,疼在心里,不表现在脸上:"有啥大惊小怪的,就当去做了一个月新兵嘛,当兵可没办法一月回来一次,还能吃到你妈烧的好菜。"父亲说完,拍了拍周雪峰的肩膀,接过儿子身上的双肩包。

在家享受了几天国庆假期,身上的肉又长回去几斤。虽是休息,周雪峰也没落下练功,一天不练,筋骨就硬回去一点,回学校还得受一遍苦。

回到学校后,日复一日的基本功练习,让这些少年的身子骨日渐柔软,扳腿下腰时没了哭喊声,最多就是各自皱着眉头。半年时间过去,眉头也渐渐舒展,他们终于有心思在三面墙上的大镜子里欣赏一下自己的身姿。

寒山寺的钟声敲响在每个夜晚,安抚着这群少年的梦。入校一年来,他们已经熟悉了这里的春夏秋冬,习惯了食堂的饭菜,习惯了集体宿舍,也习惯了早起练功的戏校生活。这些对戏曲一无所知的懵懂少年,被老师们"劈石头"一样打磨得有模有样,变成一块块璞玉。一年时间过去,"小兰花"们开始从单纯练功转向"以戏代练",在老师的指导下寻找适合自己的行当。

当年"传"字辈分行当时,穆藕初先生特意从上海来苏州,为每一名学员按行取了名字;七十多年后,虽然演员们不再取艺名,但分行当依旧是个定终身的大事。

后来在青春版《牡丹亭》里饰演杜丽娘的沈丰英,一开始并没有被分到花旦组,而是被安排去演武生。团里负责训练基本功的大多是京剧老师，老师们想按照京剧武生名家裴艳玲的路子培养沈丰英，让她跟男孩子们一块，穿厚底靴、耍大刀、翻跟头、跑圆场。武生是所有男孩子的梦想，沈丰英被选中后还觉得挺自豪，只是那把十几斤重的大刀把她胳膊抡得每天抬不起来。

班主任毛伟志老师隔了一段时间来看这群"小兰花"的训练进展，在一群男孩子里看到了短头发大眼睛的沈丰英，挥着长刀、迈着大步一圈圈走台。毛老师快步走到沈丰英面前："你怎么唱武生了？"沈丰英两手握住长刀，刀柄在地上稳稳搁下，回班主任说："老师们安排我唱武生，我就……""明明是个花旦的料，非唱武生，再这样下去就毁了！"沈丰英看毛老师样子很急躁，也不像是在批评自己，更像是自言自语，说完就快步走开了。沈丰英双手握着刀柄，一脸茫然，不知道该不该再把大刀提起来继续练。

当天下午，沈丰英就被调去了花旦组，不用再披那么重的戏服，耍那么沉的大刀，穿那么厚的靴子，她觉得浑身上下都轻松了不少。改学闺门旦的第一出戏是《醉归》，演花魁女。站着不动时，沈丰英还是个小姐一样娴静、漂亮的女孩，可一迈开步子，武生的动作就出来了，大步子迈得唰唰响，像喝醉酒的武松，一点儿没有花魁醉步的娇媚样。

到学第二出戏的时候，团里请来了柳继雁老师教《惊梦》。柳老师在剧团最危难的时候，扎上围裙报名做了招待所服务员，几年过去，团里终于有了起色，看到这批生机勃勃的"小兰花"，她打心底里高兴。柳继雁先从沈丰英的脚底抓起，教她一点点从大步子变成小步，走出闺门小姐的步态。从脚底依次往上，身段扭正，手型摆好，最后是眼睛，不要那么炯炯有神，要会含笑、会娇羞。一点点纠正了大半年，沈丰英终于从女武生变回了闺门旦。

不单沈丰英，大多数人都像企业轮岗一样在各行当里换来换去，寻找自己最合适的那一行。唐荣的影视演员梦想破灭后，有些心灰意冷，压腿劈腿时经常偷懒，对舞枪弄棒的毯子功、把子功倒是很感兴趣，想着练些功夫回家后能显摆一下。学期末汇报演出，基本功好的同学站第一排，唐荣被安排到最后一排。别人"朝天蹬"都能蹬到耳朵，他扳起的腿离脑袋还差一大截，下叉也不能完全下得去，老师们一眼看过来，下叉不标准的都比别人高出一块，一目了然。俞玖林跟唐荣同宿舍，练功格外认真，有时晚上回到宿舍还要把腿搁在墙上继续练，累得睡过去，腿麻自己下不来，请舍友把他整个人搬下来。在相互比着用功的氛围里，唐荣也开始暗暗加劲儿。

第二年分行当，男生都喜欢进武生、小生组，唐荣却被分到了花脸组。唱花脸要剃光头、涂油彩，不管寒冬酷暑都穿厚厚的大棉袄，唐荣不愿接受，自己偷跑到小生组去。当时江苏省昆剧院的石小梅老师被请来给小生们开戏，唐荣混在小生群里，假装别人看不到他。到第三天，石小梅老师朝他走过来："你叫唐荣是吧？"唐荣赶忙点头："是的石老师，我是唐荣。"石小梅接着说："通过这两天的训练，我觉得你唱小生，还是有点难度，你身上比较武气，最多演一个武小生，像谈情说爱的文戏，你的确不太适合。"

被石老师婉言拒绝后，唐荣又去了武生组，练了两三天后，老师跟他说："唐荣啊，这个戏你可以学，但是呢，你基本功还有待提高，腰腿太硬了。这个戏里面有个配角是花脸，到时候你可以来演。"唐荣一听，兜兜转转半天，这不还是得唱花脸吗。他还是不死心，武生演不了，就转到隔壁老生组去，练了一下午，觉得实在没意思，唱老生半天不动，乏味得很。

所有行当试了一圈，没办法，唐荣又回到花脸组。教花脸的老师看他转了一星期终于回来，语重心长地跟他说："唐荣啊，咱们戏曲行当有句老话，叫'十旦易得，一净难求'，你知道什么意思吗？"唐荣挠挠头，不解其意，以为老师准备骂他。老师拧开水杯喝了口茶："意思就是说，花旦容易培养，一个好的花脸却很难得。你只要学好了，以后所有的花脸戏都是你来演，谁离了你都开不了大戏！"老师连哄带骗，终于把组里的三个花脸留了下来，剃了光头。

有一回排《芦花荡》，唐荣演花脸张飞，自己花钱把录像刻了下来，放假时带回了家。顶着一个光头回家，走在路上，村子里的人投来怪异的目光，大家只听说这个小子去苏州学戏了，怎么剃得跟劳改犯一样，一抬头还满眼杀气。唐荣见了别人的眼神，能猜到街坊们在想些什么，但也不好跟他们解释什么是花脸，为什么要剃光头，只能加快脚步往自家走。

录像带拿回家，妈妈赶紧放进影碟机，看看儿子这两年学了啥本事。电视里演了半天，妈妈一副副面孔仔细盯着看，哪个都不像自家孩子。"荣荣，哪个是你啊？"唐荣走到电视跟前，伸手一指："这个嘛，大花脸张飞。"妈妈脸一皱："你把脸涂成这样，谁认得出来啊，也就伸手那一下，我能看出跟你爸有点像。"台上认不出模样，还给剃个大光头，妈妈觉得儿子这个行当选得有点亏，还给他找来一顶帽子，让他出门时戴上，免得人家议论。无奈，唐荣只能慢慢适应自己的花脸生涯。

跟唐荣最初被动入了花脸行当不同，同班的陈玲玲是主动选择了一个少有年轻女孩愿学的行当。她是朱文元老师从南通启东招来的，从家里来苏州考试要跨过长江，那是陈玲玲第一次到苏州。考过试，顺利入学后，陈玲玲感觉自己的身体有些应付不了高强度的基本功练习，她每练必吐，吐完再练，保证自己每门课程至少达到及格。为了梳洗打理方便，自入学起她就剪了短发，一直保持下来。开始学戏后，女孩子学的都是《游园》，按高矮个分成一对对杜丽娘和春香。到分行当时，陈玲玲被分到了正旦组，但她并不像其他女孩子一样有出演杜丽娘的梦想，也不想演春香。

1996年夏天的一个中午，刚把练功服洗完晾好，陈玲玲端着盆走到学校公告栏前，左手遮住强烈的日光，看见一张公告表上写着暑期培训的教师与剧目名单，眼睛扫过去，发现了江苏省昆剧院老旦名家王维艰的名字——王老师要来学校教一出《吟风阁·罢宴》。陈玲玲被烈日晒得有些眩晕，但内心突然一阵激动，回宿舍放下脸盆就去找了班主任。

"老师，我想去王维艰老师带的那组学。"陈玲玲直接向班主任说明了自己的想法。班主任有些吃惊，抬头盯着她："你现在在正旦组，想要转去老旦组？""我想去，哪怕在一边看着学习也行。"老师们很少见主动要去唱老旦的女孩子，被陈玲玲的劲头所感染，帮她转去了老旦组。

转组之后，同学们对陈玲玲的选择都不太理解，在大家心中，女孩都要唱闺门旦或小花旦，哪有年纪轻轻就学老旦的。但十七岁的陈玲玲内心非常笃定，不在乎别人的想法。

经过反复挑选、尝试，最终在老师的指导下做出抉择，四十多名"小兰花"在各自的行当里认真苦学起来。不光是在练功房，在宿舍、在食堂、在上学放学的路上，他们也在自己脑袋里一遍遍走戏。

还没到正式毕业的时间，这批"小兰花"就进团参演了《新十五贯》，可惜的是，演了没几场，这个大戏就停了。整整一个班的人，都住进了苏昆剧团，突然又没戏可演，一个个慢慢闲散下来。

这帮二十岁不到的演员，大多是把户口调进城镇的农村孩子，上学时，家里差不多每月给六百块生活费，一天二十块钱，够生活开支。来上学之前，他们都期待着像老师招生时跟他们说的那样，毕业进团就能分房子，工作稳定，吃喝不愁。可第一个月排队去领工资时，每个人只领到四百三十二块钱。谁都没想到，毕业工作后每月赚的钱比爸妈给的还少。大家本来还想学有所成了能每月寄些钱给家里，现在连个电话都不好意思往家打，便靠着这点钱勉强度日。

在学校时还有每天的起床铃，有老师逼着每天练功上课，到了剧团后，没有戏排，团里也没什么人来上班，很多人慢慢地连早功也不练了。钱不够，就想办法自己出去赚点外快。女生可以到一些活动典礼上穿旗袍当礼仪小姐，男生可以凭着几年练下来的基本功去影视城找点特约演员的活。

无锡三国城有不少古装戏，曹健就跟着几个同学一块去那排戏，做特约演员，比群演拿的钱多一些，演一天能抵得上半月工资。有一回，曹健拿到一个角色，在徐峥主演的电视剧《李卫当官》里扮一个衙役，从傍晚开始拍，到十二点钟算一天，十二点过后又拍到天亮，他拿了四百块钱开开心心地跑回剧团练早功。有时候接了长的戏还要跟团里请假，说身体不舒服要休息几天，到了影视城后发现带他们的一些老演员也在，大家彼此心照不宣，为了赚点外快糊口，无奈为之。

团里领导看这帮小孩再这样下去，功夫就要废了，于是采取了一个折中方案：把他们送到苏州饭店进行商业演出，每晚六点多到了饭点儿，就在饭店大厅的小舞台上开演。台下人们一边吃饭，一边听他们唱，当成背景音乐一样，没几个人正经看戏。来吃饭的人推杯换盏喝到兴处时，还会指着台上的花脸演员哈哈大笑，就像在看小丑表演。

看到台下的反应，唐荣感到很伤心。在学校时，老师跟他们讲，昆曲是高雅艺术，是最古典、最正统的曲艺。可现在台下一片嘈杂，根本没人关心他们在演什么，更别说那些细致的手眼身法功夫；也没人好好演出，只是按着程式随便应付一下，拿到每晚二三十块钱的微薄演出费。

四年的艰辛付出，与进团后的境况形成了巨大落差，很多人无法接受这个现实。毕业时 45 人的一个班，到剧院一两年后陆续走了一小半，只剩下不到 30 人坚守着阵地。好在，坚持下来的这些人终于看到了黎明前的曙光，古老的昆曲终于伴随着新世纪的钟声迎来了又一个春天。

2000 年春天的首届昆剧艺术节，第一次让这群"小兰花"感受到：原来全世界还有这么多人关注昆曲，原来国内还有这么精彩的昆剧演出。这一次艺术节，让他们重新拾起对昆曲的信心，也让他们获得了全国昆剧界的关注。

作为嘉宾看过了苏昆剧团"小兰花"们表演的《长生殿》后，上海昆剧团的蔡正仁老师找到苏昆剧团的领导，说这批小孩表现不错，但有些地方还需要调整一下。蔡正仁是沈传芷老先生的徒弟，"传"字辈正宗传人，也是时下舞台上最好的"唐明皇"，他能主动亲临指导，剧团领导当然乐意。

蔡老师来到剧团，对演员们说："你们演的《长生殿》不错，很有勇气，但有些地方还需要调一调，希望你们更准确地传承，不要把老祖宗的东西往偏里走。"说完,蔡正仁就带着他们一点点示范、讲解。

最后走的时候,蔡正仁又对他们说:"今天时间太短,你们谁要是想继续学,可以随时去上海找我,我会像当年沈传芷老师教我一样,毫无保留地教你们。"大多数人都以为蔡老师说的是一句客气话,没当真,只有周雪峰把这句话放在了心上。首届昆剧节一结束,周雪峰就在周六的早晨,搭车去了上海。

苏昆剧团离苏州火车站很近,周雪峰五点多钟起床,吃过早饭后步行几分钟到苏州站,花七块钱买了一张六点发车到上海的火车票。绿皮火车跑起来哐当哐当响,摇摇晃晃像是在坐船。一个小时二十分钟后,火车到达上海站,他需要再转一个多小时地铁才能找到蔡老师。

蔡正仁见是周雪峰来找他,心里的第一感觉并不是特别满意:眼前这个孩子,嗓音、扮相各方面条件看上去都不是很好,不是他心目中要等的人。"你既然来了,说明有想学的心,我会好好教你。我们先从《断桥》学起。"蔡老师说完,把周雪峰带去剧团练功房。

周雪峰跟在蔡老师身后,心中窃喜,老师没有嫌弃他条件不好,还收他做徒弟;但他想学的并不是这出戏,又不太敢贸然跟老师提要求。到了练功房,蔡老师准备开始教戏,周雪峰终于鼓起勇气开口:"老师,我想学《哭像》。"周雪峰知道《长生殿》里的这出戏,是蔡老师的代表作,他想从最经典的剧目开始。蔡正仁笑了笑,说:"这出戏,你还演不了,以后再说。你要想跟我学,就得从头开始。"多年之后,周雪峰才知道自己当时的想法有多么不知天高地厚,老师的心胸足够宽厚,才没有拒绝他这个"不知好歹"的毛头小子。

周六的学习结束后,周雪峰趁着夜色赶到火车站,赶回苏州。按说,周日早上还要来,他可以在上海住一晚,但宾馆一晚上要一百块钱,抵得上他一星期工资。第二天一早,周雪峰又坐上苏州到上海的火车,一路奔波求学。这一趟往返,一天花在路上的时间就有六七个小时,不过这些时间也没有白白浪费掉,他都用来在脑子里自己过戏。

第一周练完,蔡正仁对周雪峰说:"你的嗓子不行,太细、太窄,高音上不去,需要自己多练,下个礼拜再来看效果。"谢过老师后,周雪峰暗下决心,下周再来时,要让蔡老师看到他的进步。

练嗓子声音大,怕吵到别人休息,回到苏州当晚,拖着疲惫的身子,周雪峰在剧团里四处搜寻可以练声的僻静处。找来找去,最后发现只有一个放电动车、自行车的车库比较合适。

提着一个大水壶,周雪峰就在这个黑黢黢的车库里,伴着一盏昏暗的白炽小灯开始练嗓。音调从低到高慢慢爬升,起初还担心会不会吓到来取车的人,后来一想,都快十点了,应该没人再来,渐渐放开嗓子往上吊,只能听到自己的声音在不算大的车库里来回飘荡。

一开始吊不上去,发不出高音,周雪峰感觉自己的嗓子像烧红的烙铁一样发烫。喝口水润了润,嗓子终于像淬过火的铁块一样降下温来。再一次蓄气,迈开步子,口中发声,一个个音阶往上爬。周雪峰感觉这次爬得比平时都要顺畅,到了一个从来没爬上去的音阶,就像登上了一处从未到过的山顶,看到了山下一幅雾霭缭绕、烟波涌起的奇异景象。

周雪峰还在沉浸和陶醉中,身后一辆蒙了层灰的电动车突然发出警报,吓了他一大跳。他想把电车的警报关掉,可越碰它越来劲,变着花样喊叫。无奈，周雪峰只好拍掉手上的灰，耐心等它自己安静下来。车库终于恢复平静，周雪峰又喝了口水，在他的音阶之峰上继续攀爬，上一次爬的地方，这次没费多大力气就登了上去，可那辆旧电车又开始叫。

如是再三，周雪峰好像找到了规律，只要他把嗓子吊到一定高度，电车报警器就开始响，他转念一想：这不刚好成了他现成的测音器吗！从那一晚开始，周雪峰就开始跟这辆旧电车搭档，每爬到一个音阶高处，他就离电动车再远一些，反复练习。

周五晚上，周雪峰又一次来到车库，从前一天标记的地方开始，把嗓子高高吊起，可那辆电动车没有一点反应。换到近处，再喊嗓，还是没动静。他走过去拍了拍车座，没响动，原来是电车没电了。周雪峰有些失落，像是失去了一位练唱的好朋友。他一直都想找到那辆电车的主人，让车子充上电，好继续陪着他练习，可一直未能如愿。也许，这是某一位同班同学离开剧团时遗弃下的旧物。

又一个周末，周雪峰还是按老时间、老路线去上海找了蔡老师。蔡正仁本来以为他或许是一时兴起，跑一周觉得辛苦就不再来了。但周六早晨，周雪峰准时出现在了他面前，跟他汇报了这一周的练嗓情况。周雪峰自然没跟老师讲把电动车练没电的趣事，蔡老师只要一听他的嗓子，就知道他这一周用了多少功。一看那双不大的眼睛，就能看出他心中有几分坚毅和执着。

这样的苦学，周雪峰坚持了整整三年，终于让蔡老师从心里认定了他这个天资不算好的徒弟。

自从那届昆剧艺术节后，这一批留在剧团的"小兰花"们终于真正领略到什么是昆曲艺术，终于感受到他们从事这一行当的价值所在。借着昆剧艺术节的东风，苏昆剧团与周庄旅游景区签订了长期合作协议,让剧团的年轻演员到新建成的周庄古戏台进行演出。这批"小兰花"终于告别了苏州饭店的"伴餐"演出,有了一个正式一些的舞台。

首届昆剧艺术节落幕,"小兰花"们的昆曲人生,才刚刚拉开帷幕。处在低谷时,没人能想到日后会是怎样一番日月,离去的人,或许已经寻到了新的道路,留下的人,心怀理想默默坚守。

像八十年前"传"字辈祖师爷们一样,"扬"字辈"小兰花"在凄风苦雨中守候,等待雨过天晴,等待彩云漫天。与"传"字辈老前辈不一样的是,"扬"字辈不仅仅在艰难中"传"下了昆曲,更将昆曲的曲调高高"扬"起。

"小兰花"们迎来了一个更好的时代、更好的中国、更好的苏州,也即将用他们的坚守和努力,迎来昆曲的盛世。

昆曲，"人类非遗"！——让苏昆"走出去"——白先勇走进苏昆——想做一出大戏——排一个"青春版"《牡丹亭》——"魔鬼训练"，回炉重造——从五十五折到二十七折——"捏"一出正统、正宗、正派的"青春昆曲"——经久不息的争论——拜师仪式——化缘之路——赴一场"青春之梦"

第三章 生生燕语明如翦

2001年5月,昆曲被列为首批"人类口述和非物质遗产代表作",六百年的丽曲华章重新受到社会关注。趁着这一场"非遗"的东风,最先行动起来的还是苏州。

迎着万般困难,无惧艰难险阻,《牡丹亭》这出古老的经典昆剧在苏州大地上开启了她青春重现的萌芽。以古典为体,以现代为用,一出正统、正宗、正派,而又适合年轻观众审美理念的"青春昆曲",将要焕发新的生命力量。

一切缓缓就绪,只待青春之声唱响,再睹姹紫嫣红开遍。

第一节 如花美眷，似水流年

周庄古戏台坐东朝西，是个半开放式舞台，苏昆剧团的"小兰花"班刚到周庄演出时，正赶上夏季来临，午后骄阳从西面照射过来，晒得脸上火辣辣的。花旦演员穿得轻薄，只觉得晒，不会太热；可花脸演员夏天也要穿厚棉袄，一件件厚重行头裹在身上，热得要死。暑去寒来，衣着单薄的花旦演员在台上冻得瑟瑟发抖，花脸的厚戏服终于在冬天有了优势。"冻死花旦，热死花脸"，这句戏曲行当的老话，"小兰花"们终于在周庄的舞台上领会到了。

每天早上九点，景区开门迎客，古戏台上也跟着鸣锣开演，一小时演一场，休息一小时，接着再演；台下观众不多，都是到周庄旅游的游客，在台下坐一会儿歇歇脚就走，很少有坚持看完整场的。不管台下人多人少，"小兰花"们都很珍惜这个来之不易的舞台，他们已经太久无戏可演了。

遇到雨天，雨水会从屋檐斜落下来，他们照样集中精力演出，不让自己的动作有丝毫松懈。还在学校时，老师就跟他们说过：演戏最怕演"油"了，动作一个松懈下去，整个人慢慢就废了。

2001年5月18日，刚从古戏台下场的演员们得到一个消息：昆曲被列为首批"人类口述和非物质遗产代表作"。名字有些拗口，刚看到这个消息时，大家也没有太多触动，只觉得"遗产"这两个字有点刺眼。他们刚得到了一个比较正式的舞台，所表演的东西就已经变成遗产了吗？遗产不是要进博物馆的吗？可他们当下正在台上活生生表演着昆剧。

二十岁出头的"小兰花"们，还无法预计这一消息将给他们的事业带来怎样的影响。不光是他们，整个昆曲界都抱着一丝期待，观望接下来的局势。

昆曲入"非遗"，让六百年的丽曲华章重新受到了社会关注，但最先引发的并不是热议，而是担忧。这时，全国昆曲界演出人员和工作人员加起来一共也就800人，他们自嘲为"八百壮士"。

这一场"非遗"的东风，是否能吹动昆曲这条古船重新扬帆起航？

最先行动起来的，还是苏州。第一届昆剧艺术节，让苏州文化部门看到了苏昆剧团与全国其他院团的差距，作为东道主，他们竟然拿不出一场昆剧大戏，只能拿苏剧上场；作为昆曲的发源地，苏州竟只有"半副昆班"。剧目储备不足，青年演员训练不够、演出不够，这些问题必须解决。

11月初，伴着微凉的秋风，昆曲复兴的大幕在她的家乡首先拉开，昆剧传习所成立八十周年纪念大会在苏州召开，同时庆祝中国昆曲被列为"人类口头和非物质遗产代表作"。随后，苏州市苏昆剧团改团建院，分立"江苏省苏州昆剧院"和"江苏省苏州苏剧团"。第二年春天，四十岁的蔡少华受命出任苏州昆剧院首任院长。从此，苏昆的历史揭开了一页新的篇章。

蔡少华是土生土长的苏州人，1985年毕业于苏州大学政教系，后进入文化部门工作。接任新职务前，蔡少华原本在苏州市文化局艺术处当处长，主持策划了首届中国昆剧艺术节，让海内外昆曲人都看到了昆曲在发源地"月落重生"的新希望。

新成立的昆剧院需要组建领导班子，市委宣传部周向群部长大脑中闪现的第一个人选，就是年富力强且思路开阔的蔡少华，便直接打去电话。蔡少华一听要调任昆剧团，一口回绝："戏曲我一点不懂，这件事做不了。"虽然昆剧院要改团建院，但当时的情况大家都有所耳闻，各方面条件不足，三年内换了两任团长，工作很难展开。

一周后，周部长又找到蔡少华，提了个折中方案："人事关系留在机关，用你的思路去剧院做一下整合，两年弄完了再回来继续工作，怎么样？"直属领导连提两次，蔡少华不好再拒绝，反正人事关系还留在局里，放心大胆干上几年，实在不行再回来。会议室里，蔡少华摩挲着茶杯，最后答应下来："好，既然周部长看重，那我就去试试看。"他本想做几年试试看，没想到一入昆曲门，就忙到了退休。

到艺术处任处长之前，蔡少华在外事科工作过，主要是把苏州文化推介到海外，把海外文化介绍到苏州，"引进来、走出去"的方法，成了他接手苏州昆剧院后的首要思路。苏州有那么丰富的文化资源，但一直没有足具影响力的"文化产品"出现，要发展，必须打破体制藩篱，打破地方化思维的藩篱。

怎么让苏昆走出去，这是蔡少华考虑的第一个问题。之前参赛也好，出访也好，大多是官方性质，虽然效果不错，但机会不多，对大众的实际影响力也不够。如何另开辟一条新的路子呢？黑夜里，只有书房一盏小台灯相伴，蔡少华又点上一支烟，上一支刚刚按灭在烟灰缸里，还在冒着缕缕青烟。忽然，他想起昆剧艺术节上结识的古兆申老师。

古兆申一直在香港中华文化促进中心参与传统文化的传承与推广工作，是个一谈起昆曲两眼就会放光的人。1992年12月，古兆申组织台湾新象文教基金的樊曼侬、舞蹈家林怀民、作家蒋勋等多位文化界人士到南京和杭州观看昆剧，亲自点了几出将要失传的传统折子戏；从那之后，更是连续几年组织港台地区文化人士参加"看昆剧，游江南"活动，为昆曲的发展辛劳奔波。

苏州方面发出昆剧艺术节的邀请后，古兆申欣然前往。对大陆昆曲界持续多年的困境，古兆申早已熟知，他曾在20世纪90年代以"中华文化促进中心昆曲研究及推广委员会"名义向浙昆、江苏省昆和苏昆提供资助。七天大戏看下来，古兆申非常激动，他终于看到，昆曲的火种不光没有熄灭，而且正在以如此热烈的方式勃发。虽然年轻演员们的一招一式看上去还显稚嫩，但已经让他看到了昆曲复兴的新希望。

蔡少华掐灭香烟，赶紧去翻找记录重要联络人的电话本，终于找到了古兆申的联系方式，当即打去了电话。电话拨通后，他开始有些后悔：自己这个着急脾气，总是想到事情立马去做，忘了现在已经是晚上十点多钟。

电话嘟嘟几声响过后，听筒里传来一个儒雅的声音："您好，哪位？"蔡少华赶忙回应："古老师好，我是苏州昆剧院的蔡少华，之前在昆剧艺术节上跟您见过。"一听是来自昆曲故乡的电话,说的又是昆曲的事,蔡少华这边听筒里的音调提升了好几度:"哦哦,蔡处长,您怎么到昆剧院工作了?"

见自己的贸然来电没有影响古老师休息,蔡少华终于放下心来,把这一年来自己从筹办艺术节到昆曲入"非遗",再到苏州市昆剧院成立,自己借调至昆剧院前前后后的经历讲了一遍。蔡少华一边讲,古兆申一边问细节,他一直关心昆曲的发展,苏州昆剧院的新动向让他尤为感兴趣。

两人又谈了一通当下昆曲发展所面临的紧要问题,古兆申能感觉到,虽然刚到昆剧院当了几个月院长,蔡少华已经是半个行家。说了好半天,两位昆曲中人才想起打这一个电话的最初目的。

蔡少华在椅子上坐正,清了清嗓子说道:"古老师,我这么晚打电话来,是想请您来剧院帮我们把把关。""好,好!明天我上班后看一下日程表,给你一个时间回复!"古兆申答应得很爽快。

2002年夏末,古兆申如约而至,蔡少华请剧院老少演员把拿手戏演了一遍。在剧院看完戏后,一头华发的古兆申转头对蔡少华说:"要论实力,几个剧团都在你们苏昆之上。"蔡少华点头,这一点他心里清楚。古兆申顿了一下,又说:"不过,苏昆也有自己的特色,你们演员身上那些传统的东西,是我很少见到的,或许在这一点上我们能挖掘一下。"作为昆曲发源地的剧团,苏昆那种原汁原味的传统风格被古兆申看中,并挖掘了几个带有南昆特色的稀有剧目。

在剧院看完戏,蔡少华又带古兆申顶着酷暑赶到周庄,看"小兰花"们的舞台表演。自蔡少华就任后,团里添置了一辆中巴车,每天载着年轻演员们往返,车身特别装饰了"游周庄,看昆曲"的创意广告，周庄旅游部门看了高兴，还为此特别补贴了一些交通经费。在有这辆中巴车之前，全团演员每周分批轮流过来，五六个人挤在一块睡通铺，条件很差。现在有了交通工具，可以每天往返，省得一直住在外面，像没有家的孩子。

苏昆剧院这帮年轻演员，古兆申曾在昆剧艺术节上见过，五对唐明皇和杨贵妃热热闹闹演了一出《长生殿》。那时的"小兰花"们被"放养"了近两年，排起戏来不免有些生疏。又隔两年，古兆申再看这帮年轻演员，一招一式规范了不少，虽谈不上水准有多高，但至少能看出一些专业性。

一出《惊梦》演完，古兆申冲台上的年轻演员竖起了大拇指："不错，这帮小朋友不错。"坐在台下凉棚里的蔡少华，额头上已经冒出了一层汗珠，短袖衬衫也几乎汗透。他知道，台上的演员更热，长时间带妆，油彩里的色素已经随着汗液渗进了皮肤。

听了古老师对演员们的夸赞，蔡少华心里感受到一丝清凉："古老师，台上这些是我们苏昆的未来，也是中国昆曲的未来，还请您多费心指导。如果有机会，也把他们带出去走走，锻炼一下。"古兆申拧开矿泉水瓶，喝了一大口："传承昆曲，培养年轻演员，我责无旁贷，但要想真正带这批小朋友走到港台昆曲界，你需要找到两个人，一个是白先勇，另一个是樊曼侬。"

这两个名字，蔡少华早就听过，尤其是白先勇，可怎么才能跟这两位名家建立联系呢？看着蔡少华皱起的眉头，古兆申说："我会帮你联络，看看最近能不能请白先勇到香港聊聊，你这边提前准备。"听了这句话，蔡少华很感动，由衷敬佩古老师这样的谦谦君子，不图名利，甘作幕后牵线人。

古兆申回去后，很快联络了香港康乐及文化事务署，邀请苏昆剧团来港演出。2002年10月，两位昆曲人在香港再次会面。一见面，古兆申就跟蔡少华说："12月我请白先生来香港讲学，他还不太了解苏州昆剧院的情况，到时机会合适你一块来聊聊。"蔡少华听了很激动，没想到事情进展这么快，但转念一想，如果纯粹是聊天，恐怕打动不了白老师；论实力，上昆、浙昆都排在苏昆前面，他们需要拿出点东西来给白老师看看。

"白老师讲座是什么题目？什么内容？"蔡少华赶忙问。古兆申说："这次是面向香港的大学生、中学生，题目暂定'中国古典文学中的男欢女爱——谈中国昆曲之美'。"蔡少华听后，脑中灵光一闪："白老师讲'男欢女爱'，讲的都是年轻人的故事，让我们苏昆的小兰花上台示范不是刚好吗？"古兆申抱起手臂，眉头微微皱了一下："以往上台配演的，可都是昆曲界的名家，要是换一群小朋友去演，恐怕……""古老师，这次不一样，年轻演员饰演年轻角色，给台下的年轻人看，再合适不过！"蔡少华几番劝说，古兆申也觉得有些道理："好，我现在就给白老师打电话！"

电话打过去，古兆申把刚才两人商议的结果讲了一遍，没想到白先勇一口回绝："苏州这个剧院我还没去过，不太了解，不敢贸然尝试，昆曲这么美的艺术，万一这群小孩示范出来效果不好怎么办？影响我的名声事小，影响昆曲可是大事！"见白先勇语气坚决，古兆申也没硬劝，还是按商议好的，请那几位大剧团的名家来做示范。

站在古兆申旁边的蔡少华听到了电话里的内容，他没想到，白老师这么看重昆曲，连一场面向中学生的讲座都筹备得这么认真仔细。虽然这次被拒绝了，但未必不是好事，只要以诚心打动了白先勇，他也一定会认真对待苏昆这批小兰花。

古兆申挂掉电话，右手挠着花白的头发："白老师认定的事情，不太好劝，但你放心，我觉得你的方案不错，晚上再打电话给他。"再次谢过古兆申，蔡少华怀着一丝希望，投入眼下这次香港演出活动中去。

第二节 花似人心好处牵

接到老友古兆申打来的电话时,白先勇正在准备两三个月后在香港的一系列讲座。一口回绝后,他又慢慢回味这位老友的提议。他还从来没有面向中学生讲过课,"昆剧中的男欢女爱"这个题目是专门为年轻听众准备的,应该能合他们的胃口,可这些十六七岁的香港少年,能看得进昆曲名家的表演吗?

名家示范,美则美矣,可就是演员们的年纪大了些,即便化了妆,也没有年轻人那种由内而发的蓬勃朝气。如果按古兆申的提议,换成年轻演员来做示范,会不会效果更好一些?这样的想法在脑中转念几次之后,白先勇恰巧又接到了古兆申打来的电话,还是谈请年轻演员做示范的事。这次,他没有忙着回绝,而是把这件事的来龙去脉清清楚楚听了一遍。

"这帮小演员靠得住?"白先勇在电话里问。

"靠得住！我夏天专门跑去苏州看过，你放心啦。"古兆申见白先勇终于松口，赶紧替"小兰花"们打包票。

"好，那就听你的，冒一回险。"在古兆申苦口婆心地劝说下，白先勇终于做了决定。

跟白先勇打完电话，古兆申赶紧又拨了蔡少华的号码："白老师答应了，你这边赶紧准备。"蔡少华听后大喜，功夫不负有心人，苏昆的"重生之路"终于见到一丝新的曙光。谢过古兆申后，蔡少华赶紧打电话回苏州，确定演员、戏目，抓紧时间排练。

2002年12月初，蔡少华派杨晓勇副院长带着俞玖林、吕佳等四位演员来到香港，为白先勇的昆曲讲座进行当场示范。白先勇在香港大学陆佑堂和香港沙田大会堂连讲了四场昆曲，面向中学生的那场讲座开始之前，他看着台下1000多名学生，有的在玩手机，有的在聊天，好像心思并不在将要开讲的昆曲讲座上。十六七岁的孩子不像大学生，更不像成年人，他们并非自愿，而是被安排来听这场讲座的。他们真能对中国传统文学感兴趣吗，怎么能让他们两个小时不分神？要是一会儿他在上面讲，孩子们在台下低头发信息，那该怎么办？白先勇心里有些忧虑。

讲座先从宋明理学的"天理人欲"讲起，白先勇一边讲，一边观察着台下孩子们的动静——还算认真，但好像也没有特别兴奋。讲到《牡丹亭》中的"幽媾"部分时，白先勇请俞玖林几位演员登台，给学生们演示这场梦中幽会。笛声一响，杜丽娘、柳梦梅登场，水袖一甩，台下中学生们的眼神便被牢牢吸引了。演讲结束后，白先勇松下一口气，1000多名学生听得津津有味，看得目不转睛，从他们的眼神和反应中，白先勇看得出，这群孩子是第一次了解到，古人的爱情故事原来是这样的。

不过，让他没想到的是，几位临场示范的年轻演员竟成了"明星"，中学生们都跑来跟他们合影、要签名，呼啦啦一群人挤满了讲台。通过这次讲座，白先勇第一次感受到年轻演员和年轻观众之间奇妙的联系。

古兆申从台下走上来，指着跟中学生合影的几位演员说："白老师，这几位演员不错吧？"

白先勇整理好讲稿，从座位上站起身："这次多亏了你哦古老师，我还不知道大陆有这么年轻漂亮的演员，尤其是那个柳梦梅，简直是从我脑子里跑出来的一样。"

晚上主办方设宴，俞玖林和白先勇坐一桌。他对白先勇了解不多，只听说是位对昆曲事业很用心的老教授，在他印象里，感觉应该是和《牡丹亭》里的老儒生陈最良一样的人。可这次一见，他感觉白先勇并不老，也很和蔼，饭桌上一直笑眯眯地看着他，一个劲儿地让他多吃点。俞玖林也笑，不太敢抬头看白老师，只顾自己闷头吃东西。这是他第一次来香港，看什么都很新奇，美食也很合胃口，几天时间长了四五斤肉。

晚饭吃完，白先勇走到俞玖林身边问："想不想跟汪世瑜老师学戏？"俞玖林垂手站在白先勇跟前，听完这句话有些蒙。汪世瑜是国内昆曲界最有名的"巾生魁首"，在他心中是"神"一样的存在，他只在戏校时跟汪老师见过一面，以自己的现有水平，能跟汪世瑜老师学戏，他想都没敢想。可现在，白老师竟主动跟自己提议，俞玖林带着一脸惊讶，点点头。

这次蔡少华没能亲自带队赴港，便每天晚上给带队的副院长杨晓勇打电话询问情况。派几位年轻演员去香港之前，他并没有十足的把握，也担心他们会掉链子，但既然机会来了，就一定要好好抓住。几天了解下来，他从杨晓勇口中感受到白先勇的惜才与爱才，特地嘱咐要邀请白先勇到苏州来。

于是，等白先勇和俞玖林聊完，杨晓勇走上前，趁机说："白老师，我们苏昆有整一班这样的年轻'小兰花'演员，希望您能到苏州去看看。"白先勇听后连连拍手："好啊好啊，我会去看。"见白先勇答应下来，杨晓勇很高兴，但人家没说具体时间，他也不好接着追问，只好耐心等待下一个机会到来。

香港所有活动结束后，白先勇回了趟台湾，之后又去了一趟上海。上海文广新闻传媒集团和南京几家影视公司想要联手把《玉卿嫂》改编成电视连续剧，请白先勇过去洽谈，古兆申把这个消息传送给了苏州方面。

蔡少华是个一刻都不肯耽搁的高效行动派，他收到消息后立马动身，买了一大束鲜花，开车直奔上海锦江饭店。不久前刚看过俞玖林、吕佳几位年轻演员的示范表演，白先勇一直在回味他们表演中那种虽稚嫩但足够青春的感觉，没想到这位蔡少华院长这么高效，直接跑到上海来接人，这一点让他很感动，当即答应，谈完上海这边的事情马上跟他回苏州去。上次没能去香港跟白先勇见面，这次终于有机会见到，从上海回苏州这一路上，蔡少华把苏州昆剧院的情况完整地告诉了白先勇。

苏州方面早已准备好，市委宣传部部长周向群出面迎接，请白先勇入住乐乡饭店，蔡少华全程陪同。入住的第一晚，蔡少华接着白天没讲完的部分，继续跟白先勇讲述苏昆的情况，从最初如何建团，到省昆、苏昆分家，再到当下面临的最大问题，两人一直谈到第二天凌晨。白先勇有他独特的作家的作息方式，晚上精神振奋，聊起昆曲没有一点倦意。听完蔡少华的介绍，他们约定第二天下午一起到周庄古戏台看"小兰花"们表演。

第二天是个雨天,年关将近,冷雨淅淅沥沥落个没完。白先勇起床吃过午饭,随蔡少华去了周庄。天气虽然寒冷,但看戏人的心是火热的,尤其是白先勇看到这样一群年轻演员迎着冷雨,在半开放的旅游景区戏台上认真演出时,他感受到了昆曲这门古老艺术在她的故乡传承、发展的希望。

白先勇兴致很高,看完戏后迈步子都快了不少,雨天路滑,脚下没留意,仰面摔了一大跤。这一摔,让蔡少华紧张起来,他知道白先勇两年前刚做完心脏手术,生怕这一下再摔出个什么意外,赶紧叫了救护车把人送到医院。一整套检查做下来,白先勇身体没有问题,还是那么精神亢奋。

在周庄看完戏,又回剧院看了两天戏。那次去香港,花旦演员本来安排的是沈丰英,最后她因身体原因没能去成;这一回,蔡少华专门安排沈丰英唱一出《游园惊梦》给白先勇看。

《游园惊梦》是白先勇与昆曲的结缘戏,一曲【皂罗袍】在他心中回荡了半个多世纪,看到台上这位杜丽娘,他心头一动,忙问坐在身旁的蔡少华:"这位演员怎么之前没见过?"蔡少华回说:"这是我们'小兰花'班的花旦,叫沈丰英,上月去香港时她生病没去成。"白先勇眼睛紧盯着舞台,连声赞叹:"这个杜丽娘好,真好!"蔡少华听了,心里高兴。三天连演十六出折子戏,都是以年轻演员为主,苏昆把家底全部亮了出来——虽然不像其他剧团有"七梁八柱"、一众名家,但苏昆有齐刷刷一整批二十岁出头的年轻人。在昆曲的发源地,又有这样一批演员,这两点,是苏昆几乎全部的优势。

在苏州乐乡饭店的第四天晚上,白先勇和蔡少华又坐下来摆出一副促膝长谈的架势。三天大戏与三晚长谈，白先勇摸清了苏昆的情况，也熟悉了眼前这位年富力强、敢想敢干的苏昆院长。昆曲要抢救，演员要培养，苏昆要请名师来教戏，这是前三天讨论下来后两人达成的共识。但蔡少华觉得，白先勇好不容易来一次，只是把把脉、提提建议还不够，还应该一起做些大事。

蔡少华在沙发上坐正，右手推了推眼镜，对着白先勇说："白老师，我们想做一出大戏。"

白先勇握着茶杯暖手，听蔡少华这么一说，一双大眼睛亮了一下，连忙表示支持："好啊，难得有这么一批小演员，要好好训练他们，我会帮忙联系老师来教。"

蔡少华深吸了一口气，对着白先勇继续说："白老师，我想请您牵头来做这出戏。"

白先勇放下茶杯，连连摆手："我是一个作家，哪里会排戏，我只能做个'昆曲义工'，在一旁敲敲边鼓可以，其他的真做不了。"

"不，这件事还只有您能做，只要您这杆大旗一立，就能集结昆曲界最优秀的专家，把我们苏昆这批小兰花带起来。您在帐中运筹帷幄，我去前面冲锋陷阵。"蔡少华的思路很清晰，这些事他在脑中已经反复琢磨了很久。

白先勇听后，低头沉思了好一会儿。他一直决心要为昆曲做些事情，但他的初期计划是办些讲座、活动来推广昆曲，不耽误自己的创作——为父亲写一部传记，是他的另一个心愿。白先勇是个理想主义者，又是个完美主义者，一桩桩事情都要投入巨大的时间和精力，如果真的要牵头做一出戏，恐怕要花费几年时间在上面。

见白先勇不语，蔡少华继续鼓劲："白老师，现在正是好时候，你我精力都还旺盛，这批小兰花两三年来感受到了昆曲回暖的势头，热情很高，要是再等三五年，怕他们过了这股劲头，一批人就荒废了。只要您出面引领，剩下的事情我带头去做！"

白先勇抬头看了看钟表，又快到四点钟了，窗外寒风吹彻，再有十几天就要过年了。他双手撑住沙发，让自己的身子直起来一些，对着蔡少华说："真的？你这么看重我？"

蔡少华一直没有抽烟，但手上紧握着烟盒，眼睛里没有一丝倦意："我们的年轻演员是一块块璞玉，需要有大师雕琢。昆曲怎么传承，经典戏怎么排，需要有高人指点。这些事，需要您登高一呼，把各方精英都聚到一起。"

白先勇把双手搓热，盖到脸上，在眼睛周围打转。他已经六十五岁了，不再能像年轻时候一样连续熬夜，眼睛最近总是觉得干涩。要排一出大戏——随着蔡少华的劝说，他在心里反复思量要为这件事所做的准备，最后开口说："我一个人肯定做不了，我先想一想，要找哪些人来才能做这件事，要好好想想。"

蔡少华松下一口气，这几天接触下来，他也了解了白先勇的性格——只要他动心起念去做一件事，这事肯定能做起来。窗外天光已经有些亮了，蔡少华送白先勇回房间休息，下午还要送他搭飞机回台湾。

把白先勇送回去后，蔡少华走到酒店门外，迎着寒风点燃一支烟，烟雾淌入身体，带来一股愉悦。东方泛起的鱼肚白已在眼前，抽完这支烟，他也应该去休息一下了。天亮以后，还有好多事等着他去做，还有好多人需要去找。

在香港问俞玖林想不想跟汪世瑜学戏时，白先勇并不是随口说说，他已经计划好，要当面跟汪世瑜说，请他来教俞玖林，把这个柳梦梅的好苗子给带出来。从苏州回到台湾，白先勇给樊曼侬打了个电话，听说新象基金会刚好年前邀请汪世瑜带团来台湾演出，他直接去了汪世瑜要入住的酒店等候。

汪世瑜与白先勇有旧交。1988年汪世瑜在美国演出《牡丹亭》的《拾画叫画》，白先勇专门驱车三个多小时去看。当地报纸在演出第二天刊出报道，称汪世瑜"不愧为中国大陆头牌小生"，这句话就是出自白先勇之口。然而这位"头牌小生"走上戏曲之路，却是源于一次偶然。

汪世瑜本名汪铭育，1941年生于昆曲故乡苏州太仓，祖上是安徽盐商，因经商来到太仓码头定居下来。到父亲一辈，家里开始经营大米生意，家境殷实。抗战胜利后，父亲把汪铭育送到上海读书，小学毕业后，十四岁的汪铭育考入淮海中学。新中国成立后，父亲由米商变为普通工人，每月十几块工资，辛苦养育五个儿子。淮海中学是上海名校，但汪铭育也看到了父母的辛苦，正纠结要不要继续在上海念书。

这年春假，汪铭育和同学一起去昆山春游，七位少年本以为昆山会像它的名字一样有山可爬，但到了玉山公园一看，只有低矮的小丘。大失所望的少年们，偶然看到了国风昆苏剧团的招生告示，谁都没真心想考，只是抱着玩闹的心态，想着被"昆山"这个名字骗了一回，一定要"报复"它一下。

七个少年顺着告示上的地址找到了招考点，见考官们正在收拾物品，招考已经结束。少年中领头的一个上去说："我们刚看到招生告示，能不能再考一回？"其他几个孩子在后面偷偷跟着笑。招考老师说："今天已经过了时间，要考明天再来吧。""明天我就要回上海去了。"领头的少年继续说。

团长周传瑛刚好从屋里走出,看见了这群少年中转动着一双大眼睛偷偷笑的汪铭育,见这个小孩扮相不错,尤其是两只眼睛格外灵活,在眼眶里一个劲儿打转,于是对这群孩子说:"既然你们来了,那就再考一下吧。"

一群少年带着恶作剧的心态参加了考试,轮到汪铭育时,周传瑛问他:"你要不要也考一下?"同伴们在一边怂恿,汪铭育一想,来都来了,那就跟着考一考呗。

"老师,我考,可是我也不会唱啊。"汪铭育瞪着大眼睛对周传瑛说。

"不会没关系,你来跟着学一段。"周传瑛把十四岁的汪铭育带进了考场。

考题是《玉簪记·琴挑》,"月明云淡露华浓"里的"浓"字汪铭育不认识,周老师教了他好几遍,终于能跟着老师把完整的一句唱下来,他的嗓子很亮。周老师又带着他压了压腿,看了看他的身体柔韧度。汪铭育虽然没学过戏,但在一众考官面前丝毫不怯场,不多会儿就从考场里走出来。

小伙伴们赶紧跑过来问:"哎,怎么样?"汪铭育昂着头回答:"不错,蛮好玩。"一群少年都没怎么把考试放在心上,考完一块跑去院子里玩。过了半个钟头,周传瑛走出考场,恰好又看到汪铭育,他正在院里修剪一根树枝,想把它做成金箍棒。

"小鬼,刚才学的那句还记得吗?"周传瑛冲着忙得满头大汗的汪铭育问。汪铭育脱口而出:"月明云淡露华浓。"虽然不知道什么意思,但这个句子他牢牢记下了。周传瑛点点头,对这个意外考核的小孩很满意。最终,六个小伙伴全部落榜,只有汪铭育被选中。这次"补考",其实是周传瑛专门为汪铭育准备的,如果不是

第三章　生生燕语明如翦　　131

这次意外之旅，汪铭育的人生可能是另外一条道路。

回家几天后，汪铭育就收到了剧团发来的录取通知，这个意外让他有点不知所措，吃晚饭时把通知书摆到了饭桌上，请父母帮忙拿主意。兄弟五个挤在饭桌上，一会儿就把一桌菜消灭个干净。

父亲拿着通知书看了半天，皱着眉头说："学戏可是要吃苦的，旧时候进梨园先要签生死契，师父打死学生不算犯法。"母亲也跟着说："早先时候，穷苦人家才送孩子去学戏，咱们家现在日子虽然难一点，但很快就能好起来，你安心念书。"汪铭育看了看舔着碗底的四个弟弟，把通知书从父亲满是老茧的手上拿回来，两手捧着："您说的都是旧社会的事，现在是新中国了。周老师还跟我说，到那吃住都不花钱，每月还给两块钱生活费，我愿去。"父母看着老大那双眼睛，知道他的心事，孩子大了，懂得帮家里分担，于是没再言语，应了他。

跟着剧团回到杭州后，汪铭育很快面临选行当的人生大事。看汪铭育眼睛大、脸盘圆、大嗓洪亮，有老师建议他学花脸，汪铭育不肯："我想像周老师一样学小生，学不了小生我就走。"新学员有三个月试学期，剧团和学员之间双向选择，汪铭育看周老师在台上每天变换着人物来演，演的又都是英俊的小生，非常羡慕，心下决定非小生不学。

带团的老师一听，这小孩说话这么冲，也来了气："不学你就回去吧。"事情传到周传瑛耳朵里，周老师倒觉得这小孩蛮坚定，又是自己把他招进来的，于是先去安抚、说服了其他几个老师，最后宣布："汪铭育留下来学小生，由我来教。"

汪铭育跟着周传瑛入了小生行当，按传统，周传瑛给他取了艺名——汪世瑜。中间这个"世"是辈分，最后的"瑜"既取了原名中"育"的谐音，又按老规矩带上了小生行当的"玉"字旁，表玉树临风之意。

汪世瑜入团之初，周传瑛还是从《琴挑》教起，也不教别的，先让汪世瑜练走方步，从入台到亮相的"九龙口"，七步走完。走台步十天为一期，一个动作反复训练，练到第三个十天，汪世瑜心里开始毛躁：学个戏怎么这么难啊，别的什么都不教，老让一遍遍走台步。虽然心里抱怨，但他还是按照老师交代的去做，到第二个月时，他开始慢慢感受到脚下的奇妙，对轻重缓急都有了细微感受。

小方步连续走到第三个月，周老师终于觉得他的台步有了点样子，汪世瑜以为终于可以学戏了，没想到，还要学指功、腿功、眼功，离学戏还差得远。好在汪世瑜足够认真，老师布置练什么，他就认真仔细地练习，哪怕心里一百个不情愿，动作上也不会有半点马虎。

指功、腿功勤加练习就能有进展，但眼功不太好练。旧时梨园行练眼功要求很严苛，老师傅们为了让小演员的眼睛受得了外界刺激，要求他们睁着眼把头浸在水里进行练习，这个不太科学的办法让不少演员晚年患上眼疾，后来被渐渐取缔，各路名师选用自己的新办法给学生练眼功。

汪世瑜眼睛大，眼珠子转动灵活，但缺少章法，周传瑛让他每天早上去黄龙洞看鸟。早上练完嗓子，汪世瑜开始站定，不准动头，只能动眼，眼睛随着飞鸟上下左右移动。除了看鸟，周老师还教他一招——看别人打乒乓球。看球必须站在球案中间，眼睛盯着球左右画弧线。跟着"鸟师父"和"球师父"，汪世瑜慢慢把眼上功夫练了出来。

基本功打牢后，周传瑛才开始教他《琴挑》，一个个动作手把手教会。基本功加排练，整整用了一年时间。1957年6月1日，杭州胜利剧院，汪世瑜迎来了自己的第一次登台。

尽管这出《琴挑》已经练了千百次，可上台前汪世瑜心里还是发抖，周传瑛站在一旁说："别害怕，放心演，大胆演。"汪世瑜登台，进团头三个月练的台步功夫派上了大用场，一步步走出去脚下像生了根一样稳，一个个动作都很到位。看完戏，周传瑛在传习所时的老师，也是为浙昆传人们取名字的浙江图书馆馆长张宗祥说："传瑛啊，你收了个好徒弟，你有接班人喽！"听师爷如此夸赞，汪世瑜心里高兴，自己的昆曲舞台生涯终于开了一个好头。

汪世瑜学戏正赶上好时候，浙昆排演的《新十五贯》在全国掀起昆曲热潮，整个剧团风风光光四处巡演了几年。风潮过后，剧团在一波波政治运动中演演停停，汪世瑜也没办法专门学戏，只能跟着老师们一边排戏一边学；十几岁的年纪，就跟着剧团下乡巡演，用团里老一辈的话来说，他们这帮小演员上场就是"没有牛耕田，就硬拉了条狗上"。

有一回下乡演出，汪世瑜和师母张娴合演《断桥》，演白娘子的张老师喊一声"冤家"，汪世瑜竟回了一句"啊，母亲"，台上台下笑倒一大片，舞台上的小青笑到背对着观众，直不起身。汪世瑜对台上这出戏不够熟悉，和台下生活中的人物印象混淆了，好在观众不计较，就当是临场加的笑料。

回城在剧院演出，也时常出状况。有一回演《西厢记》，汪世瑜扮张生，唱到悲痛处，汪世瑜抬眼远望，剧院里白炽大灯太晃眼，刚好照到他的眼睛，顿时泪眼婆娑，妆容花成一片。第二天，报纸上登出一篇文章，夸汪世瑜年纪轻轻入戏深，唱到动情处竟忍不住落泪。汪世瑜看了报纸，没想到一个失误竟阴差阳错成了美谈，一个人心里偷着乐。上午到周老师办公室谈话，周传瑛右手轻点着桌面上的报纸问："报道看过了吗？"

"看过了老师。"汪世瑜轻声回应。

"看了什么？"周传瑛拿起报纸又问。

"看了……报上夸我入戏深。"汪世瑜右手挠头，有些心虚。

"这是夸你吗？比直接批评还要严重！"周老师把报纸往桌上一扔，厉声说，"是行家一看就知道，这时哪能流泪！一把泪染成个大花脸，后面的戏多丑！"

汪世瑜低头站着，不敢回话，周老师的当头棒喝让他偷着乐的心思一扫而空，知道自己的不足，日后更加刻苦训练。边学边演，虽然出丑不断，但也练出了他的胆量和应变能力，不管舞台上碰到什么意外，都能随机应变圆回来。

1962年，二十一岁的汪世瑜因演出《西园记》一炮而红，周总理看过戏后大加赞赏，后来浙江省委书记钱瑛称赞他是"中国最好的小生"。汪世瑜一时风光无两，出门演出住高级饭店，外出有人接送，电话有人代接，一年内连涨了三级工资，第二年又涨了两级。

这样的人生境遇，让汪世瑜感受到看"姹紫嫣红开遍"是一种什么样的体验。可惜好景不长，文艺政策一变，满园春色随即"付与断井颓垣"。"文革"中，汪世瑜被下放到中学，凭借自己的戏曲功底做了八年语文教师。运动结束后，年近不惑的汪世瑜已经适应了教书生活，本以为后半生会在讲台上度过，没想到组织上又下文件调他回原单位工作。

重回剧团，汪世瑜已然人到中年，身体发福，嗓子粗糙，身上功夫也荒废了十多年。凭借一股毅力，他像十四岁入剧团时一样从头学起，没日没夜地走台步、练唱腔，把这些年丢下的东西一点点找了回来。

回到剧团两年后，汪世瑜又找到了十几年前那个自己；重回舞台，还是唱那出《西园记》，台步、唱腔、身段，都比二十一岁的自己更稳。月落重生灯再红，杭州剧院、长沙剧院……所到之处都是多场连演，场场满座，等退票的人排出去好几条马路。

汪世瑜又红了，甚至比二十一岁时还要红，红得也更持久。省剧协副主席、省政协常委、全国政协委员……梅花奖、终身成就奖、一级演员……一项项荣誉接踵而至。这些，他都已经看淡了。在艺术生涯的后半场，他更看重昆曲的人才培养，像"传"字辈老师们一样培养后继人才，把自己身上的戏传下去。

飞机在台湾一落地，新象基金会来接机的工作人员就告诉汪世瑜，白先勇已经在宾馆等他。汪世瑜看了一眼手表，已经是晚上十一点多，他心想，这是有多么重要的事情，让白老师半夜在酒店等候。

汪世瑜第一次与白先勇见面是在 1988 年，他受委派一人到洛杉矶演出、演讲，白先勇开车三个多小时从圣巴巴拉赶过来参加。白先勇比汪世瑜大四岁，两人是同代人，一见如故，聊到大陆昆曲界现状时，难免声声叹息，最后告别时互道了"共同努力"。十几年过去，可以为昆曲共同努力的时候终于来了。

到达酒店时已是夜里十二点，汪世瑜连房门都没进，直奔一楼咖啡厅与白先勇会面。见汪世瑜匆忙赶来，白先勇起身迎接："汪老师，真是不好意思，这么晚还要把你约过来。"汪世瑜见白先勇面色从容，并不像有急事的样子，于是也放松下来，入座喝茶聊天。

虽然已是凌晨，但两位老友一聊起昆曲就有说不完的话题，尤其是白先勇。汪世瑜能感觉到，白老师聊天的内容看似散漫，但内里有一条线索牵连着。他先谈的是昆曲的人才危机，对全国几大昆曲院团的年轻一代演员如数家珍，尤其谈到了苏州昆剧院的"小兰花"班，这是以往他从没谈过的内容；随后转到昆曲人的使命话题，又谈了巾生演员之难得，昆曲界如何建立更好的师承关系、培养年轻演员等；最后谈到怎么出新戏来培养演员和观众时，已经是黎明时分。

白先勇看了一眼手表，四点半钟，开始进入今天谈话的正题："这次在香港，我发现一个巾生好苗子！这么些年，走遍了全国，我就见了这一个，苏州人，叫俞玖林，现在是苏州昆剧院的演员，扮相英俊，嗓子很亮，表演也不浮夸。我想让他拜你为师。"

汪世瑜听了忙摆手拒绝："第一呢，昆曲界不兴收徒一说，所有的老师都是我老师，所有学生都是我学生，都能学都能教；这第二呢，你说的这位俞玖林，我还不认识，师生关系也讲缘分，缘分到了，我自然会教他。"

白先勇脸上一直带着笑，他早就料到汪世瑜一开始会拒绝，就像他最初拒绝古兆申一样，但他有办法让这位老朋友也一步步加入大队伍中来。白先勇拍了拍汪世瑜的胳膊说道："汪老师你先别忙着拒绝嘛，又没让你现在就做决定收他，稍后我会让他到杭州专门拜访你。还有一个事，过完年，我们一块到苏州看戏去！具体我回头再给你打电话聊。"

话说完，白先勇起身，示意今天的谈话到此结束。前面做了长长的铺垫，到了正题部分几分钟就说完，也还没做出什么有效决定，汪世瑜领教了白先勇的谈话艺术，他知道，白老师这是在给自己"灌耳"，这是个高妙战术。

迎着熹微晨光，两位年过耳顺的老友在酒店大堂分别，共同等待着新一年里一场未知的昆曲之旅。

送白先勇离开苏州后，蔡少华很快就带着俞玖林去了杭州，专程拜访汪世瑜。蔡少华专门把王芳也叫上一块去杭州，一方面考虑到王芳是目前院里唯一的梅花奖得主，另一方面王芳也算是俞玖林的半个老师。

1998年"扬"字辈"小兰花"们进团后，大多数人无戏可演，但俞玖林是个例外，进团没多久就和王芳搭配演《花魁记》。王芳这一批"弘"字辈演员流失太严重，最后甚至找不到一个同辈小生配戏，只能在"扬"字辈里挑出一个俞玖林来"揠苗助长"。跟着比自己大十五岁的王芳老师演了半年多《花魁记》，俞玖林回到同学们中间后明显感觉老练了不少，后来又一块在周庄演了这几年，在同班同学中显得很出挑。

从香港回来后，白老师经常打来电话，一个电话打一个多小时，俞玖林大冬天里握着电话站着，冻得身体直发抖，但心会随着白先勇慢慢悠悠的语调暖起来。白先勇喜欢长谈，一个问题里里外外反复讲几遍，直到把问题讲透，把对方讲通。给俞玖林打电话，主要是提气，让他有自信去拜汪世瑜为师。每次打完电话，俞玖林都是信心百倍，可信心又会渐渐随着时间消减。这次去杭州的车上，他心里又开始打鼓，自己的水平能否入得了偶像汪世瑜先生的法眼呢？

车到杭州，汪世瑜正在忙着开政协会，会议结束，汪世瑜和夫人马佩玲一块把俞玖林带回了家。凑巧的是，刚退休不久的汪世瑜、马佩玲夫妇这天刚巧要搬新家，俞玖林就跟着两位老师一块走进了新房子。

在新房子宽阔的客厅里，汪世瑜一招一式教俞玖林《琴挑》中的几段戏，主要是看看他的基本功。几天下来，汪世瑜对这个学生心里有了数，基本条件不错，但基本功实在差，手、眼、身基本还不会用，像个没设定好程序的机器人。虽然学戏、演出五六年时间，但基本还是一块毛坯。

从汪老师的眼中，俞玖林也看得出他的态度，虽然自己身上有各种不足，但汪老师并没有表现出嫌弃和不耐烦。练完功闲下来喝茶聊天时，汪世瑜给俞玖林斟茶，俞玖林双手捧过，汪老师头也没抬地问："往后有什么打算？"俞玖林被突如其来的问话一惊，杯中热茶一晃，差点倾洒出来。把小杯在桌上放稳妥后，俞玖林回汪老师说："老师，我知道自己基本功还不够好，但我会比别人加一百倍的劲头去练，我想一直在舞台上演下去！"

"昆曲这么不景气，没想过离开？"汪世瑜放下茶壶，继续问。

"没想过。我们这批小兰花进团后，出于各种原因走了不少，我一直有戏演，家里也不用我着急挣钱。"俞玖林喝了口茶，茶香让他慢慢镇静下来。

"好。我当年学戏，比现在条件差得多，好多戏都是现演现学。有一回演《风筝误·逼婚》，要使马鞭，临上场我还不知道怎么使，周传瑛老师当场教，教完立马上台。有周老师在，我就不怕，演错了他能帮我兜回来，忘了词他就替我唱。可是有一点，周老师只允许同样的错误犯一回，要是看不到我的长进，他一定批评。"汪世瑜又给俞玖林倒了一杯茶，跟他讲了些自己当年学艺的故事。俞玖林捧过第二杯茶，听着汪老师讲的故事，品出了故事背后的深意——汪老师看到了自己身上的闪光点，也寄予了更多的厚望。

在汪世瑜的新房子里住了一个星期，俞玖林回到昆山过新年。

年前与蔡少华在机场分别后，白先勇打了电话回苏州，继续与蔡少华商议排戏的事。但在决定着手做事之前，白先勇在电话里向蔡少华要了一个承诺："蔡院长，如果我们决定做这件事，你得答应我一个条件。"蔡少华猜不到白先勇的想法，但为了给年轻演员们排一出新戏，只要能做到的，他绝不犹豫："白老师，您讲。"

"你要答应我，不能离开苏昆。这件事只要一开始，就得连续做好多年，你走了，这件事就做不下去了。"白先勇看重蔡少华的思路和行动力，他知道一旦换了领导，整个剧院的发展思路就会大变，前面做出的努力都会白费。

电话那头"啪嗒"一响，蔡少华点燃一支烟，思绪随着烟雾飘散开去。年初答应周部长调来苏昆时，他只打算用心做上两三年，打开一条新路后就功成身退，继续回机关工作。他喜欢西方现代艺术，做对外艺术交流的工作可谓得心应手，可现在要一头扎进古老的昆曲艺术中，且不知这件事的终点会在哪里，这件事如果成功，他或许要在苏昆退休了。对他来说，这到底是好事还是坏事呢？眼下没时间思考那么多，白老师还在电话那头等待，他只能凭心本能地回答："白老师，我答应您，我不离开苏昆，跟您一起把这件事推进到底！"短短几十秒时间里，蔡少华大脑中把这些年的工作经历在脑海里回想了一遍，最后给出了肯定答复。电话那头传来白先勇激动的声音："好，一言为定！"

约定达成后，白先勇几乎每天打电话到苏州来，每次电话常常一小时起步。一旦决定了要做这件事，他比谁都认真投入，演员怎么训练，戏怎么排，一桩桩事情在电话里理出了个大概。白先勇正好比蔡少华大两轮，两个人都属牛，做起事情来有一股牛劲儿。

对于要排什么戏，白先勇和蔡少华在漫长的电话会议中也逐渐达成了初步共识，还是选《牡丹亭》。对苏昆来说，《牡丹亭》主要讲年轻人的爱情故事，适合这帮年轻的"小兰花"去演；对白先勇而言，"游园惊梦"是他的半生情结。

2003年正月初七，苏州正下着小雪，白先勇、古兆申、樊曼侬、辛意云、汪世瑜、张继青一行人从四面八方赶来，为排一场新戏做论证筹备。蔡少华又给各方专家亮了一遍家底，三天时间演了十六个折子戏。白先勇带着大家白天看戏，晚上开会讨论。

春节过后，正是苏州香雪海梅花开得最盛的时候，有人提议去看梅花，白先勇听后拉下脸来："梅花好看，但我们得先把事情谈定了再看。"自此没人再提这事，专心投入眼前事。三天看戏、讨论下来，专家们的一致意见是：戏可以排，但演员们的水平还不够，需要训练。

排演《牡丹亭》，并不是一件容易的事，这出经典戏几乎是全国各大昆剧院团的必演剧目，已经打磨得很成熟，也有名演员来撑台面，从各方面来看，苏昆并没有任何优势。多年的艺术策划经验让蔡少华经常能找到新思路，正当一群人思考着如何找出一个突出亮点时，蔡少华脑中灵光一现，睁大眼睛拍着桌子说："不如我们就排一个'青春版'，我们不跟别人比，就用自己的年轻演员演绎一个青春故事！"

这个想法一提出，专家们都点头称赞。目前大多数《牡丹亭》都是中年甚至老年演员来演剧中的年轻人，舞台上有成熟的金黄色，却少了青春的嫩绿和鲜红。蔡少华提出的"青春版"概念，无疑是扬长避短的好办法，一个新的创作理念在这次会上确定下来。

将一个古老的戏曲剧目赋予"青春"二字，其中意味颇多，它代表着传承之中的创新，蕴藏着苏昆人的雄心与壮志，更是对中国戏曲未来的昭示。蔡少华就是这样一位有很多想法、想做大事且踏实肯干的人，他想为苏昆争光，更想为昆曲事业做新的开拓，在这方面，他的理念与白先勇高度一致，也与汪世瑜极其吻合。

论证完成，也有了新的创作理念，白先勇终于放松了一些，不再像前几天一样严肃，脸添了不少愉悦的色彩。可蔡少华心里还装着一件事，这件事如果解决不好，恐怕这出新戏排起来也难。瞅见一个合适时机，蔡少华走到白先勇身边小声讲："白老师，还有一件重要的事，可能需要您出面解决。"

白先勇睁大眼睛问："什么事？"

蔡少华推了推眼镜说："院里现在已经在排大戏《长生殿》，是顾笃璜老先生负责，我担心咱们《牡丹亭》排起来后人手不够。"

白先勇问："年轻演员也都在那边有戏演？"

蔡少华回说："戏说有也有，说没有也没有。这台《长生殿》用的主要是中年演员，年轻演员大多是在里面跑龙套。"

白先勇挠挠头，说："明白了，我们得去借人。你安排一下，我们一块去拜访顾先生。"

蔡少华把会面地点选在了苏州国画院听枫园，白先勇、汪世瑜、张继青、古兆申、樊曼侬一起去拜访了顾笃璜，蔡少华、王芳、杨晓勇、尹建民作为昆剧院领导陪同前去。

双方见面，顾笃璜情绪也很高，寒暄中对白先勇的团队表示欢迎："白先生，感谢你们能来为苏州昆曲做些事情。"

"哪里哪里，我们是来跟顾老师学习的。"白先勇久仰顾家过云楼大名，为这样一座文化宝库在战争和动乱中损毁深感惋惜，今天能有机会见到顾家传人，又是昆曲同道中人，白先勇分外高兴。

见双方交流比较和谐，蔡少华悬着的一颗心逐渐放下来。对于苏州一些老先生的排外心理，他早有耳闻，生怕顾老也会有这样的想法。他请白老师主动拜访，多少有些"拜码头"的意味。

白先勇说完想排《牡丹亭》的想法，顾笃璜依旧还是称赞，承诺只要不是《长生殿》的主要演员，其他人都可以调过去。得到了顾笃璜的承诺，白先勇和蔡少华对了一下眼神，两人终于放下心来。

这次到苏州，白先勇心里装着大大小小十几件事，其中很重要的一件，就是请蔡少华一家人吃饭。几个月密集接触下来，他了解了蔡少华的脾气性格，跟他一样，都有一股拓荒牛的劲头，算是志同道合。白先勇知道，事业家庭难兼顾，一个把心思全扑在事业上的人，最容易苦了自己家人。蔡少华四十出头，儿子正在上初中，家里上下老小都由妻子一人照应，虽不言苦，但其中艰辛都埋在了心里。把紧要事情处理完后，白先勇请蔡少华一家三口吃了顿晚餐，一方面算是答谢，另一方面，也让蔡少华能够得到家人理解，更安心工作。

各项商讨、准备工作基本完成后，苏州市委宣传部宴请各位专家，一向关注昆曲发展的周向群部长与白先勇谈得很投机。周部长一直以来都想为苏州昆曲做些实事，包括选派蔡少华来担任昆剧院院长，这都是他心中昆曲复兴计划的一部分。眼下白先勇带着团队前来，联合中国最优秀的一批昆曲艺术家为苏昆打造一出大戏，这是周向群最期待看到的事情。白先勇也信心十足，饭桌上向周部长提出：马上筹备排演《牡丹亭》，来年春天到台湾首演！此言一出，饭桌上的气氛瞬间热烈起来，老昆曲人眼中跃动着一簇簇火光。

然而，汪世瑜没有表现出特别的兴奋，坐在位置上一言不发。虽然大家群情高涨，但他并不看好这件事。苏州昆剧院正在排演的三本大戏《长生殿》，是台湾商人陈启德出资，邀请叶锦添担任舞美的一部大制作，一个地方剧院同时排演两出大戏，在人力物力上都不现实。再一个，《牡丹亭》是各大昆剧院团必演的经典剧目，上海昆剧团的《牡丹亭》已经非常成熟，苏昆靠这帮小孩再搞一出新的《牡丹亭》，能有什么新意？为了不扫大家兴致，汪世瑜把这些想法藏在心里，静静听着大家的热烈讨论。

话题一开，具体的工作分配也随即开始安排，这些东西已经在白先勇心里筹备了半个多月，他像将军调兵遣将一样把一桩桩事情安排得井井有条：我们的《牡丹亭》准备开始排练，剧本整理由我和古兆申、辛意云几位负责，演员培训和艺术指导由汪世瑜、张继青几位老师领衔，蔡少华院长负责统筹，樊曼侬女士负责演出筹备，舞美方面，我也有了合适人选，回头马上去联系。

听到任务落到自己身上，汪世瑜没法再沉默，不好对选择《牡丹亭》这个戏本身多说什么，只能实事求是指出最迫切的问题："目前演员的功力还不够，很难把握好人物，恐怕无法直接投入排演。"大家都知道，汪世瑜是整个大戏排演中非常重要的一个环节，他提出的意见，像是往一锅沸水中浇了一盆冷水，饭桌上的热烈氛围冷却下来。

见自己的发言造成了僵局，汪世瑜心里也有些过意不去，赶紧介绍了当年浙江小百花越剧团的集训排练情况。当时浙江省越剧团要到香港演出《五女拜寿》，从全省各剧团抽调了30多个"小百花"

演员，省里拨了专款，请来全国各地的名师、演员，对这批小演员进行了八个月的集训，才得以排出一台戏。

"如果这批小兰花要排《牡丹亭》，恐怕也得有这么一个集训活动。"汪世瑜说这些话，更多的是为了调节气氛，也是为了让白先勇和苏昆方面知难而退。即便周向群、白先勇、蔡少华对这个提议当即表示赞同，汪世瑜也不认为他们能解决关于排练的各种问题。首先，钱的问题就很难办，本年度的专款已经划拨下去，要再增加几十万元资金，光申请、批示少说也得两三个月时间。

回到杭州后，汪世瑜并没有太把这件事挂在心头，还是按照自己的节奏做手头该做的事。在他的经验里，以往这样的情况并不少见，饭桌上大家聊得起劲，一腔热血，筹划完后遇到各种现实困难，事情往往不了了之，没了后话，他想着这次恐怕也一样。

出乎汪世瑜意料的是，不到一周时间，蔡少华院长打来电话，说一切已经准备妥当，经费也已到位，请他迅速组织一批教师队伍，4月1日开班教学。汪世瑜终于知道，他们并不是逢场作戏说说而已。感叹于苏州方面的行动力，汪世瑜也紧锣密鼓地组织起教学团队，准备开排。

在不到一星期的时间内完成筹备工作，蔡少华费尽了心思，靠着一根接一根的香烟理清头绪。组织专家，确定排戏，确定排一台青春版《牡丹亭》，他的计划在一步步往前推进，这自然是令人欣慰的事。但会上提出的一个个想法，最终都要到他手上来落实。

摆在眼前的首要困难，是资金的问题。请老师来训练演员，三四个月的周期，至少需要40万元经费，钱从哪里来？蔡少华又去找了周向群部长，谈了眼下的困难，周部长同意先划拨20万元经费，把队伍组织起来，把演员训练起来，后面再想办法筹集。

万般困难之下，一出经典昆剧在苏州大地上开启了她青春重现的萌芽，谁也无法预料后面将会遇到多少艰难险阻，无法预料她将展现出多强的生命力与青春之光，事情只能在一步步筹备中前进，等待姑苏大地上唱响青春之声，开遍姹紫嫣红。

第三节 牡丹春归占得先

被俞玖林、周雪峰、沈丰英、吕佳几位年轻演员称为"魔鬼训练"的集训开始于 2003 年 4 月,"总教头"汪世瑜突然像是回到了那个"火热的青春年代",浑身上下充满了干劲。他给学员制定了一天三班的详细课程表：早上七点到八点半是早功课，接下来九点半到十一点半、下午一点半到五点半是表演基本功课，晚上七点到九点是唱腔及艺术鉴赏课。每一天的课程都排得满满当当，且没有任何节假日休息。这对受训学员和培训老师来说，都是很大的考验。

从学戏到演戏，这批"小兰花"演员已经有了近十年经验，但在汪世瑜看来，一切必须从零基础开始。尤其是对俞玖林、周雪峰两个小生演员，汪世瑜格外用心打磨。两人身体条件不错，都是一米七几的标准身材，但看上去不够挺拔。汪世瑜身高不足一米七，在台上却能有一股挺拔傲立之感，这是舞台训练的结果。为了让两个身形标准的年轻人挺拔起来,汪世瑜专门请来舞蹈老师刘祥福给两人开肩、挺腰,让他们用芭蕾舞的训练方法进行专项练习。

十五六岁进校学习,在艺校已经受过一遭苦的俞玖林和周雪峰没想到,相隔近十年后,还会有这样一次回炉重造的经历。第一个月的腰腿基本功训练,让俞玖林感觉"肌肉在燃烧,骨骼在撕裂"。上完白天的基本功课程,周雪峰感觉双腿不只是酸胀,还有燃烧的灼热感。军训一样的封闭训练刚巧赶上2003年"非典",而年轻演员们一门心思扑在练功上,想在舞台上为自己争取一个角色,无心关注外界。

周传瑛先生教汪世瑜学戏时,光台步就让他走了三个月,走不好不准学新东西,但眼下汪世瑜一共才有三个多月时间,只能"违背师训",提高训练强度,恨不得一个月把一年要学的内容都教完。

汪世瑜教小生"手眼身法步"基本功,台步、眼神、指法都有讲究:步法有方步、便步、踮步、云步、大小醉步、大小腾步、圆场步、攀登步、赶步、小窜步、圈踉步、病步、滑步、跪步之分;指法有双手忧伤指、转身游园指、翻手追逐指、风雨颤抖指、室内环境指、作文风雅指、愤怒反应指、强烈挣扎指之别;至于眼神,更是复杂多样,仅常用的就有觑眼、眯眼、睥眼、眺眼、盼眼、瞄眼、睡眼、倦眼、醉眼、病眼、痴眼、睐眼等十多种。

一个月里要学会这些步法、指法、眼法,还要组合起来在舞台上去运用,汪世瑜自己也知道困难有多大,但时间紧迫,只能每天都加入新内容,强迫俞玖林和周雪峰把这些基本的表演程式硬记下来。

学生练功,老师也要陪上一整天,六十多岁的汪世瑜每天至少六小时待在台上,和两位演员一起练习,有时他要示范的动作比学生要练的还多。尤其是走台步，每个动作都要示范三五遍，跑圆场要领着两个学生实打实在台上跑几圈，让他们感受每一个动作上的轻重缓急。

跑圆场时，汪世瑜吩咐两个人从台上先跑五圈开始练，每天加两圈，步子要稳，还要快，走起路来身体不能摇晃，脸上还要保持一副悠然的神情，表现出小生的那种潇洒。刚开始跑圆场的几天，两人还觉得不是太难，只要掌握好了身体，几圈跑下来不费太大力气。到了第十天，两人跑到第十八圈时，再也没有力气往前，忍不住坐倒在地，浑身大汗淋漓，呼呼喘气。

汪世瑜看着两人疲惫的样子，有些心疼，可他知道，一旦松懈下来，前面付出的努力就打了水漂，后面再想升上新的高度就更难了。汪世瑜拉下脸来，厉声训斥："不准坐下，站起来，继续走慢步。"俞玖林和周雪峰只好用手撑着地，艰难地爬起来，按老师的要求继续走。又坚持练了两天，终于突破了这道坎。一个月"转步"与"圆场步"走下来，两人各穿破了三双厚底鞋。

第一个月的基本功练好后，汪世瑜拿《牡丹亭·拾画》中的【颜子乐】【千岁秋】两个唱段进行专门训练，把两个人的水袖和扇子功的一个个动作带着练好。第二个月后半段排了一出《玉簪记·偷诗》，把之前学的基本动作融合到一块，指导他们演出一个风流潇洒的潘必正。

第三个月的训练，汪世瑜着重增加两个人身上的"英气"，排了《牡丹亭·硬拷》《牡丹亭·幽媾》《牧羊记·望乡》三个折子戏，为后面开排青春版《牡丹亭》做准备。两个多月过去，俞玖林和周雪峰终于在汇报演出录像带里看到了自己的变化，那种脱胎换骨式的改变，让两人感受到，这些天的辛苦，都值了。

短时间内连排好几个折子戏,光唱段、念白就需要花很多工夫去背。两位演员完全投入了集训状态,像走火入魔一样每天沉浸在戏里。当时,苏昆剧院多数年轻演员还是住宿舍,跟他俩同住在院里的其他"小兰花"演员大多在《长生殿》剧组跑龙套,任务不是很重。同住一屋的人常常见不到早出晚归的这两人,就算见到了,他俩也不怎么理人,沉浸在集训状态里,眼睛左右转动,口中念念有词,如果不知道他们是在进行"魔鬼训练",一定觉得这两人着魔疯癫了。

汪世瑜教小生,夫人马佩玲则负责训练花旦演员。白先勇第一次到苏昆看戏时,就看中了沈丰英,论基本功和唱功,沈丰英都不是最好的,但白先勇看中了沈丰英那双会传神的眼睛。

白先勇第一次来苏州时,沈丰英并不了解他此行的目的,她对白先勇也不了解,只觉得是位大戏迷,所有人都演了一遍给他看。演完《惊梦》和《琴挑》两折戏,沈丰英回到台下坐着,心想终于完成了任务,一身轻松地和同伴在台下交流,聊得蛮起劲儿。正坐在沈丰英前面的白先勇回过头来,瞪了她一眼,沈丰英当时也没在意,觉得白老师可能是觉得她太闹腾,于是压低声音继续和同伴聊天。

在香港时没机会见到,到苏州一见,白先勇就凭她的那双眼睛认定了沈丰英。确定要对演员进行集训后,白先勇专门打电话给马佩玲,关照她给沈丰英减肥,绝对不能吃零食。三个月的魔鬼训练,再加上饮食管控,沈丰英所受的苦一点不比男同学少。好在这些苦她都扛了下来,三个月后一称体重,果然瘦了十五斤,完成了白老师交代的瘦身任务。

舞蹈老师刘祥福的开肩训练,对沈丰英来说也是一"劫"。每天早上一看到刘老师的身影，沈丰英就开始在心里默念，祈祷一会儿老师能够下手轻一点，可她的祈祷一次都没管用过。时间一到，训练开始，刘祥福开始一个个开肩，用膝盖抵住后背，两手拉着肩膀往后掰，练功房每天早上都是一片哭号声。五个旦角先来，还没轮到自己就开始掉泪，到自己时疼得哇哇大哭，每天都要哭一场。两个小生演员不像女孩子们有哭的特权，只能咬着牙坚持，刘祥福上手开掰时，他们的脸由红到白，再慢慢变绿，刘祥福盯着他们的脸看，直到变绿才放手。

跑圆场对沈丰英来说也是个困难，马佩玲特别在意脚下功夫，看了沈丰英的圆场后摇了摇头，走到她身边说："这么大的剧场，你一个人在台上走，又要在规定的唱腔里完成那么多串联，一出《寻梦》唱下来，没有脚下功夫根本撑不住。"马佩玲让沈丰英每天跑一个小时圆场，在台上不停跑。

几天圆场跑下来，马佩玲再去看，还是不满意，总觉得沈丰英脚下缺少力度，扎不住根。当年周传瑛老师在浙昆教他们学戏时，不管哪个行当，首要的基本功就是台步上要扎根，一上来先走三个月台步再说。对于沈丰英这批演员来说，时间条件不允许，只能在强度上想办法。

"你去找两个沙袋绑到腿上，每天绑着沙袋继续走一个小时台步。步子不能大也不能小，只能在这个幅度里。"马佩玲盯着沈丰英的脚，帮她想新办法。沈丰英点点头，心想绑沙袋这个方法蛮新奇。初中时学校里的男孩子跟着武侠小说、电影里的人物学功夫，每天绑着沙袋走路上学，幻想着有一天摘下沙袋后能练成飞檐走壁的轻功，那时女孩子们都笑他们傻乎乎。没想到，多年之后，她自己也有绑沙袋练功的这一天。

听马老师的教导，沈丰英买来一对沙袋，绑在腿上每天跑一个小时圆场，刚开始还觉得不适应，双脚沉重，慢慢地没了感觉。马老师看过后说速度不够，她就再提速，每天坚持不停地跑，像个动力拉满的小马达，跑坏的鞋子一点不比两位男同学少。

"魔鬼训练"在苏昆的老剧场进行，一个大剧场，每个角上有两台破旧的小空调，造出的冷气根本吹不到舞台上来。老行话讲"冻死花旦，热死花脸"，到了6月梅雨季，花旦演员在训练舞台上也热得要命，一行行汗水顺着落下的手指淌下去，每天至少要带三身衣服来，早中晚各换一身。在这样的训练强度下，沈丰英想不瘦都难。

回苏昆教戏，对张继青来说就像是回娘家一样。当年她就是从苏州调到南京的，如今退休，终于能有机会把毕生所学传授给自己娘家人。受白先勇和蔡少华所邀，她把自己已经唱得炉火纯青的《牡丹亭》上本传给了年轻演员。

张继青当时膝盖已经不太好，关节经常疼痛，为了让年轻演员领会每一个动作所包含的感情，她仍忍痛坚持一遍遍做示范。在教沈丰英《牡丹亭·离魂》一折时，杜丽娘有个离别时跪母的动作，光凭口头讲，张继青担心年轻演员对人物的内心领会不到位，就一遍遍跪倒在地板上去做示范，直到沈丰英的动作到位为止。

每天晚上的唱腔和艺术鉴赏课，让几位演员的身体有了短暂休息，但大脑的高速运转一点儿也不比身体上的训练更轻松。在艺校念书时，大家最不愿上的就是文化课，觉得老师的戏文讲解没什么实际用处，到排戏时直接硬背就好，简洁高效。每次文化课上，大家要么打盹养神，要么在课桌下面偷偷练指法，或者在脑子里过戏。

几年的演出实践经历，让他们尝到了戏文理解不到位的苦头，老师们教的那些古文、传统文化基础没学好，每学一个新戏都难以进到人物内心中去。如今回炉重造，又上文化课，白先勇不光自己来讲，还请了王蒙、许倬云、余秋雨、古兆申等文化名人来授课，把最好的文化资源带给这些年轻演员。

有这样一批全国昆曲界、文化界最好的老师来带，每位老师又都那么认真仔细，年轻演员们再苦再累也没一句抱怨，在一种良性竞争的氛围中鼓足了劲进行"魔鬼训练"，三个多月所学超过了之前在艺校四年的积累。

一边紧锣密鼓地训练演员、筹备新戏，蔡少华和汪世瑜同时还要面对来自内部的阻力。一年前借调到苏州昆剧院时，蔡少华已经预料到了后面可能会出现的问题。当时剧院情况很特殊，不少对昆曲事业操劳半生的老专家们还在密切关注着剧院的发展，导致新干部很多工作无法展开，严重者甚至会遭到"弹劾"。

到苏昆工作后，这个问题一直困扰着蔡少华，他不怕出力干活，怕的是费力不讨好，最后碰一鼻子灰，糊里糊涂讨一肚子委屈，还吃个哑巴亏。开始主持苏昆工作后，蔡少华每晚在台灯和香烟的陪伴下，写了一页页报告材料，定期向周向群部长汇报情况，让领导知道他在做什么、想做什么，也把可能会碰到的问题一条条写清楚。

请白先勇、樊曼侬、古兆申这批港台专家来苏昆排新戏，又请汪世瑜、张继青跨省、跨团来教戏，苏州当地的一些老专家开始有意见，一封封信件寄到市委领导手中，斥责苏昆现任领导放着现有的专家资源不用，到外面请人来乱改老祖宗留下的昆曲，矛头直指蔡少华。

好在蔡少华早有定期汇报，身为市委常委的宣传部部长周向群清楚他的想法和做法，力排众议，支持他敞开大门做大事。苏州文化精神中的"崇文"并不只是崇尚地方文化，昆曲是苏州的文化之宝，但并不是说苏州之外的人就不可以来做，"崇文"的目的是"融合"，以开放包容的姿态汇聚天下文化名家，融汇古今内外文化资源，从而"创新"，从而"致远"。有了领导的认可和支持，蔡少华更加大胆，放开手脚做事。

作为演员集训总负责人，汪世瑜的封闭训练并不是关门式集训。苏州文化部门和昆剧院一些老领导不看好这批年轻演员，也不看好他们能排出一台新戏，汪世瑜就设立了定期汇报表演制度，让几位受训的年轻演员每周在院内进行汇报表演，每隔半月请院外专家来观摩指导。从4月集训开始，每个月都会请苏州文化界有反对意见的专家来检验演员们的训练效果。这一招很奏效，既让年轻演员们有了压力和动力，也让苏州文化界的老专家们看到了这批"小兰花"身上实打实的进步。对于反对者提出的意见，汪世瑜一样采纳，这些从不同立场和角度提出的意见，有时恰是他们当局者所看不清的。

近四个月的"魔鬼训练"结束后，汪世瑜和张继青两位"教头"马不停蹄地带着演员们排演折子戏，把《牡丹亭》中的几出经典戏先串起来，请老专家们来提意见。几位老昆曲人坐在台下看完，觉得年轻人的功力几个月下来确实提升了不少，但这些串起来的戏看上去还是有些平，顾笃璜老先生摆摆手说，像"拉洋片"。汪世瑜听后虚心接受，他心里也清楚，目前这些串起来的折子戏还缺少起伏，他需要尽快拿到白先勇领衔编写的新剧本。

在台湾继续筹备《牡丹亭》演出事宜，忙着联络各方专家的白先勇，几乎每月飞苏州一次。苏昆当时拿不出太多经费，白先勇都是自费往返。为了能在上午观看演员排练，白先勇一改晚睡晚起的创作习惯，每天早上和演员们一块到场，排练完一块吃饭。第一次在昆剧院食堂吃饭时，面对粗陋的碗筷，白先勇一点没犹豫，端起饭碗就吃。为了排好这出戏，付出多少他都愿意。

每次从台湾来苏州，白先勇都会带来一帮昆曲戏迷，与汪世瑜主动请老专家们提出尖锐意见不同，观摩"小兰花"们的汇报表演之前，白先勇会先跟这些慕名而来的戏迷声明："这帮年轻演员正在快速成长中，大家看戏只能夸奖，不能批评，有什么建议可以私下跟我单独讲。"此话一出，大家都明白了白先勇的护犊心切，以及希望提升年轻演员自信的良苦用心。

白先勇辛勤奔波往返于海峡两岸，然而剧本的编写最开始并不顺利。拿到古兆申寄来的第一版剧本后，白先勇不是很满意，觉得还是有些太传统了，与他所设想的"青春版"还有些差距。

古兆申确实是个格外重视传统的人，他最初选择与苏昆接触，也是因为看重昆曲发源地所留存的传统特点。而白先勇制作这出戏所秉承的理念是"尊重古典，但不因循古典；利用现代，但不滥用现代"。利用现代舞台艺术、现代科技对《牡丹亭》进行颠覆性改编的案例，在欧洲和美国都有出现，那种先锋的东西不是白先勇的追求。虽然他大学念的是西洋文学，年轻时候也迷恋现代主义，但骨子里还是注重古典审美的中国文人。如何在传统与现代之间找到一个契合点，让这出四百年前的剧作焕发新的舞台生机，是白先勇改编《牡丹亭》所考虑的最关键问题。

好在古兆申是一位谦谦君子，也是一个纯粹的为昆曲事业奉献、不图名利的文人，当好友白先勇委婉表示他花费很大心血完成的这版《牡丹亭》剧本可能不太适用时，古兆申并未愤然拂袖而去。他尊重且认可白先勇的创作理念，愿意以其他方式为这台青春版《牡丹亭》继续做贡献。

弃用了古兆申的剧本，白先勇又打电话给台湾大学张淑香教授、香港中文大学华玮教授和台北艺术大学辛意云教授，组建了新的编剧团队。三位教授都是中国古典文学方面的专家，谈起《牡丹亭》作品内外的故事来如数家珍，找他们来做这出戏，是白先勇深思熟虑后的结果。

华玮最开始接到白先勇电话，听说他要推陈出新，排一台三本的《牡丹亭》时，最担心的还是票房问题，当时即便是在对传统文化非常渴慕的台湾地区，连演三晚的全本《牡丹亭》也不一定有很好的销路。但白先勇在电话里的语气很坚定：相信我，我们这次能做出不一样的东西来。三位教授都是白先勇的老相识，了解他的性格和做事风格，也相信他作为作家能够展现原著的精神，便应邀加入团队。

每个礼拜六中午，四位编剧在约定地点会面，樊曼侬作为制作人也加入讨论；五个人把每周积攒下来的编剧想法一一陈述，然后开始争论、吵架，一直吵到晚上；最后，白先勇把这周的讨论结果做一个总结，交代下一周各自的任务。在一周周的争吵中，编剧团队确定了理念和思路。

白先勇明确，他们要做的不是改编，而是整编。整编就是只删不改，绝不加新东西进去，只把原来漫长且稍显混乱的五十五折删改、合并成二十七折。同时，在庞杂的故事中理出一条情感线索，突出《牡丹亭》的"情至"精神，上本关键词是"梦中情"，中本关键词是"人鬼情"，下本关键词是"人间情"，把整个作品定调为一出古典"爱情神话"。历时五个多月,初定剧本终于拿出,马上寄到苏州汪世瑜手上。然而,案头工作的完成还只是个开始,由案头到舞台,还要经历无数次争吵和漫长的修改。

2003年9月,伴着未消尽的暑气,白先勇和来自台湾、香港的艺术团队再次来到苏州。从春天到秋天,一批"小兰花"演员在汪世瑜、张继青、马佩玲、姚继焜、翁国生、刘祥福等老师的指导下,也经历了一轮"春种秋收",白先勇带着团队一起检验半年来的排练成果。

在苏州昆剧院排练厅里,白先勇端着一次性塑料杯,和汪世瑜一块观看台上表演。最开始进行训练时,汪世瑜对年轻演员的第一印象是"歪嘴斜眼",站在台上没有台风,虽然也会演戏,但表演都太浮于表面,缺少对人物内心的领会。半年时间下来,几位生、旦演员终于离汪世瑜的要求又近了一些,只是在不少细节上还是常演常忘。

演到一半,汪世瑜站起身来,双手交叉抱在胸前,一脸严肃地看着台上演员。对于舞台,他向来要求严格,容不得半点马虎。一出戏演完,沈丰英的脸色并不好看,显然对台上的细节不很满意。俞玖林跟在沈丰英身后退场,临下场前还朝汪老师所站的方向望了一眼,等待着一会儿将要迎来的批评。

两人走下舞台,汪世瑜挥手把他们喊了过来:"教了戏文,你们总是忘,《冥誓》一折根本不是这回事。"两个年轻演员像犯了错误的学生一样立在老师跟前,咬着嘴唇,一言不发。

白先勇见状走过来,一如往常带着微笑,两只手交叉在身前,习惯性地往后仰身。汪世瑜又转向白先勇说:"你看,教了没用,还是忘。"白先勇笑眯眯地打圆场："没事，没事，再重新来。"汪世瑜面色终于缓和下来："他们功力还不到，我可以一直教他们，直到教不动为止。"白先勇看着这两位他很心仪的演员，在一边附和："要跟着老师一直学，一直学。没关系，再来过……"俞玖林和沈丰英终于敢露笑脸，对着两位老师点点头，退到一旁继续记词、记动作。

白先勇再看几位"小兰花"的表演，和汪世瑜的感觉不太一样。汪世瑜是手把手一步步把他们带起来的，每一个细节的不足都看在眼里，像是用一把尺子严格去量他们落实在舞台上的一招一式。而在白先勇眼中，这些璞玉经过汪世瑜、张继青几位老师的雕琢，相较于几个月前已经大有进步，虽然离成形还远，但已经够得上开排《牡丹亭》的水平，剩下的只是花时间再提高的问题。

在舞台上表演的并不只有俞玖林、沈丰英这对搭档，参加集训的七位演员最后还要等待老师们对角色的选择与排定。俞玖林、周雪峰两位小生，沈丰英、顾卫英、曹艳三位闺门旦，吕佳、施远梅两位小花旦，参加"魔鬼训练"的七位年轻演员迎来了最后的"分组考试"。

2003年9月26日，白先勇、古兆申、汪世瑜、张继青等主创人员一起观看了"小兰花"演员们八个小时的折子戏表演，紧接着开会确定最终角色人选。昆剧排大戏都分"AB档"，就像足球队的首发和替补队员，每个人都想争取当首发，不想落入"B档"替补位置，陷入漫长的等待。

对于"首发"演员的选定，主创团队意见分歧很大。柳梦梅这个角色，争论倒不是很大，白先勇在香港时已经认定俞玖林就是他脑海中走出的那个柳梦梅，几个月训练下来，他跟老同学周雪峰在表演方面旗鼓相当，因扮相更贴近人物，被定为柳梦梅这个角色的"首发"演员。

争论的焦点在于杜丽娘这个角色。论基本功，老师们大多认为顾卫英唱功更好，但白先勇尤其看重沈丰英一双会传情的眼睛，眉目之间闪动着青春的色彩，跃动着青春的情思。为了杜丽娘这个角色，八十岁的文化局老局长钱璎特地找到汪世瑜。汪世瑜恭敬地接待了老前辈，听她讲顾卫英如何从艺校时就表现突出，这么多年来一直都非常努力，应该是杜丽娘这个角色的第一人选。

顾卫英的唱功和刻苦，汪世瑜当然也看在眼里，但演员的确定最终还是得综合考量。白先勇坚持认为，唱功可以通过老师的训练提升，但扮相是爹娘给的，后天无法改变。其他人觉得白先勇的说法也有道理，于是定下了杜丽娘这个角色的"AB档"人选。

男女主角人选定好，第三个要确定的就是谁来演春香。集训时，吕佳一直是春香的第一人选，各方面也比较适合这个人物，后来汪世瑜、马佩玲看了本来在《长生殿》剧组跟着跑龙套的沈国芳，觉得她更像春香。沈国芳身形更瘦、更小，细细的一双眼睛笑起来更有十二三岁小春香的孩童稚气。

汪世瑜做"总教头"，马佩玲等于是这帮年轻演员的班主任，对于创作团队来说，马老师还相当于"支部书记"，凡是需要沟通解决的地方，都由马老师出面。为了解决春香角色的问题，马佩玲专门找到吕佳做思想工作。在马老师眼中，吕佳一直是个聪明小孩，学什么都很快，基本功也不错，如果不能以第一人选出演春香，她想为吕佳另选一个合适的角色。

刀马旦出身的马佩玲找到吕佳，开门见山地跟她讲："春香这个角色你很合适，但现在剧里溜金娘娘没人演，你又有武戏基础，能不能试一下这个角色？"吕佳看着一向和蔼的马老师，听到这些话从马老师口中说出，心里还是小小地震动了一下。

半年以来，她一直在为出演春香做准备，每天早上骑着自行车从家里来剧院训练，晚课结束后再一路骑回去，忙碌的生活中她连"非典"的存在都没有感觉到。她已经把自己的内心调成了舞台上春香的模式，时刻都在体会人物。现在，马老师却来告诉她，需要换一个角色来演。吕佳知道，这不是马老师一个人的想法，应该是创作团队做出决定后，请马老师来做她的思想工作。春香这个角色，有比她更合适的演员来演。

好在，吕佳的思路转换很快，内心小小的震颤结束后，她对马老师点了点头，表示愿意接受这个转变。多年之后，当吕佳再次回看当初的决定时，对老师们的决断非常敬佩。正是这个决定，让她成就了舞台上溜金娘娘这个以往并不被看重的角色，也让沈国芳演活了一个被白老师盛赞的"宇宙第一小春香"。

一整晚的角色讨论会结束，主创人员争得面红耳赤，最后还是白先勇一个个拍板，决定了最终的一张演员名单。当这张名单第二天一早被贴到苏昆剧院的公示栏后，迎来了一双双饱含各类情绪的眼睛。

演员们围拢过来，在名单上急切地寻找着自己的名字和名字所在的档位。寻到名字，并确定名字被排在"A档"的眼睛，透射出如愿的喜悦，又尽力掩饰着这种喜悦；发现名字被写在"B档"的几双眼睛里，显现出一些失落和不甘，甚至还有亮晶晶的东西在眼里打着转；还有几双特别的眼睛，在名单上搜寻了几轮都没看到要找的名字，透出一些疑惑，进而转变成愤怒的火苗；也有一些喜出望外的眼睛，本来只是看看热闹，没想到竟看到了自己的名字。

对于这些情绪，主创团队的老师们早在前一晚已有所预料。以同样的努力程度辛苦付出了这么久，有的被定为首发，有的成为替补，还有些连名单都没有入选，任谁都一时难以接受。但只要做决定，就会有牺牲、有埋没，一切只能从大局出发，保证大戏顺利开排。

2003年9月27日，昆剧"青春版"《牡丹亭》签约仪式和新闻发布会在苏州胥城大厦举行，苏州市委宣传部部长周向群、文广局局长高福民和白先勇、蔡少华、樊曼侬、汪世瑜、张继青、古兆申及剧组主创人员共同参加了这次盛会。

凡事都有因果，参加这次签约仪式的嘉宾，对这出戏来龙去脉的因果感一定更加强烈。如果不是20世纪末那次在湖南郴州召开的全国昆剧院团长会议后，高福民决心要在苏州举办首届昆剧艺术节，他便不会向周向群部长打出那个至关重要的电话；如果当时周向群接到高福民电话后没有表示全力支持，首届昆剧艺术节的举办可能要晚上好多年，或者并不会在苏州举办；如果不是周向群深思熟虑、三顾茅庐邀请蔡少华担任首任苏州昆剧院院长，苏昆可能无法和当时最优秀的中国港台制作团队建立关系；如果不是蔡少华在昆剧艺术节上结识古兆申，并邀请他来苏昆观摩指导，白先勇可能就无缘在香港看到舞台上几位"小兰花"的表演，也就没有了"青春版"《牡丹亭》的起心动念；如果没有在十岁时被父亲带去看梅兰芳、俞振飞演的《游园惊梦》，白先勇可能就不会与昆曲结下不解之缘，也不会主动认识汪世瑜、张继青、蔡少华、古兆申、樊曼侬这些昆曲中人，自然也不会关注到来自昆曲故乡的这批"小兰花"演员。这些"如果"，但凡差一个环节，这段"牡丹情缘"都很难促成。

签约仪式上，白先勇很兴奋，像是正期待着一场全新的旅程。面对新闻记者伸到面前的话筒，他禁不住感慨："曾经我们一直向西走，但是走了一大圈，又回来了。回头看，最美的还是自家后园里的牡丹。"年轻时学习外国文学，又在大洋彼岸的美国待了半生，然而白先勇最为钟情的还是自家后园，还是中国传统文化中的一朵朵牡丹花。

签约仪式之前，白先勇和蔡少华已经商议并确定了青春版《牡丹亭》的主创人员。白先勇担任总制作人和艺术总监，在整体上把控《牡丹亭》的艺术水准；蔡少华作为制作人，负责主持、协调苏州昆剧院大局，处理戏里戏外各种复杂事务和人事关系；汪世瑜、张继青作为艺术指导，对年轻演员们展开手把手训练，而在艺术指导职责外，汪世瑜还被白先勇委以总导演重任；周友良担任音乐总监，负责唱腔整理、改编和音乐设计；台湾著名导演王童担任美术总监，主要负责服装设计和舞台美术设计；汪世瑜从浙昆请来的翁国生担任舞台导演。

万事俱备后，《牡丹亭》这出古老的经典昆剧将在姑苏大地上慢慢焕发新的生命力量。然而，在排演的过程中，主创人员还要面对经久不息的争论，这些围绕艺术创作展开的争论从艺术家们一碰面时便开启，贯穿始终。最先开场的，是白先勇所领衔的剧本改编团队与总导演、艺术指导汪世瑜之间的争论。

白先勇、辛意云、华玮、张淑香在台湾"吵"了近半年，终于把上、中、下三本共二十七折的整编剧本寄到了苏州。汪世瑜拿到剧本后，一边读一边皱眉，他的表情，大致像四百多年前苏州老乡沈璟第一次看到汤显祖的《牡丹亭》时一般。但汪世瑜并没有像沈璟一样把剧本一把摔出，而是琢磨着见面时如何说服这些理想化的文人。昆曲剧作离不开才子文人，但文人所写的通常又都是理想化的案头文本，想要真正落实到舞台，还需要有经验的老师傅们一点点去"捏"。

9月末大家在苏州胥城大厦见面，和气地围坐下来，摊开剧本，讨论这出戏该怎么排。汪世瑜对几位编剧的工作先赞叹一番：只删不改，把五十五折的一个本子按照一条情感线索理成二十七折，确实是个脑力耗费巨大的辛苦活儿。表达完赞许，汪世瑜指着手头剧本上自己标注出来的不妥之处，一个个指给各位编剧看。汪世瑜刚说了两三处，表情逐渐凝重的几位编剧坐不住了，开始"反击"：汪老师，按照汤显祖的原著精神和我们的整编原则，这个地方就应该这么演，只有这么演才是美的。

汪世瑜料到这次会面定有一番唇枪舌剑，心里早做好了准备，他放下手中的剧本和红笔，直立起身子道："几位老师说的'应该'那是案头本子里的应该，落到舞台上就不再是'应该'了，它要遵循舞台规则。当年汤显祖写好了剧本，几年排不出戏，就是他太执着于那些'应该'了。"

几位昆曲专家听后不悦，编剧小组中华玮、张淑香两位女教授，以及一直跟紧参与编剧过程的樊曼侬，三位女士像披上铠甲的战士，对着汪世瑜发起语言攻势，汪世瑜以一敌三，架势好似三英战吕布。几个回合吵完，汪世瑜的脑袋发涨，一手按着太阳穴，另一只手端起茶杯喝口水、润润嗓。他放下茶杯，看了眼手腕上的表盘，已经快凌晨两点钟，大脑还未疲惫，但身体已经有些乏了。

汪世瑜用手抹了一把脸，干涩的双眼已经有些发红，但笑容又在脸上绽出，慢悠悠说道："《牡丹亭》里有个溜金娘娘，号称梨花枪，我看，今天在座的至少有三杆梨花枪，就算我是老儒生陈最良，恐怕也难说服几位女英豪了。"

汪世瑜一句戏言，让现场气氛活跃了不少，几位忙着争辩的"女豪杰"听了觉得又气又好笑。白先勇坐在沙发里，两手抚在沙发扶手上，一直笑而不语，看着大家争论。眼见争论到了一个节点，双方各自理念也都阐明，该说的都已经说完，白先勇两手一拍，说道："论案头文字功夫，我相信几位教授的水准，要把剧本落实到舞台，我更相信汪世瑜先生的艺术感觉。汪老师已经了解了我们的整编理念，接下去就请他主持舞台实践，戏排出来之后哪里有意见，我们到时候还可以再提。"整合大家的意见，最终做出决断，在这个团队中，白先勇一直扮演着这样的角色。

昆剧排演原本没有导演一说，大多数新戏都是靠老师傅们来"捏"。所谓"捏戏"，就像捏泥人一样，即把创作者心中的艺术思想形象化地展示出来，"捏"得好不好，全凭老师傅的艺术感觉和自身功力。

也有一些昆剧请话剧导演来排，按照西方模式改造传统戏曲，但白先勇并不看好话剧导演，也不想搞出一个西式的《牡丹亭》。他的理念，是以古典为体，以现代为用，制作一出正统、正宗、正派，而又适合21世纪观众，尤其是年轻观众审美理念的"青春昆曲"。

在青春版《牡丹亭》之前，汪世瑜从没做过昆剧导演，经白先勇"三顾茅庐"才接手了这项工作。上、中、下三本戏中，除了上本有历来的经典传承，中、下两本都需要他一点点来"捏"。

上本戏主要由张继青来做经典传承——把姚传芗、沈传芷等"传"字辈老先生教给她的戏再传给沈丰英和顾卫英。传戏看上去是按部就班，但落实到演员的一招一式上，每个动作所体现的人物心理、情感，又有很大差别。

排折子戏时，白先勇和张继青站在台下看沈丰英排练，演的是《写真》中的一段：杜丽娘病后，忆起梦中书生折柳相赠，于是拿了一枝梅花，把梅枝插在了花瓶中。舞台上的沈丰英演得有些着急，匆匆把梅枝一插，便忙唱接下来的词句。看完这段，白先勇眉头微皱，对张继青说："张老师，这个地方还要你跟她说一下，太草率了。"张继青的感觉跟白先勇一样，觉得沈丰英在这里还没体会到人物的心境，于是走上舞台，开始口传心授。

张继青拿过梅枝，讲道："这是一枝梅，但又不是一枝梅，对于杜丽娘来说，这是她的梦中情人柳梦梅。"张继青一边解读人物心理，一边进行动作示范，将梅枝小心翼翼拿在手中，一副万分爱惜的样子，随后缓缓插入瓶中，在椅子上慢慢坐下。"你手中拿的，就是爱人的化身，一定要把梅枝看成爱人，与他一同坐下。"看张老师示范完，沈丰英点点头，拿好梅枝，调整好情绪，重新再来。

演到《寻梦》一折时，杜丽娘有个在柳林穿梭的动作，戏剧舞台没有复杂布景，全靠演员的肢体动作来完成写意性呈现，就像《游园》里，杜丽娘看着四周，扇子一挥，满园姹紫嫣红就在观众想象中呈现。这种写意性，是昆曲舞台美学的核心。《寻梦》里，杜丽娘要拿着扇子钻进柳林，再反身钻回来，这一来一回，少女心态尽显。张继青一遍遍地示范，让沈丰英理解这一组动作中的意味。

对于这些经典的传统折子戏，汪世瑜也并不是完全照搬，在一些关键处也要进行修改。对经典唱段进行修改，常常需要巨大的勇气，稍不注意就会招致非议，更别说要改《惊梦》中【山桃红】这样的核心段落。

昆曲在大多数人印象里是典雅和不食人间烟火的，但如果走进剧院仔细去看，其中并不缺少那些撩人心魄的情爱桥段。汤显祖写

《牡丹亭》，最石破天惊的就是书写了一位十六岁少女的"性幻想"，而【山桃红】唱段正是《牡丹亭》中最著名的一段"情欲戏"。

在很长一段时间里，【山桃红】都被要求改成"洁净"版本。原本唱段为"和你把领扣松，衣带宽，袖梢儿搵着牙儿苫也，则待你忍耐温存一晌眠"，"见了你紧相偎，慢厮连，恨不得肉儿般团成片也，逗的个日下胭脂雨上鲜"；修改之后，变为"我和你手相携，行并肩，眼梢儿，待共春情展，则怕那花气熏人醉却眠"。修改后，文辞依旧典雅，但拿掉了杜丽娘梦中与柳梦梅的云雨之欢后，杜丽娘这个人物的内涵变化巨大，整个剧作的强烈反叛精神也自然无法凸显。

20世纪80年代之后，对于【山桃红】的演绎又向着另一个极端方向发展——人物之间过分亲密，搂搂抱抱，没了传统昆剧的写意美感。更有甚者，像美国先锋导演彼得·谢勒，直接把《牡丹亭》处理成了一台"性爱剧"。在谢勒的舞台上，杜丽娘成了一个对性爱极度渴望的少女，导演安排人物高跷着双腿坐在玻璃台上，在透明的屏风后面一件件脱去衣服，扔到屏风之外。当杜丽娘、柳梦梅进行梦中的云雨之欢时，导演甚至用上劳动号子来凸显人物的性狂欢，整个舞台变成了赤裸的性爱展示。这种先锋的表现方式，已经不再是中国昆曲。

汪世瑜在排《牡丹亭》中的几处情欲戏时，也想尝试一下突破，但动作必须限定在既有的舞台程式之内，舞台上演员既要表现出大胆和缠绵，又要符合东方审美中的委婉含蓄。柳梦梅见到杜丽娘，直抒倾慕之心："姐姐，咱一片闲情爱煞你哩！"因故事发生在杜丽娘梦中，柳梦梅的直接告白并不显得突兀。

汤显祖的原著戏文没法改，汪世瑜能够发挥的地方在于演员的唱腔、动作、眼神这些表演细节。柳梦梅双指伸出，把"你"字拉得悠长，一双眼睛充满无限爱慕之情；杜丽娘听后，双唇微张，眼神由惊到喜，再到有些娇媚。表白完，柳梦梅舞动水袖，双手轻轻搭到杜丽娘肩上，把头慢慢靠向丽娘耳边；丽娘没有躲，反而是缓缓迎上去，眼光也转向梦中情人，一副耳鬓厮磨的亲昵感。唱到温存缠绵处时，两人水袖相搭，一番云雨之情，却没有一丝淫邪之感。

早年跟着周传瑛先生学戏时，汪世瑜经常看周先生现场捏戏。跑江湖演出意外情况多，很多时候需要临时捏戏，周传瑛的戏曲底子足够深厚，凭借一个故事大纲就能临场编出戏文和身段，当场排演成一出新戏。多年耳濡目染下来，汪世瑜也学会了周老师的本事。

周传瑛生前有个愿望——演了一辈子小生，他始终想排一出以柳梦梅为主角的《牡丹亭》，最终却未能如愿。汪世瑜接过周老师衣钵后，演了几十年柳梦梅，想要在自己这里完成周老师加重柳生戏的遗愿，可惜杂务缠身，一直无暇真正去做这件事。如今苏昆重排青春版《牡丹亭》，正是实现周、汪两代师生梦想的好机会。

汤显祖的《牡丹亭》原著，受传奇小说《杜丽娘慕色还魂》影响，把杜丽娘作为绝对的核心人物，柳梦梅更多的是作为一个陪衬、杜丽娘的情感寄托对象而存在。然而在汪世瑜看来，柳梦梅的形象如果立不起来，杜丽娘的相思成疾和死去活来就会显得不够有说服力，青春版《牡丹亭》需要的是一个"生旦并重"的戏。

为了突出柳梦梅的小生戏，汪世瑜做了新编排，吃饭时也忙着翻看剧本，一顿饭七两黄酒下肚，新戏排法在脑中基本成形。重点调整在两个地方：一是把柳梦梅的《言怀》从全剧第二折调整到《惊梦》之后，理顺故事逻辑，让柳梦梅的出场更加合理；二是重排《拾画》一折，让柳梦梅演一出近半个小时的独角戏，把这个潇洒又痴情的人物形象立起来。

如此一番设计，汪世瑜终于在俞玖林身上，在这一方舞台上，看到了他想要的那个柳梦梅。而加重柳生戏，只是整个导演工作的一小部分。排青春版《牡丹亭》中、下两本时，前辈几乎没有留下成形的表演方式，都要靠汪世瑜现场来捏。

吕佳当时跟着汪世瑜做现场助理，负责把汪世瑜即兴的一些想法迅速记录下来。在吕佳眼中，汪世瑜是个"又古又新"的人。说他"古"，是因为演了大半辈子戏，那些古典、经典的东西都已经刻在了脑子里；说他"新"，乃因虽是六十几岁的人，但接受起新东西来非常快，愿意尝试用不同的方式进行创新。

汪世瑜现场拿过剧本，请演员来念唱，一只手抚着下巴，双眼微眯；演员唱完一部分，他脑中的身段已经基本成形，再指导演员加上身段来表演；一遍遍打磨，直到一段固定下来，再进行下一段。每捏完一出戏，汪世瑜还要接受夫人马佩玲的检验，马佩玲看到哪里不和谐，还会给他做修正。随后再请整个创作团队检验、调整，大家一块相互配合着把一出大戏捏完、理顺。

一出出折子戏捏好，像是把一台汽车的零部件都制作完成，剩下的就是找一块合适的大舞台，把捏好的戏进行合成。做这项工作之前，白先勇又从台湾打电话给汪世瑜和张继青，跟他们商量收徒的事情，汪世瑜还是跟上次在台湾见面时一样，一口回绝。

白先勇的想法也有道理，在电话里苦口婆心地对两位一遍遍讲：你们一定要收徒，一定要把绝活教给他们，只有正式拜过师，学生才足够尊重老师，老师也打心底爱护自己的学生。道理虽是如此，但两位老师依旧拒绝，理由也很一致：昆曲演员从不拜师，所有演员都可以向所有老师学戏，一旦拜了师，反而会产生门户之见，学戏的路子更窄。两位老师的坚持，敌不过白先勇电话里来来回回地劝说，最后同意收徒。

2003年11月15日，第二届中国昆剧艺术节在苏州开幕。三年前，这批生涩的"小兰花"还只能排几出没头没尾的折子戏，跟从艺校刚走出时并无多大差别；而经过汪世瑜、张继青几位老师大半年来手把手地训练指导，他们已经脱胎换骨。

就在昆剧艺术节举办期间，白先勇在苏州昆剧院组织了一场隆重的拜师仪式。开门收徒的不只有汪世瑜、张继青，白先勇还从上海请来了蔡正仁。这场拜师礼很具意味，也很有历史意义。当年苏州昆剧传习所走出的"传"字辈老艺人，在上海的战火中四散开去，主要流向了杭州、上海和他们的老家苏州。到了杭州的王传淞、周传瑛，带出了以汪世瑜为代表的浙昆"世"字辈传人；去了上海的沈传芷、姚传芗，带出了以蔡正仁为代表的上昆"昆大班"；而回到苏州的老先生们，则带出了以张继青、柳继雁为代表的一批苏昆"继"字辈，尽管后来苏昆、省昆分家，但"继"字辈艺人始终觉得苏州才是老家。

白先勇请来"传"字辈老先生三位最优秀的传人，来苏昆教"扬"字辈"小兰花"，有一种"昆曲回家"、认祖归宗的意味。拜师仪式就在苏昆老剧院进行，筹备仪式时，白先勇坚持一定要行"三跪九叩"的古礼，不光拜师父，师娘也要一起拜。蔡少华听了白先勇的想法后，微微皱了眉头，说："白老师，这样会不会太'封建'，是不是以鞠躬代替就好？"白先勇摇头："跪拜不只是形式，在中国人的文化基因里藏着这种东西，只有徒弟跪下去，师徒之间那股纽带才能连起来。"白先勇本来还想请所有师徒穿上中国传统服装进行仪式，可惜未来得及，大家都穿着西装行中国古礼，反而象征了这出戏"又古又新"的精神内涵。

这次拜师仪式上，白先勇举荐沈丰英、顾卫英、陶红珍拜张继青为师，周雪峰、屈斌斌拜蔡正仁为师，俞玖林和浙昆的陶铁斧拜汪世瑜为师。七位学生对着师父和师娘一一跪拜下去，果然如白先勇所说，中国人文化基因里那种师徒情感立马在心中浮现。沈丰英在张继青身前跪下去时，张继青的眼泪几乎都要落下来，这样的情感流露，在她拒绝白先勇时绝未料到。自此，师父便要像对待儿女一样对待自己的徒弟。

只要一离开苏州，白先勇几乎天天打电话回来，有时打给蔡少华商议演出筹备，有时打给汪世瑜、张继青商讨舞台细节，但更多时候是打给马佩玲。拜师礼结束后，白先勇再打电话给"班主任"马佩玲时，马佩玲的感觉变得不一样了——之前，她是演员们的戏曲老师、班主任、辅导员，而现在变成了师娘。

白先勇打来电话，除了关心俞玖林、沈丰英几位演员的技艺进展，还担心他们的身体情况。如此高强度的训练，对演员的身体来说是个不小的考验。年轻演员工资每月几百块钱，没有经济能力吃些好的补充营养。尤其是俞玖林，从小体质不好，经常生病，白先勇打给马佩玲1000美元，请她每月给俞玖林100美元补充营养。而对于沈丰英，白先勇还是关照要戒掉她的零食，同时补充营养，减轻体重。

俞玖林和沈丰英两位主演，在台上是一对如胶似漆的年轻眷侣，在台下却各有性格。两个人都要强，遇事互不相让。台上配合有失误，两人找完自己原因后，还要皱着眉头去找对方原因。看到两人在排练时冷眼相对，老师们就得去调解矛盾，保证他们不把小情绪带入戏中。舞台上有规矩，哪怕台下有一肚子怨言，到了台上也必须迅速代入人物角色，台下横眉冷对，到了戏中仍是一对互相爱慕的情侣。

折子戏排演全部完成，已经是 2003 年冬天，要赶在来年 4 月首演，需要找一个足够大的舞台，把折子戏做一个合成，而苏州昆剧院的场地达不到 1:1 的面积要求。为了寻一块合适的场地，蔡少华院长又找了市委宣传部周向群部长，向市里打报告、借场地。找来找去，最终决定借用还未竣工的会展中心，当作临时排练场所，市委领导专门批示通水通电，做好排练的后勤保障工作。

当时，未竣工的会展中心还处于纯毛坯状态，水泥地、水泥墙，未封紧的窗户四面漏风。剧组在水泥地上搭好舞台，把漏风的地方用塑料布、胶带封好，寒冬中紧密开排。白先勇定期来到苏州检验排练成果，他裹着绿色军大衣坐在灰扑扑的排练大厅里，定眼看着舞台上演员的一招一式，排练结束后和创作团队一起啃面包、吃盒饭，讨论剧本细节。

白先勇面相和善，看似柔和，但骨子里有一种从父亲那里遗传的将军气质，能够掌握全局，并把思路贯彻到底。他穿着军大衣坐在台下的样子，仿佛现场"督战"的"白将军"。

到了最后开排阶段，团队预算又开始吃紧，光重新制作戏服就是一项不小的开支。蔡少华想不到筹钱的办法，只能再次找到老领导周向群。对于苏州昆剧院的发展，周向群向来不遗余力地支持，对新排的青春版《牡丹亭》，更是尽心尽力。但面对蔡少华的再次到访，周向群也为难地挠着头，毕竟钱不是一个好解决的问题。

周向群想了一会儿，两手一拍，对蔡少华说："没别的办法了，我们现在就开车去昆山，去'化缘'。"蔡少华听后既惊诧又感慨，身为市委常委，为了苏昆排《牡丹亭》，周部长竟能放下身段跟他一块去"化缘"。为了这出戏，该做的、能做的，还有本不应该由他做的，周向群都做了，而且都做到了，这是让蔡少华由衷感佩的一点。两人去了昆山，争取到一笔经费，终于有了新戏服制作的启动资金。

为了突出青春版《牡丹亭》的全新审美理念，白先勇请来台湾著名导演王童担任美术总监和服装设计。王童出生于安徽太和，很小的时候便跟随家人到了苏州生活，温润的姑苏大地给他的童年记忆披上了一层温暖的色调。半个多世纪后，一段"牡丹情缘"让他有机会再次回到魂牵梦绕的梦中江南，开启一场寻梦之旅。

2003年冬天，王童走进位于西百花巷4号的苏州剧装戏具厂，穿过一道题着"通幽"字样小匾的月门，来到挂满戏服的服装制作厅，一页页翻看服装画册，挑选他中意的颜色与式样。王童虽以导演成就闻名，但他最初的专业是美术设计，也正是凭借美术设计方面的成绩，他才走上了电影导演之路。

传统戏曲舞台上的服装以大红、大绿等明艳色彩为主，这次为青春版《牡丹亭》设计服装，王童想要一反常规，根据"青春"审美设计一版素雅风格的服装。苏州刺绣天下闻名，老绣娘们一针一线精细制作的绣衣宛若仙霓。《牡丹亭》是个很"柔"的戏，柔软和飘逸首先需要从服装上体现，材质要轻，以配合演员如水般流动的身段。传统戏服为了能让一套衣服适合不同演员的体型，一般不做收腰，从上到下一样宽，形状似水桶。青春版《牡丹亭》既然请年轻演员来演，就一定要突出身段，王童特地为演员们量身定做戏服。同时，戏服上的图案要贴合角色特点，不光是主角，每件服装上的图案都要精选,"十二花神"戏服以一年十二个月每月所盛开的鲜花为图案加以区分。王童精心设计了戏服材质、样式和图案,看着绣娘们一针一线缝制完。

不惜成本的服装、道具制作,很快耗尽了周向群、蔡少华"化缘"来的几十万元资金,白先勇只好亲自出马去筹钱。出身名门的白先勇从来没有因自己的生活为钱发愁过,这是他人生中第二次出马筹钱,上一次还是大学时办《现代文学》杂志。

相比于《现代文学》,这台青春版《牡丹亭》的花费实在巨大,慢慢超出了白先勇的预估。原本以为600万元就可完成全部制作,结果最后花费将近3000万元人民币。如果不是全球华人和企业家的热心支持,青春版《牡丹亭》很难登上那么多舞台。但筹钱这件事,白先勇实在不擅长。

有钟情传统文化的企业家慕名而来,想为《牡丹亭》做一些经济贡献,白先勇的秘书郑幸燕接到消息很兴奋,安排了企业家与白先勇的会面。见面后,白先勇和对方聊得很投机,侃侃而谈了两个多小时,郑幸燕在一旁听着,心里窃喜,心想这回应该能解决不少资金缺口。让郑幸燕没想到的是,白先勇最后搓着双手,缓缓说:"你,可不可以给我20万?"说完便把目光移向别处,一副很不好意思的样子。

郑幸燕听了白先勇口中说出的数字后差点原地跳起,他们现在的预算是缺500万元,照白老师这个要法,他们需要找25家企业才能完成这个阶段的预算。郑幸燕直接把预算表摆到了赞助人面前,直率地说:"我们现在缺500万,您能不能赞助我们100万?"白先勇听后,一脸惊愕地看着秘书,没想到她会一下开这么大口。好在企业家诚心相助,答应了郑幸燕的资金请求。

出门之后，白先勇一直黑着脸，不说话。到了车子上坐定后，他才皱着眉头瞪大眼睛训斥："你怎么开口就跟人家要100万，也不问人家方不方便。"郑幸燕抿嘴笑，不说话，心想要不是自己脸皮厚一下，还得让白老师厚着脸皮再跟人家提几十次要钱的事。过了一会儿，白先勇自己也笑了，对着郑幸燕说："哎呀，还是你厉害，这种事我做不来啊。"郑幸燕听后暗笑，文人风骨，一到钱的话题上就抹不开面子，白老师的人情支票，还得她帮忙来兑现。

视觉呈现上靠服装道具，听觉上还得依靠音乐设计，担任音乐总监的周友良为了重新编排《牡丹亭》的音乐，耗费了巨大心力，其中也伴随着音乐组创作团队内部的一次次争执。

周友良1970年便作为小提琴手进入苏州文工团，参与排练革命样板戏《白毛女》。当时在文化局工作的顾笃璜被下放到文工团做木工，周友良练琴累了就到木工间玩，慢慢跟顾笃璜熟络起来。1972年，恢复工作的顾笃璜调到江苏省苏昆剧团担任团长，团里缺提琴手，他便把年轻的周友良调到了苏昆剧团。

开始制作青春版《牡丹亭》时，周友良已经是一位成熟的音乐制作人了。2003年9月末，全体创作人员开过见面会后，音乐制作小组到昆剧院201会议室开创作小组会，新象文教基金会樊曼侬、台湾雅韵艺术传播有限公司贾馨园，以及苏昆方面的周友良和毛伟志等人一块参会。大家初次商讨，彼此之间还不太熟悉，意见虽有分歧，但还未到争论的程度。

等到第二次在胥城大厦会面讨论，音乐创作团队的内部矛盾开始凸显。作为演出运作方，樊曼侬询问周友良，乐队编制需要多少人。问话之前，她心里已经有了预设，希望乐队人数尽量少些，一是想让配乐和《牡丹亭》剧作本身一样，尽量轻柔、淡雅，不要太过"响亮"，二是也考虑到团队开支。

虽然还没有动笔创作，但周友良对于音乐编排已经思考良久，他回复说："至少需要 30 人。"樊曼侬听后很惊讶："怎么要这么多人？"周友良不急于争辩，按乐器种类一项项说给她听："笛子需要四支，二胡至少六把……"樊曼侬打断周友良的陈述："二胡一把够了，我们有扩音器。"周友良一听，火气一下窜了上来。其实，他了解樊曼侬也是做音乐出身，最早在台湾乐团担任长笛手，对音乐并非不熟悉。但火气一上来，商讨就逐渐转变成争执，周友良的回应也毫不客气："照这样说，交响乐团一把小提琴也够了，放一个扩音器就行。"

双方剑拔弩张，创作会开不下去，最后还是白先勇出面做和事佬，进行调停。周友良作为音乐总监，重申了自己的观点："白老师，我重新编创的音乐，理想的情况是要 30 个人的乐队，最低配置也要 20 个人，如果少于这个数，根本实现不了音乐方面的创新。如果只给我七八个人，也行，那就只能按传统的方法来。"白先勇点头，又去找樊曼侬沟通，两边说和，最终定下加指挥共 21 人的乐队编制。

2004 年春节，周友良一天都没休息。住在上海的哥哥、姐姐过年回苏州探亲，周友良只出来见了一面，喝了杯茶，便请妻子招待，一个人躲进地下工作室里专心创作，不知白天黑夜。

开始动笔前，周友良已经在本子上记下了整台大戏的音乐哪些地方需要改动、怎样改动。与编剧情况基本一致，上本经典唱段基本不动，保持经典原貌；中、下本很多地方需要润腔和局部改动；还有些唱腔情绪与情节氛围不太搭的地方，需要重新编曲。但不同的是，青春版《牡丹亭》的编剧由四人完成，而承担音乐整编的，只有他一个。

埋头做完这些工作，周友良枯黄的头发像天线一样一根根往上竖起，这是高强度脑力工作带来的后果。但做完这些还不够，他又给男女主角提炼出各自的主题音乐，以音乐方式来参与叙事、增强叙事。

周友良之所以坚持要至少20人的乐队编制，是因为他在乐器上有特殊创意，即把之前很少在昆曲舞台上露面的高胡、箫、笙、古筝、编钟、中国提琴、埙、琵琶等传统乐器搬进了《牡丹亭》音乐中。传统昆曲演出的配器以笛子为主，乐声纯粹，但有些单一，而周友良新加入的这些乐器各有特色：高胡音色明亮，适合以独奏方式表现男女间的缠绵情感；箫和埙音色独特，特别适合表现《冥判》《离魂》几场戏中的阴森气氛；中国提琴不同于西洋提琴，从魏良辅时代就作为昆曲传统配器使用；编钟这种古老乐器的使用，更是为整个乐团增添了独特调性……

足具规模的乐队设置，并没有出现团队其他成员所担心的在舞台上"喧宾夺主"的效果，反而更相得益彰。虽然配器丰富，但周友良尽力保持了音乐的淡和柔，以清淡的抒情调性为主，偶有浓重之处，只在中、下本结尾处以乐队合奏方式奏响主题音乐，引出"但是相思莫相负，牡丹亭上三生路"的动情合唱。

上、中、下三本共九个多小时的音乐整编结束后，周友良身边的稿纸已经堆成厚厚一摞，人也形销骨立。顺着地下室楼梯慢慢挪步到楼上，阳光刺得他睁不开眼，周友良摘下眼镜，用手轻轻揉了揉双眼，才慢慢适应了初春的柔光。

长久沉浸在古典音乐创作中，一时间恍如隔世。他推开阳台窗户，人世间的嘈杂像一曲尘世交响乐，终于再次涌入他的耳朵。一项艰巨工作完成，但他需要马不停蹄赶到剧院，指导乐队排练，与舞台进行合演，保证"案头"乐谱能够在剧场中完美实现。

高大空旷的会展中心排练厅里，周友良坐在几把摞在一起的白色塑料椅上，手里握着指挥棒；身前的小桌子上摊开着一册册乐谱，旁边是叠放在一起的面包和茶杯；桌前半米处，是他20人的乐队。

演员们华美的戏服，把大厅的墙壁映衬得更灰，倒是地上铺着的红毯，给台上台下忙碌的人们增添了一抹内心的暖色。舞台上，一袭白色长披风的杜丽娘在众花神牵引下离魂而逝，手捏梅花最后一回眸，上本到此结束。

《牡丹亭》上本最后一声锣音响过，汪世瑜看了一眼手表，在麦克风里发布指令：现在休息一下，休息到四点钟，我们继续排练。演员们披上外套，带着妆排队领包子，为了不让包子沾到唇彩，只能张大嘴用牙齿去咬。

包子吃完，演员们赶紧对着镜子补一下妆，准备四点钟开始继续排演中、下本。而不久之后，他们就要飞跃海峡，登上台北戏剧院的舞台，去赴一场"青春之梦"。

台北首演，打响第一炮——苏州大学，新的第一站——青春版《牡丹亭》掀起"青春风暴"——声势已起，"攻城拔寨"——二十年从未间断的校园行——"把昆曲观众年龄普遍降低三十岁"——西行欧美，花开彼岸——中日版《牡丹亭》——复兴路漫漫

第四章

赏心乐事谁家院

青春版《牡丹亭》掀起了前所未有的"青春风暴",谁也未曾料到,这一场"游园惊梦",一演就是二十年;这一幕撩人春色,仅是一个姹紫嫣红的开端。

巡遍国内,西行欧美,中日合作……当"把昆曲观众年龄普遍降低三十岁"的宏愿实现,当一批又一批青春的面庞走进剧场、走上舞台,我们可以确信,"青春"的一切,必将经久不息。

第一节　最撩人春色是今年

2004年4月29日晚,台北戏剧院中飘荡着六百年历史传袭下来的昆腔水磨之声。古老的悠悠昆曲,通过青年演员之口吐出;四百多年前脱胎于汤显祖笔下的《牡丹亭》中一众人物,通过青年演员之躯扮出。

演出结束,偌大的剧场沸腾了。1500名观众起身鼓掌,掌声伴着舞台上回环的结束曲,在这座顶级剧场中长久回荡。台湾的观众,已经很久没有看到这样精彩的昆曲表演了。

白先勇、汪世瑜、张继青三人站在二楼侧台上,眼睛一直盯着舞台。最后一折唱完,三人目光又同时移到台下观众身上,看到一位位观众不惜力地拍动手掌,甚至将双手举过头顶鼓掌,闪光灯在观众席上频频亮起,声声喝彩接连传来,三位老师紧揪着的心终于慢慢放平,三张紧绷着的脸也终于露出微笑。

穿着一身黑西装的汪世瑜转过身，笑着问站在他左边的白先勇："白老师，你高不高兴？"白先勇何止高兴，已经有些手舞足蹈了，他甩着手说："高兴，高兴啊！"一面说，一面朝汪世瑜和张继青竖大拇指，说完又对着张继青补充道："有一点错没关系的，对吧，今天最要紧！"说完，三人移步后台，准备登场谢幕。

集体谢幕，也是他们准备良久的一个重要环节。汪世瑜和张继青首先登场，面向观众席鞠躬致谢，这大概是他们第一次不是以演员，而是以师父的身份站上舞台来谢幕。两位老师谢完幕，穿着红色对襟唐装的白先勇从后台走上来，伸出右胳膊让张继青挽住，与汪世瑜一同再次走到台前，接受观众的掌声与喝彩。所有演员在三位老师身后集结，其他主创人员也依次怀抱鲜花登台，整个团队全部亮相。经历一年多的辛苦筹备，他们终于站上了这个舞台，终于获得了成功。

"谢谢大家！"作为总制作人的白先勇代表团队成员致辞，"我希望，通过青春版的《牡丹亭》，把大家的青春梦通通唤回来。我自己好像也觉得年轻起来。"致辞过后，白先勇牵起俞玖林、沈丰英两位主演的手，再次向台下鞠躬致谢。这一场长长的谢幕，也是他们提前彩排过的。

一切看起来都非常顺利，但在最后一个乐符响过之前，所有人的神经都紧绷着。他们已经为这次首演准备了足够久，不愿接受任何意外。

白先勇虽然是一位作家，但也深谙宣传策略，他几乎动用了自己所有的文化、媒体资源，像调兵遣将一样发起了青春版《牡丹亭》的对外宣传。早在2003年9月签约时，白先勇就向外界释放出青春版《牡丹亭》来年将要在台北首演的信号。之后，又请余秋雨、王蒙等文化名人来苏州看戏，台湾《民生报》后来刊发了一篇题为《白先勇呵护年轻演员》的报道，加了一个长长的副标题："《牡丹亭》男女主角将先抵台不准开口示范苏州总彩排余秋雨看痴王蒙哭了"。一句"余秋雨看痴，王蒙哭了"，虽然看上去有些浮夸，却能够引起文化人的好奇：到底是什么样一出戏，能让余秋雨看痴、王蒙看哭，能让白先勇有信心逢人就说"好得不得了"？

除借助《联合报》《民生报》《中国时报》等台湾主流报刊进行宣传，白先勇还策划出版了《姹紫嫣红〈牡丹亭〉——四百年青春之梦》一书，首次集结郑培凯、朱栋霖、周秦、吴新雷等昆曲专家的评论文章，发布整编后的二十七折剧本及一些图像资料。开演前一周，王德威、许倬云、曾永义等文化名流相继撰写长文，为青春版《牡丹亭》助力宣传。白先勇与许倬云对谈昆曲之美，请巾生魁首汪世瑜、旦角祭酒张继青两位大师亲临示范，在文化界营造昆曲氛围。开演前两天，白先勇又在台北图书馆主持召开了"汤显祖与《牡丹亭》国际学术研讨会"，邀请海内外学术名家共同参会，观摩青春版《牡丹亭》大戏……一直到4月29日开演前，每天都有报道见诸报端，这样的地毯式宣传策略，再加上白先勇本身的国际知名度，青春版《牡丹亭》将要脱胎面世的消息传遍世界华人文化圈。

规模浩大的宣传，把观众的期待值调到了最高点，这对青春版《牡丹亭》而言，是难得的机遇，也是不小的挑战。之所以把首演放在台北，是因为白先勇一直坚信，昆曲最好的演员在大陆，而最好的观众在台湾。如果台北首演能够打响，之后回到大陆演出就会更顺畅。但如果首演出了差错，那么此前的努力将付诸东流，白先勇所设想的"昆曲复兴"之路，也要多上不少曲折。

新闻宣传一波接着一波，印着俞玖林、沈丰英两人戏装照的宣传海报也已经挂满了台北的大街小巷，但剧场内的准备工作开展得并不是那么顺利。

服装、道具体量巨大，过海关检查程序繁多，比计划时间晚了两天到达台北，只剩下两天的时间搭台。对于这样一台大戏来说，灯光、舞美都相当复杂，两天时间完全不够，制作团队只好雇佣双倍的工作人员，把两天变成实打实的四十八小时，两班人马轮换上场，争分夺秒地把舞台用一块块预制好的板子拼接完成。

俞玖林站在台边，看着工作人员拼接舞台，几天之后，他将登上这块舞台，这是他学戏、演戏十年来第一次登上这么大的舞台。他没有表现得紧张，相反，有一种克制不住的激动，对着采访他的摄像机说道："这个舞台给我一种表演欲望，我很喜欢。"几年前刚走出艺校时几乎无戏可演的俞玖林根本不会想到，自己有朝一日能作为主演登上这样的一流舞台；他也更无法预知，在台北演出之后，自己的演艺生涯将发生怎样的变化。

剧院后台，重金打造的两百多套戏服从衣箱里一件件拿出，王童对着彩排剧照，在便利贴上标记好每一出戏要用到的服装，逐一检查服装细节。见一套衣服上刺绣颜色有些不对，几朵本是绿色的花萼，被误绣成了褐色，王童操起老本行，提起油画笔直接改成绿色。这样细之又细的地方，在舞台上几乎看不出差别，但作为美术总监，王童自己看不过去。

开演前两天，最后一波道具运来，汪世瑜站在台下对着挂起来的一串串土黄色灯笼瞅了半天，直摇头，对旁边的白先勇和王童讲："这个灯笼，我怎么看怎么有问题。"王童赶紧接话说："是做灯笼的人说，颜色有问题，如果按照原来设想的红色，会把演员红色戏服全都盖掉，所以改了这个颜色。"汪世瑜还是摇头，说："我觉得这个不好，看上去好像一串串香肠。"白先勇双手搭在身前，一脸愁容看着他。汪世瑜继续说："这个太难看了，不是一点点难看，一点点难看也就过去了。"

对于舞台设计，汪世瑜心里意见不少，尤其是看到台上又是挂书法作品当天幕，又是挂一串串灯笼，把传统简洁、写意化的舞台搞得有些花里胡哨。但看到舞美创作团队不辞辛苦，忙得脚不沾地，白老师也同意他们进行舞台"创造"，就把自己的反对意见都憋在了心里。但这次的灯笼，他实在看不下去了，执意要换掉。王童哈哈一笑，同意了汪老师的看法。面对艺术观点的分歧，团队创作人员只能各退一步，和谐共生，美美与共，才能保证一项综合艺术项目顺利完成。

作为总导演，汪世瑜除了要与创作团队沟通，年轻演员们也需要他时刻紧盯。忙完舞台，他又来到演员训练厅，对"小兰花"演员们进行彩排动员：后天咱们就要演出了，明天一天上、中、下三本都要彩排。进了剧场，大家就能感受到台北戏剧院的气势，正式演出时肯定是鸦雀无声，观戏气氛绝对一流，那就要看咱们演员的发挥水平了……

动员结束，汪世瑜带领演员们来到舞台踩场，台上已经挂好了台湾书法家董阳孜所书的巨幅杜甫诗作，演出时作为杜丽娘父母出场的背景，以示杜宝是诗圣杜甫后人。来到这片舞台，演员们异常兴奋，自动带入角色。陈玲玲、沈丰英、沈国芳在戏中分饰杜母、杜丽娘与春香，三人自行围成一圈，讨论走台的位置。俞玖林则趁机当场向汪老师请教动作。

演出当晚，演员们在化妆间上妆，包头、勒头、贴片、勾脸、穿戏装，所有装饰一件件装扮到身上、头上，扮成戏中的生旦净末丑。后台语音持续播报开演时间倒计时，一切紧张而有序。

汪世瑜和王童各端着一杯绿茶聊天，一身西装的汪世瑜笑说："王导最了解我的，我现在已经什么都不想了，没办法。"一年多的辛苦筹备，汪世瑜作为总导演从头盯到尾，尽管演员身上还有不足，演出也可能有差错，但临登场之际，说再多、想再多都没用。

临上场前，白先勇来到后台，把演员们召集在一起，像将军一样进行"战前动员"：这一年多时间，我们已经做好了最充足的准备，接下来，你们将登上最一流的舞台，面对最一流的观众，不要害怕，也不要紧张，你们同样是最一流的演员！今天，是最最重要的一场演出，我们一定要拿下！

虽是一员文将，但白先勇做起动员来气势丝毫不输武将。这一番动员，让演员们既充满信心，又深感大任在肩，丝毫不敢怠慢。白先勇说完，又特地走到俞玖林和沈丰英身前，专门给他们加油打气："别害怕，沉住气，台北的观众是喜欢你们的。"

对两位年轻主演，白先勇可谓爱护有加，此前担心他们初到异地水土不服，也为了更好地适应台北春天多变的天气，提前将二人接到台北，入住五星级环亚大饭店，每人一个单间，避免外界纷扰，可以专心温习戏文、吊嗓子。登台最怕感冒咳嗽，嗓音受损，白先勇特地准备了西洋参、维他命，张淑香还送来蜂胶，为两人提高免疫力，滋润嗓子。俞玖林舞台经验稍多，而沈丰英只在小剧场里演过几出折子戏，担心他们怯场，白先勇一遍遍地鼓励，在开演前把两人的身体和信心都养足了。

演出开始后,白先勇、汪世瑜、张继青三位老师移步二楼侧台,王童留守后台,一件件检查服装道具。沈丰英上台之前,王童把她叫住,从头看到脚,又走上去按她头上的花,确保不会掉下来。从上到下检查完,转头看了一眼扇子:"这个有点花了,换把淡一点的。"一边换着扇子,台上的戏文已经唱到了"请小姐出堂",沈丰英深吸一口气,踏上舞台。

在小姐之前,沈国芳扮的丫鬟春香先登场。前一天彩排时沈国芳就觉得,第一次登上这么大的舞台,怎么走都走不到台中央,今天正式登台,走了半天还是到不了中间。好容易走到了台中,站定之后,两腿直打战,像大风中的两棵芦苇。望一眼台下,黑漆漆什么都望不见,也不知道到底有没有观众在看。直到杜丽娘登场,台下响起一阵掌声,沈国芳才通过声音感知到台下观众的数量和热情;随着剧情她慢慢把注意力转移到舞台上,终于止住双腿的颤抖,进入十二三岁小丫鬟的角色之中。

导演组最后选定沈国芳来饰演春香这一角色,最看重的就是她身上那股天然的气质,瘦长的身条,细细的眉眼,讲起话来自带不谙世事的调皮劲儿,不带妆就已经活像汤显祖笔下的小春香。

青春版《牡丹亭》第二折《闺塾》,在以往折子戏中常演作《春香闹学》,是表现春香性格的重头戏,梅兰芳、韩世昌等一众名家都曾对这个人物展开塑造,论功底,年轻的沈国芳自然比不过大师们,但要论舞台形象,这版春香胜过历史上的老先生们。

《闺塾》一折主打一个"闹"字,但又不能闹得太过,台上的小春香一直跟教书先生捣乱,把老腐儒陈最良气得不轻。陈先生劝导杜丽娘读书要"悬梁刺股"格外用功,春香伸出双手食指,指向自己屁股唱道:"刺了股,添疤疤,有甚光华。"把刺股的"股"

当成屁股的"股"，这一特别设计，让春香的不学无术和淘气特性展露无遗，把先生气得翘了胡子。

在汤显祖笔下，小姐杜丽娘和丫鬟春香是一对互为表里的人物，迫于礼教约束，杜丽娘表现的是一副娴静端庄姿态，但她那颗不安定的心，需要借由春香的导引，在春日的花园中荡漾开去。在以往《牡丹亭》版本中，春香的角色都不太突出，但在青春版《牡丹亭》里，春香这片"绿叶"格外油亮，该出彩的地方能有角色自身光芒，需要她作陪衬时，自然隐入花朵之后，主仆相配，相得益彰。

杜丽娘和春香游园倦乏，丽娘一人在园中睡去，众花神登场，携丽娘入梦。花神退场，俞玖林所饰演的柳梦梅手持柳枝出场，观众又送上一片掌声。尽管台下大多观众都看过多个版本的《游园惊梦》，但如此年轻且扮相俊秀的柳梦梅，他们已经许久未见了。

柳、杜二人一相逢，水袖便缠绵搭起。柳梦梅一番软绵情话，杜丽娘轻搓着双手，一副羞赧样，可一个转身过后，又快步迎上去与梦中情郎对视一眼。看一眼，又害羞低眉，再看，再羞。杜丽娘痴情又纯情的少女心绪，透过沈丰英的一个个舞台动作被精细刻画出来。柳梦梅拖长音调的一句"姐姐，咱一片闲情，爱煞你哩"，将一段少男少女的梦中情引向白先勇排演青春版《牡丹亭》所推崇的"至情"之境。

上本最后一折《离魂》结束处，杜丽娘身上的披风已经由苏州彩排时的白色换成大红，伴着"但愿那月落重生灯再红"循环往复的合唱，主题音乐再起。杜丽娘步上台阶，接过大花神递来的一枝梅花，转身回眸，以"梦中情"为线索的上本演出结束。

演员下场，后台已经是一片欢腾。白先勇、汪世瑜、张继青、王童几位老师手举鲜花，一身西装的蔡少华站在人群中带头鼓掌。

一年多来在幕后主持筹备了那么多工作，虽说到台北后一切主要由白先勇操办，但蔡少华心里还是七上八下，越是声势浩大的宣传，越让人担心出差错。还好，台湾之行的第一炮算是打响了，作为苏州昆剧院院长，他开始考虑回大陆之后的演出安排。

从4月29日到5月2日，青春版《牡丹亭》在台北戏剧院连演两轮，共六场，场场火爆，一票难求。在两厅院举办的庆功会上，白先勇为台湾首演打了99分。为答谢观众，团队又转战新竹加演了一场精华本。5月末，青春版《牡丹亭》剧组转战香港，在沙田大会堂演了三场大戏，依旧如在台湾时一样火爆。

结束在台湾、香港的春日之旅，青春版《牡丹亭》剧组回到姑苏大地。之所以选择在中国台、港地区首开先声，白先勇有着充分考量，当时相对于大陆而言，台港两地的昆曲观众基础更好。而日后剧目的演出主要在中国大陆进行，如何打响大陆首演的第一炮，成为团队目前考虑的首要问题。

2004年6月下旬，世界非物质文化遗产大会在苏州召开，昆曲作为苏州的"非遗"招牌，自然要在大会上作为重头戏演出，青春版《牡丹亭》在台港载誉归来，又是昆曲被列入"人类非遗"后在苏州打造的全新大戏，按说刚好在这次盛会上再放异彩，但主办方恰把苏昆的另一台大戏《长生殿》定为开锣戏，把《牡丹亭》放在了最后一天上演。

所有人心里都清楚，等到大会最后一天，媒体和外来观众几乎都走光了，没有演出对象，演了又有什么意义？白先勇心里着急，找到蔡少华商量对策，一见面就赶紧问："演出时间还能不能调？"蔡少华皱着眉摇头，有些事也不是他能左右的。

白先勇叹了一声,他心里明白,这样一安排,青春版《牡丹亭》大陆首演的声势肯定要被压下去。这场演出的时间无法调整,已经成为死局,要想挽回败势,只能另辟新径。白先勇挠头苦想,一个新对策忽然涌入脑中,赶忙对蔡少华讲:"我们是不是可以先到苏州大学演出?"蔡少华眼睛一亮,手指敲着桌面想了几秒钟:"这个办法不错!只是,苏大的礼堂条件不太够,从我念大学时就破破烂烂,到现在也没什么大变化……"白先勇摆摆手说:"这时候场地不那么重要了,我们要抢一个时间,一定要在世界非遗大会之前开演,做我们的第一场校园行!"

决定做出后,白先勇和蔡少华立马去了苏州大学,与学校商议好,演出就放在苏大存菊堂,6月11日开演,连演三天。这次大陆首演,照例还是先开新闻发布会,却特意避开了苏州,而在上海《文汇报》40楼的大厅里举行,全国40多家媒体闻风而至,把青春版《牡丹亭》将在苏州大学首演的消息四散开去。

刚接到校方安排时,苏州大学的工作人员对演出并没有太大信心,存菊堂虽然设施老旧,但有2700多个座位,三天演下来就是将近9000张票,即便不收门票钱,他们也不相信会有这么多人来到苏大,坐在存菊堂残缺不全的木头折叠椅上看这场传统戏曲演出。因而他们最担心的是,怎么能在三天内安排足够多的学生来填满这9000个座,不至于到时演出时台下稀稀拉拉场面太难看。

临开演前几天,学校团委工作人员联合学生会,一起在学校里向学生发放门票;学生人数不够,就到人流量大的苏州观前街,像发传单一样散票;有些班级还领到了"观看任务",全班都要在指定时间到礼堂指定位置集体观看,到时班委点人头,不到者扣分。费尽周章,为的是保证这三天演出的将近9000个座位全部坐满。

到了演出当天下午，组织者忽然发现，自己煞费苦心的努力像是帮了倒忙，几十辆载着上海、南京、杭州高校学生的大巴车停满了苏州大学停车场。复旦、南大、浙大这些沪宁杭知名院校的学生一听到消息立马组团来看，更有从济南、北京、成都远道而来者，近千名外地大学生往存菊堂涌去。

组织者一看这阵势，忙喊之前被强制来看演出的班级自行解散退场，给外地主动前来的同学腾位置。这些不情不愿被安排来的苏大学生，对演出本来不抱希望，但一看来了这么多外地观众，也顿时来了兴致，让走也不走了。

6月的苏州，暑气已经很重，苏大存菊堂里老旧的空调气若游丝，本来的2700个座位，硬生生塞了近3000人，过道挤满，乐池也挤满，真正一个水泄不通，风也不通，大家就这么挤在一块等开场。存菊堂设备比较简陋，原有的舞美大多用不上，书法天幕也不挂了，回归舞台原初本色。

乐队鸣锣开场，年轻靓丽、与台下观众年纪相当的演员逐一登场，台下逐渐沸腾起来，欢呼、鼓掌，有了像开演唱会一样的氛围。这次在苏大演出，不同于在台湾、香港，台下观众至少有八成是第一次看昆曲的年轻学生，他们首先关注的是演员扮相，然后才是音乐、唱腔、身段这些专业内容。

不管是男同学还是女同学，不管是喜欢缠绵悱恻的情感戏还是翻滚腾跃的武打戏，观众在青春版《牡丹亭》里皆能找到让他们喝彩的地方。演出结束，已经将近十一点钟，存菊堂里还有七八百名学生迟迟不愿离场，他们涌到台前，排队和主演合影留念。各地媒体也趁着机会拍照、采访，向外界传递青春版《牡丹亭》在苏州大学掀起的这股青春风暴。

"昆曲进校园"的计划就这样在被动形势下被迫提出，谁也没想到，这一无奈之举，后来竟成为青春版《牡丹亭》推行多年的核心策略。2023年2月25日，肆虐三年的新冠疫情"解禁"之后，青春版《牡丹亭》的首次公演又放在了苏州大学存菊堂。十九年前，这出戏的演出场次刚刚突破个位数；十九年后，再次走进存菊堂，已经是他们的第427场演出，台上仍是当年的原班人马，台下一代新人换旧人，也还是一张张年轻面孔。

2003年6月苏州大学的成功首演，让青春版《牡丹亭》真正显现了她的青春活力。半月之后，白先勇、汪世瑜、张继青再携这出新剧登上苏州开明戏院舞台，作为世界非物质文化遗产大会的闭幕大戏已经毫无压力，大陆演出声势已起，接下来要做的就是到杭州、北京、上海的大院"攻城拔寨"，参加这几大城市举办的艺术节、音乐节。

近百人的演出团队，两百多套戏服，还有数不清的各式道具，如此庞大的队伍，如此繁杂的演出事务，按说应该交由专业演艺公司来操办，但青春版《牡丹亭》并未如此选择。当时，作为还不太占有话语权的昆曲演出，如果白先勇不出面，很多大剧院根本谈不下来。白先勇带着秘书郑幸燕，像"光杆司令带小兵"一样四处找人游说，才把场地和费用谈成。哪里经费不足，他们两人再相互配合着，一个谈情怀，一个谈价钱，向热心企业家"化缘"。

从苏州开明戏院出发，又到杭州东坡戏院、浙江大学，再到北京21世纪剧院，2004年最后一站，他们走进了上海大剧院。在苏州靠智谋成功拿下首演，到杭州有汪世瑜坐镇，问题不大，但想要在上海最顶级的剧院成功上演昆曲，难度不小。

上海是白先勇"昆曲梦"开始的地方,也是他时隔三十九年后重回大陆再次接触昆曲的地方,两回"游园惊梦",让他决心必须把青春版《牡丹亭》推向上海,也必须找一流的舞台登演。看来看去,他觉得上海大剧院的场地最合适,但上海大剧院开张六年来,还从未演过昆曲,担心的是昆曲演出赚不到钱,事实上也确实如此。

白先勇带着郑幸燕费了一番周折,最后找到了香港演艺家何莉莉女士,情况才有所转变。何女士在上海大剧院音乐厅旁刚开了一家法国餐厅,她向剧院提请,将青春版《牡丹亭》作为开幕演出,同时作为上海国际艺术节的演出项目之一。如此一番,青春版《牡丹亭》才得以在上海最一流的演艺中心登台。

刚解决一个"入门"问题,接下来又碰到另一个棘手难题,上海演出的主办方出于经济考量,抬高了票价,单张票价最高1200元,三日套票3000元,这在当时来看无疑是天价。

在白先勇看来,青春版《牡丹亭》的理想观众应该是年轻人,只有把足够多的年轻人吸引到剧场里来看戏,昆曲的青春传承才有希望,可这样高的票价,无疑把大多数爱好昆曲的年轻人挡在了剧院门外。没别的办法,白先勇只好又去游说热衷中国传统文化的企业家,请他们捐资,向主办方低价购买一些学生票,他再带着这些票去复旦大学、上海戏剧学院、上海音乐学院进行昆曲演讲,把几百名学生带到剧院。

光动员学生还不够,上千元的票价即使对社会上的昆曲爱好者来说也是天价,于是又费了一番宣传之力,1500个座位的剧场才得以坐满。白先勇站在后台,看着场下观众席,一边是众多文化界、戏曲界专家名流,另一边是青春洋溢的学生面孔——这两拨人,就是青春版《牡丹亭》主抓的观众群体，有了前者，昆曲得以新生、再造；有了后者，昆曲才得以推广、流传。

从2004年4月末到11月末，青春版《牡丹亭》走过中国台湾、香港、苏州、杭州、北京、上海，在这些昆曲传播主阵地连演28场。最初排练时，谁也不会预料到之后会遇到怎样的情形，大家已经见过，很多高调制作的大剧演出几轮便作罢。而最初登台时，演员们颤抖的双腿和手指，已经在一场场演出的磨炼中逐渐放松下来。

这一年的经历，对青春版《牡丹亭》全体团队成员而言，都像是一场"游园惊梦"，长久沉浸在撩人的春色之中。第一年演出落幕，但春色未消，这仅仅是一个姹紫嫣红的开端。

第二节 春心无处不飞悬

2005年4月8日晚,北京大学百周年纪念讲堂的2100多个座位坐得满满当当,全本青春版《牡丹亭》在此开演。北京大学是中国龙头学府,吴梅、俞平伯等学者早年就在北大开设过昆曲课程,之后又有叶朗教授推广昆曲多年,观众基础好,鉴赏水准高。在当时中国大陆的高校中,也少有像北大这样的专业级剧场。三天演出共6300多张票,除去校方留下一部分给自家学生,其他全部对外公开出售。

3月末,白先勇在百年讲堂进行《古典美学与现代意识:青春版〈牡丹亭〉的制作方向》演讲时,上本票已经全部卖光,只剩中、下两本的余票还在热卖。买票队伍排出去几百米,有昆曲爱好者排了两个小时都买不到一张票。北方昆曲剧院有一位主任,托在北大做副教授的夫人买一版三天套票,几经周折,最后只抢到一张单日票。

三天演出，观众的热情一天胜似一天，到第三晚演出结束谢幕后，已经是夜里十点多，观众仍不肯散去，在场外排起长队，等待演员卸妆后签名、合照。男女主演俞玖林和沈丰英的演出海报也成了抢手货，校内小打印店看到了商机，印制了一摞摞演出海报售卖给学生和外来观众。学生拿着海报求了签名，回宿舍贴到床头，与刘德华、梁朝伟、周杰伦、乔丹、贝克汉姆这些文体明星并列一处。

青春版《牡丹亭》的校园行自北京大学演出后，才算是正式开启，之前虽有苏州大学、浙江大学两次演出，但都并非有意为之。在苏州大学举办的大陆首演，虽然成功，实属策略性无奈之举。之后转战杭州参加第七届中国国际艺术节，本无浙大演出计划，剧组原打算在东坡戏院演完后回苏州休整，为即将到来的北京国际音乐节演出做准备。

当时浙江大学校长正在加州大学圣巴巴拉分校做学术访问，分校校长和圣巴巴拉市市长宴请浙大团队，也请来白先勇作陪。饭桌上，白先勇聊到青春版《牡丹亭》将要到杭州演出，浙大校长一听，立马相邀：白先生，能不能带队到我们浙大演一轮，让我们的学生也感受一下中国传统艺术的魅力。白先勇当下答应，特地为浙大师生加演三场。

浙江大学的演出是在9月，骄阳如火，大太阳底下站起一条由3000多位学生排起的队伍长龙。浙大礼堂只有1000多个座位，三场演出加起来总共3000多张戏票，工作组本来准备好的套票只能一张张拆开发放。领不到票的学生有怨气，学校只好承诺全校电视台进行实时直播，这才把站在大太阳下排了一天队没领到票的学生安抚下来。

开演前的筹备工作完成，青春版《牡丹亭》在浙大开启了第二次校园演出，没想到主演身体又出现了问题。9月14日到15日，他们已经在杭州东坡戏院连演三场，16日休息一天后，继续到浙大演出，俞玖林身体有些扛不住，突发感冒，声带红肿。白先勇一听到消息，立马紧张起来，当即带俞玖林去了医院。

医生诊断过后，建议俞玖林噤声休息，尽量不要演出。嗓子是演员的命，医生既然做了建议，按说应谨遵医嘱。但浙江大学为了这次演出做了巨大努力，校园内挂满了大幅剧照和广告。不光是浙大，外界对这次演出同样寄予厚望，如果不能完整演完三本，对观众和关注者来说都不好交代。

围绕俞玖林的嗓子问题，团队专门开了一次内部会，几位老师争得面红耳赤。白先勇极其爱护俞玖林，会上率先发言："巾生苗子难得，既然医生都建议休养，那我们就听医生的安排，停掉第三本演出，我会去和浙大校方好好交涉，各位觉得如何？"其他人都闷头不说话，只有汪世瑜转头对白先勇说："白老师，我们行里老话讲'戏比天大'，老辈艺人出去演出跑码头，发热、哑嗓、声带充血是常有的事，不能因为一点病就不演戏了。临时宣布取消演出，哪怕是免费票，对观众也很不尊重，有悖职业道德。"

参会人员的观点也分成两派，相持不下。白先勇虽然是总制作人，但汪世瑜是俞玖林三叩九拜认下的师父，徒弟的事情，理应全归师父管，但他又实在怜惜俞玖林的嗓子，于是想了个折中办法："我们听汪老师的，剩下的一本戏今晚照常演，但我想能不能把《淮泊》一折拿掉，让演员们不那么辛苦。"白先勇说完，笑着看向汪世瑜，汪世瑜也只能苦笑着点了点头。

俞玖林在医院打完吊瓶，立马打车赶到剧场化妆。开演之前，白先勇登台向观众致歉："老师们、同学们，还有校外赶来的诸位昆曲爱好者，非常感谢大家能在今晚来到浙江大学支持青春版《牡丹亭》。由于今天我们的男主角俞玖林突发感冒，声带受到很大影响，今晚的演出略有调整，也请大家原谅他嗓音可能不在最好状态。我代表青春版《牡丹亭》全体剧组成员，再次感谢大家的到来。"白先勇话一讲完，台下掌声雷动，观众们不但没有怨气，反而为演员带病坚持演出的精神所感动。

下本开场第一折是《婚走》，柳梦梅携新婚妻子杜丽娘缓缓登台，台下学生的掌声几乎掀翻剧场屋顶。即便一些唱段发挥不好，俞玖林的表现也赢得了台下持续不断的鼓励。谢幕时，全场起立鼓掌，掌声绵延十五分钟之久。一次因演员身体状况不佳差点造成的停演，竟无意间造就一个"舞台英雄"，这是团队成员未曾料到的结果。

演出结束，热心的浙大同学们拥到剧院后台，为俞玖林送药送水果，细致询问病情，像亲人一样关怀备至。站在一旁的汪世瑜转头对白先勇说："白老师，以前咱们总说'最好的观众在台湾'，现在看来，咱们大陆的学生也很不错嘛。"白先勇点头："确实，看来我们昆曲校园行还得继续！"

结束北京大学校园行后，剧组休整了两天，随即转战北京师范大学。不同于北大百年讲堂，北师大的礼堂小且旧，仅有几百个座位，跟之前在苏大存菊堂一样，道具设备都用不上。不过，小也有小的好处，观众和舞台离得近，互动性强，台上演员的每一个动作、表情，甚至换气时的一呼一吸，台下都能感受到，有一种在传统厅堂演出的感觉。

在北师大小剧场演满三天，团队又来到天津，可口可乐公司包场赞助，免费向南开学子开放。当时的高校礼堂大多是改革开放前遗留的老建筑，尚未翻修，不光满足不了专业演出要求，且每个学校都有特殊情况。但青春版《牡丹亭》所到之处，同学们表现的观剧热情出奇一致。

南开大学礼堂只有1200多个座位，校方印制戏票时没有印座位号，位置先到先得。1200名拿到首场演出票的同学下午四点钟就坐满了礼堂，还有300名取到了站票的学生，坐满了前排地面和过道。1500名学生，一边等着晚上开戏，一边啃从食堂带来的馒头和包子，场景像是在人民公社食堂吃大锅饭。

但这1500张戏票仍远远不够，场外还有几百名学生想往里冲，校长一看形势不对，立刻召集全校保安，在剧场门前一字排开，把狂热的学生挡在门外。校方苦口婆心相劝，几百号学生才被劝走。他们当时的架势，不像是等着进场看戏，倒像是饥荒年代要进地主家抢粮。

有位在北大法学系念书的女孩，是天津高考"状元"，在百年讲堂连看三场后还不过瘾，又借着回津探亲名义跑到南开大学请同学抢到站票看了三场。女孩后来受感召参加了北京大学京昆社团，苦学昆曲，一年后凭一折《牡丹亭·惊梦》闯入中央电视台举办的全国大学生文艺比赛决赛，最终虽未取得金奖，但一曲【皂罗袍】已经唱到了接近专业水平。

旧时北京梨园行的唱家，要想打出名气，必须到天津卫演几场，天津的观众叫了好，回北京后才能继续演。虽然不像旧时梨园前辈一样需要返京立住脚跟，但青春版《牡丹亭》团队在4月接连走过北大、北师大和南开，连续9场演出让上万名京津学子第一次感受到昆曲的魅力，其意义非同凡响。

回苏州休整一月，第二轮高校巡演在春末拉开序幕，首站南京。南京大学为了一百零三周年校庆，特地租用了南京人民大会堂，邀请青春版《牡丹亭》在此上演。南大派了30多辆大巴车接送师生，在大会堂前停了整整一排，阵势像是开重要会议。

虽然在南京生活的时间不长，但白先勇对这座城市有着格外独特的情感。如今，白先勇领衔制作的青春版《牡丹亭》在南京上演，此中的因缘巧合与人世变迁，很难不让人唏嘘感叹。

南京之后，又到上海，复旦大学为了庆祝百年校庆，租了上海艺海剧院。王生洪校长连看三天，对青春版《牡丹亭》赞不绝口。再到同济大学礼堂，20世纪50年代遗留下来的建筑极大，可同时容纳3600名观众。同济校方一开始也有同苏大一样的顾虑，担心场地太大，礼堂距离学生居住区又远，走过来要用半小时，万一观众不足，场面上不好看，建议把三场合并成一场来演。白先勇一听，立马摆手拒绝："要演就连演三天。相信我们，一定会满座！"校方筹办人员听后诺诺，还是按三天10000张票的规模去组织筹备。

果不其然，演出当天不只是同济校内，全上海的高校学子都闻讯而来，校方担心的半小时校内脚程，在"昆迷"的巨大热情面前根本不值一提，花费半天时间转车而来的大有人在，3600个座位全部坐满。剧场太大，后排观众离舞台远，便纷纷跑到台下，一提裤腿便往地上坐，丝毫不介意地面脏。

学戏演戏十多年，台上的"小兰花"们还是第一次面对3000多位观众，尽管是非专业舞台，尽管是非专业的学生观众，但台下年轻观众的热情飘扬在一张张青春的面庞上。几千双眼睛，屏气凝神观看着舞台上才子佳人三生三世、轰轰烈烈的爱情故事，娴静优雅的古典艺术，撩动着每一位青年学子的青春之心。演出结束，白先勇走上台，抱着话筒，兴奋到声音都有些颤抖："有这么多年轻人来看昆曲，昆曲复兴有希望了！"台下再次响起绵延不绝的掌声。

同济礼堂够大，但还不是校园行台下观众最多的一次。2007年夏末，青春版《牡丹亭》走进四川大学，所登演的场地是校内刚刚竣工还没有装修完的体育馆。当时馆内还未安装座位，在成都夏末的酷热天气中，每天都有约7000名师生自带小板凳，提前一小时到体育馆前排队等候。

团队第一次在南开演出时场面火爆，但还不是最火爆的。2004年白先勇到广西师范大学做演讲时，曾承诺会把青春版《牡丹亭》带回家乡，时隔两年，他果然带着剧组来到了广西师大王城校区剧场。演出消息在桂林城引起轰动，社会各界纷纷索票，导致很多学生没有拿到入场票，演出开始时直接从厕所窗户爬进剧场，把礼堂塞得满满当当。

尽管青春版《牡丹亭》剧组日后不断走出国门，登上国际各顶尖舞台，但校园行从未间断。苏州大学、浙江大学、北京大学、北京师范大学、南开大学、南京大学、复旦大学、同济大学、台湾成功大学、台湾交通大学、广西师范大学、中山大学、厦门大学、西安交通大学、四川大学、兰州交通大学、兰州大学、长安大学、西安师范大学、福建师范大学、福州大学、武汉大学、中国科技大学、东华大学、上海大学、清华大学、香港中文大学……青春版《牡丹亭》的"青春魔力"，从2004年6月苏州大学首演开始，一直持续了二十年，走遍全国近50所重点高校，进行了上百场演出，直接观众10余万人次。

白先勇的愿望是，海峡两岸的大学生，一生中至少有一次接触昆曲的机会，从而重新发掘我们的传统文化之美。实现这一宏愿仅靠一个剧组、一台剧目还远远不够，但他们的昆曲校园行在大学生群体中埋下的是一粒昆曲的种子。时隔多年，俞玖林、沈丰英在外地巡演时经常会碰到观众走上来打招呼："十几年前，还是学生时，我在大学看过你们的演出，现在，我又带着孩子来看了。"演员、观众相视一笑，十几年过去，彼此脸上都多了一些岁月的风霜，但那一刻闪现的笑容，仍带着青春的颜色。

演员会老去，但剧中人物永远青春；观众会老去，但总有新的青春面庞走进剧场。白先勇心心念念的"把昆曲观众年龄普遍降低三十岁"的宏愿，在一场场校园演出中逐步变为现实。

2007年10月，刚刚落成的北京国家大剧院邀请国内艺术院团来京演出，在所有首演院团中，江苏省苏州昆剧院是唯一一个来自地级市的演出单位，他们所带来的青春版《牡丹亭》，也是唯一一个昆曲剧目。

五个月前，青春版《牡丹亭》已经在北京北展剧场完成了百场纪念演出，在100场之前，除了白先勇，汪世瑜和张继青两位老师很少夸学生，更多的是指出哪里还不够好，需要怎么改进，还有不少时候是严厉批评。100场演下来，两位老师也看到了演员身上实打实的进步，尤其是两位主演，手眼身法步都有了模样，也开始试着加一些他们自己的东西到戏中。100场是个节点，两位老师也跟着东奔西走三年多，到了该放手的时候。

受邀来到新建成的国家大剧院演出，这是对青春版《牡丹亭》三年多来110场演出所取得成就的肯定。但艺术上的成功并没有像外界想象的那样，给演员们的经济收入带去很大改观。1998年从艺校毕业刚进入剧团时，这些小兰花们每月拿400多块固定工资，好多人坚持了没多久就离开了。

如今十年过去，坚持留下的已经成了久经沙场的名演员。但当记者问到青春版《牡丹亭》风靡之后，经济条件是否得到改善时，沈国芳、吕佳、陈玲玲、唐荣几位重要配角演员相视一笑，沈国芳回答说："我们的经济状况，还算是很基本，只够维持一个月的吃饭开销，根本谈不上富起来。"记者听后很惊讶，在大家看来，已经跟着青春版《牡丹亭》火起来的年轻演员们，即便不是一夜爆红，但经济上的富裕应该是可以实现的。

看出记者眼中的疑惑，吕佳算了一笔更仔细的账：工资一个月1300元，演出费一场100元到150元，就算平均一个月演到6场，加起来也不过2000元出头。这次来北京演出，国家大剧院食堂为演员们提供了每餐20元标准的盒饭，但大多数苏昆演员并没有选择在食堂吃饭，而是到路边小饭馆每人几块钱合伙拼饭，或简单吃一碗没有几片牛肉的牛肉面。他们更习惯这样的生活、这样的消费水准。

同样不富裕的，还有总制片人白先勇。国家大剧院邀请苏昆团队来演出，临近开演才通知需要交场租，大几十万的资金缺口让白先勇很犯难。他回宾馆拿出电话本，这是他的"财神簿"。一页页翻着电话本，手指划过一个个名字，这些年来为制作青春版《牡丹亭》，他已经筹集了2000多万元，人情支票几乎用光。找不到可以开口借钱的人，白先勇只好打电话给香港大学校董金圣华女士，托她再想想办法。

接到白先勇的急电，金圣华赶紧走访港大另一位校董周文轩先生。周文轩是苏州人，后来到香港做生意，成为著名企业家，早先就为青春版《牡丹亭》出过不少赞助。这次来找周文轩，出生于上海的金圣华还是用一腔吴语交流，周先生听后轻声问："还欠多少？"金圣华有些不好意思地小声说出那个数字，没想到周文轩用一口苏白回道："好，这个数目，我来赞助吧！"说完便起身收拾，对金圣华说："今天是周五，要赶紧把汇款寄去。"说完便冒着香港9月正午的暑气去了银行。

儒商雅士慷慨相助，临危解难，青春版《牡丹亭》终于得以在最高水准的国家大剧院上演。演出当天，金圣华特地请来了林青霞，她曾在由白先勇作品改编的电影《游园惊梦》中担任旁白。林青霞一连看了三晚，最后一场戏演完后，请白先勇和全体苏昆演员吃火锅庆祝。这一晚，年轻演员们终于改善了一次伙食，更重要的是见到了少年时代的偶像，瞬间化作一群迷弟迷妹，就着火锅听偶像讲了一整晚故事。

从首演到第100场演出，青春版《牡丹亭》团队用了三年时间；从100场到200场，他们又用了四年半时间。100场演出过后不久，青春版《牡丹亭》的两位主演俞玖林和沈丰英双双摘得梅花奖，一台戏开出两朵"梅花"，在戏曲界是少有的事。再加上王芳1995年的梅花奖和2005年的"二度梅"，苏州昆剧院当时已经有四朵"梅花"，获奖的背后，是新人、新戏的涌现。

青春版《牡丹亭》第200场纪念演出，白先勇依旧选择在北京国家大剧院进行，与之前不同的是，这一次，他执意要在大剧院设备最一流的歌剧厅演出。国家大剧院歌剧厅向来只演大型歌剧和歌舞剧，中国传统戏曲只能在旁边的小型剧场演出。为了让演员们风风光光演出第200场，白先勇和蔡少华多次向国家大剧院提出申请，理由是，歌剧厅可以上演西方歌剧、歌舞剧，也应该能上演被联合国教科文组织认定为"人类非遗"代表作的中国昆曲。苦求无果，最后实在想不到别的办法，白先勇只好写信给时任外交部副部长的傅莹，中央很快做出批示，北京国家大剧院歌剧厅的大门终于向青春版《牡丹亭》敞开。

第 200 场演出，整个剧组换了全新行头，一个个光彩夺目，从二十出头演到年过而立，演员们脸上都还是青春的神采。演出谢幕完，白先勇站在台上讲话，回顾八年来走过的一段段艰辛旅程，当听到白老师说"青春版《牡丹亭》的两百场演出已经完成了阶段性使命"时，演员们开始有些伤感。演完走出剧场，一位演员追在白先勇身后，喊了一声"白老师"，随即哽咽落泪，像是毕业时作别老师，像是预见了青春的散场。

但青春远未散场，200 场不是青春版《牡丹亭》的终点，甚至连中点都算不上。2023 年 2 月 25 日，青春版《牡丹亭》时隔十九年后，再次回到大陆首演的苏州大学存菊堂。

存菊堂已经蜕变为修葺一新的现代化剧场，907 个座位座无虚席，台下观众已经换了一代新人，而台上的演员，还是十九年前的一众熟悉面孔。八十三岁的汪世瑜做了演出前的导赏，八十七岁的白先勇特地从美国发来贺信。这是青春版《牡丹亭》原班人马上演的第 427 场演出。

演出现场，包括汪世瑜在内的所有剧演成员，将自己对青春版《牡丹亭》的感情全部倾注在了这一晚的演出全过程中。美轮美奂的服装、舞美，细腻婉转如水磨的昆腔曲调，一张张青春依旧的面庞和无限投入的表演……这一晚，苏大师生感动异常，他们对昆剧的认识也随着这场演出被推向了一个新的高度。

从苏大存菊堂再启程，团队连续五十天在 18 个城市演出 35 场。

演到了第二十个年头，青春版《牡丹亭》依旧座无虚席。2023年4月18日晚，青春版《牡丹亭》全体演员在北京天桥艺术中心进行上本谢幕，汪世瑜步履铿锵地走上舞台，站到一众学生身前，向观众致谢："今晚，请允许我代表白先勇，代表青春版《牡丹亭》全体人员，对北京观众表示衷心的感谢，感谢你们一如既往地热爱青春版《牡丹亭》。二十年来，青春版《牡丹亭》已经在北京上演了五六十场，大家还是一样如此热爱，作为这出戏的制作人员之一，我由衷地感动。一出戏能在北京演出如此多场次，能够吸引如此多观众，这是非常让人感动的事。"汪世瑜说着，大手往后一挥："青春版《牡丹亭》的演员已经在台上演了二十年，但他们依旧保持了青春的活力和激情。尽管已经成为艺术家，但他们还在不懈追求，继续前进。相信他们会拿出更好的表现，来回报北京的观众！"说完，汪世瑜深鞠一躬，台下传来一片叫好和鼓掌声。

二十年间，这批"小兰花"们从二十五六岁的青年时代演到了四十多岁的中年时代，但在舞台上依旧展露着青春的风采。二十年间，有不少人离开了这块舞台，有不甘被埋没者，有选择出走者，也有自行转入幕后者。二十年间，在400多场演出的舞台上，发生了大大小小或惊或喜的许多故事。

21世纪初的大学校内剧场，条件普遍不好，演出中像爆掉灯泡这种小事故，是常有的。有一年在广州演出，沈丰英刚刚走过，头顶上挂着的幕布就轰的一声掉在了她方才经过的地方，掀起一阵尘土。台下观众闻声一阵惊呼，但沈丰英连头都没回一下，继续着自己的表演。一段戏唱完，台下掌声如雷。演员一旦入戏，泰山崩于前也无法干扰，事后才感觉一阵心惊。

舞台上忘词，是演员们常有的失误，背了千遍万遍的台词已经形成了肌肉记忆，一听锣鼓点自然就会脱口而出，反而一动脑筋去想时更容易忘。舞台上，饰演杜母的陈玲玲忘词，喊一声"春香"就没了后话，沈国芳就在心里数着节拍，到了自己该说话的时候接上去。演文戏的演员还好，忘了词能慢悠悠等搭档接上，但武戏演员动作多，不能呆站在那不说话。演溜金娘娘的吕佳一忘词就开始跑圆场，找一个能看到提词器的地方，想起唱词后再回来开唱，演溜金王的唐荣就蹲在原地等她。从同学到同台搭档，多年下来，演员们之间的默契配合只需要一个眼神。

一次在上海演出，柳春林演一位小店酒保，恰遇俞玖林饰演的柳梦梅前来就餐，落魄书生柳梦梅已身无分文，只好拿身上背的雨伞来换米饭。这把伞本应该由俞玖林解下再背上，可中间一不小心落在了地上，柳春林想捡起后再递过去，可俞玖林就是不接。正想着拿这把伞如何是好，下面的锣鼓点响起，柳春林自己都不记得接了一句什么话，最后拿着这把伞，扛着长凳下了场。演出结束后，蔡少华找到柳春林问："你是不是忘词了？"蔡少华每一场都跟着，看的就是演员的舞台表演和观众的反应。对于这个问题，柳春林实在不好回答，他确实忘了词，可忘词的原因源自另一个小失误。

小失误无伤大雅，有时甚至成为演员、观众间的笑谈，对演员影响更大的是身体的伤病。2007年获得梅花奖之后，各种奖项、荣誉相继到来，俞玖林开始有心理包袱，不允许自己有半点失误。随着心理压力增大，俞玖林感觉声带出了问题，四处求医无果，始终检查不出问题在哪里。白先勇向来对俞玖林和沈丰英两位主演关怀备至，也知悉俞玖林的身体情况，趁着一次赴美演出的机会带他去了医院。全面体检之后，医生拿着报告单对俞玖林说："你的声带问题出在胃上，胃酸反流侵蚀声带。胃是情绪器官，最近是不是压力大？"听了医生的话，俞玖林才知道自己的问题出在哪，靠着胃药和情绪调节解决了声带顽疾。

小生演员最重要的是保护好自己的嗓子，而武生还要注意腿脚。青春版《牡丹亭·冥判》一折里，饰演判官的唐荣有一个从杜丽娘头顶跳下后落地下叉的大动作，是整折戏的叫好点。红衣判官站在方桌上唱念，白衣杜丽娘从远处转身走回到桌下，蹲身甩出水袖的一瞬间，判官从杜丽娘头顶越过，腾空一个大跳叉，这套用时不超过三秒钟的动作，既惊险又惊艳，需要演员之间有高度默契，否则极易受伤。2013年到济南演出之前，唐荣和沈丰英排练这出《冥判》时，沈丰英往回走时没太到位，唐荣比平时跳得更远了些，下叉落地时腿上感觉不对，这个动作他已经练了不下千次，非常熟悉那种落地后恰到好处的感觉，起身后走几步路，果然拉伤了。在床上躺了三天，最后还是跟着剧组一块去了济南，忍痛坚持完成了那一跳。

二十年间，舞台上"小兰花"一辈演员的年龄在增长，技艺在成熟，而舞台下观众的年龄却越来越年轻。白先勇最初所提的"把昆曲观众年龄普遍降低三十岁"的愿望，已经实现。

2019年岁末，新上任的苏州市文旅局局长韩卫兵走进剧院，第一次观看久负盛名的青春版《牡丹亭》，想要对这出戏的"青春魔力"一探究竟。韩局长特意选了一个中后排位置，坐定之后，四下环顾，发现前面的观众都是黑色头发，还间杂着一些更亮丽的斑斓发色，完全不像前几天看《孟姜女哭长城》，满场银发，夹杂着几颗反光的脑壳。

灯光亮起，鸣乐开场，明丽的舞美设计、亮丽的演员扮相，让韩卫兵眼前一亮。随着剧情的推进，韩卫兵不免声声赞叹，情不自禁地与身旁同来的友人交流起来。一开始还只是私语，随着舞台上乐声的高扬，两人一起眼睛盯着舞台，交流的声量不自觉提升。一个戏剧高潮过去，前座的年轻人转过头来，瞪了两人一眼，韩卫兵立刻微笑着摆摆手，以示歉意。

但当十二花神依次出场，带杜丽娘入梦时，绚丽的舞台又一次令两位"老同志"震撼了，他们忍不住又聊起来。一曲唱罢，进入中场休息，前座的年轻人站起身，转过头，皱着眉头对这两位"新戏迷"训道："请你们安静一些，演出期间不要讲话。"韩卫兵和友人再次摆手致歉，安静看到终场。

散场时，韩卫兵特意晚些离开，目送着场内观众离去。大体一估算，四十岁以下的年轻观众占比能到七成，都是和前座年轻人一样投入，一样沉浸。虽然第一次看青春版《牡丹亭》被训斥了一顿，但他觉得，这是年轻观众们对这出戏最大的欣赏和尊重。

把年轻观众吸引到戏台下，在现代化娱乐方式足够发达的今天，并非易事。接连看完两场戏后，韩卫兵立即搜索、阅读了大量青春版《牡丹亭》的资料，想要搞清楚这出戏究竟是如何一步步把观众的平均年龄降到四十岁以下的。

是因为这是一出爱情戏？但大多数戏曲剧目中都有爱情故事，《长生殿》里有，《桃花扇》里有，《浣纱记》里也有。是因为这出戏专注于讲年轻人的爱情故事？那《西厢记》应该是更合适的一部……思来想去，连续几日舞台上的情景在他脑中像电影一样放映着，一幕幕都是青春的印象。

"青春、青春、青春"……这两个字牢牢占据了韩卫兵的大脑，也给了他答案：是"青春"这个核心关键词，是青春版《牡丹亭》中自始至终贯穿的"青春"理念、"青春"色彩——青春的演员、青春的爱情、青春的舞美、青春的音乐……

是"青春"的一切，让苏州昆剧院的青春版《牡丹亭》持续吸引着年轻人，也带动着年轻一代观众慢慢开始关注整个昆曲艺术，给昆曲界带来持久的青春风暴。

第三节 遍青山啼红了杜鹃

海峡两岸演遍，国内已是姹紫嫣红时，白先勇找到蔡少华商量，想把青春版《牡丹亭》带出国门。蔡少华听后自是高兴，四年前上任苏昆院长时，他的首要策略就是"引进来，走出去"，苏州市文化部门领导也足够重视、支持，周向群部长数次亲临，短时间内引来白先勇、汪世瑜、张继青多位大师级人物。在多位大师的倾力指导下，两年间，他们走遍了中国港澳台和内地各大剧场，连演了70多场大戏。令蔡少华没想到的是，走出国门的机会来得如此之快："白老师，还是您来挥旗前进，我带领苏昆全力配合！"两人一拍即合，决定进军美国。

昆曲作为最具东方古典审美意蕴的艺术形式，首次离开华人文化圈西行，会取得好的效果吗？白先勇和蔡少华心里都没底。梅兰芳大师曾在1930年赴美演出京剧，引发轰动，算是中国戏曲在西方最成功的一次演出，也导致了西方社会对中国戏曲的认知几乎与京剧画等号。

被称作"国剧"的京剧与"百戏之祖"昆曲有很大不同，以现代音乐类比，京剧带有摇滚气质，而昆曲更像缓慢悠长的民谣。京剧如欢腾瀑布，昆曲像清幽小溪，先入为主、更习惯 Peking Opera 的美国观众，能够接受三天九小时的 Kun Opera 吗？

保险起见，白先勇选择了先到老东家加州大学的 4 个校区进行一个月的巡演。西行美国的演出想法确定，最紧要的还是钱的问题。一个演出团队浩浩荡荡 80 多人，机票、食宿花费不小，不是官方派出，没有拨款，只能靠白先勇再去筹钱。好在天降贵人，台湾趋势科技创办人之一陈怡蓁和香港宝实集团董事长刘尚俭愿意各赞助 50 万美元，帮助青春版《牡丹亭》完成美国巡演。不仅是经济赞助，陈怡蓁还带领趋势科技团队全程参与演出接待，从接机到酒店入住、餐饮、出行，事无巨细安排妥当，让苏昆的年轻演员们大为感动。

美国巡演的头一站是伯克利，白先勇去洽谈时，对方的演艺中心主任姿态很高，跷着腿坐在椅子上，摊手对白先勇说："白先生，我们很担心你们这个戏的票房。"白先勇对他摆摆手说："请您不用担心，我们有企业赞助，演出售票收入全归学校，演艺中心保证只赚不赔。"主任掏出计算器一算，方才撇着的嘴角立马上扬，欢迎青春版《牡丹亭》作为年度艺术节的开锣戏上演。

昆剧在国外演出，还有一个大问题就是翻译。《牡丹亭》的唱词，对于大多中国观众来说都存在接受门槛，更别说没有一点儿中国传统文化基础的美国观众。白先勇请来在美国教了十几年昆曲的李林德教授操刀翻译，既保留原文中国文学的精髓，又能让国外观众看得懂。每晚开演前，专家教授们还要临场做导读，让观众们了解这一场戏的重点在哪，如何去欣赏。艺术无国界，但跨文化的艺术门类需要专业人士做引导，青春版《牡丹亭》的域外之行，在这一点上做得尤其到位。

场外事宜由白先勇奔走操办，剧场之内，汪世瑜察觉到了演员们微妙的心理变化。国内演出处处是鲜花和掌声，在大学里像明星一样受追捧，第一次走出国门，又受到赞助方工作人员无微不至的招待，演员们有些飘飘然。这种感觉，汪世瑜很熟悉，二十一岁凭借《西园记》大火之后，他也有过这样一段经历，没过多久便迎来演艺生涯的一段低谷期。如今，年轻演员们身处顺境，容易自满，作为总教头，汪世瑜觉得有必要敲打一番。

当天彩排前，汪世瑜把散漫的演员们集中到一块，摆出一张严肃面孔，开始训话："我们青春版《牡丹亭》第一次走出国门，来到美国演出，大家都很兴奋，年轻人嘛，这也正常。可我这两天看下来，发现一些人状态不对，心思散了，完全不在戏上。我们是来干吗的？旅游的吗？我们是来演出的！"汪老师洪亮的嗓音在剧场中回荡，几十位年轻演员半低着头，一言不发。汪世瑜继续训话："我还看到一些演员，开始有些骄傲，甚至有些耍大牌，你们仔细想想清楚，现在有什么是可以值得骄傲的？你们的身体是父母给的，身上的那点戏是老师给的，哪一点是你们自己的？"这一番话，让演员们把头垂得更低，有几张脸已经羞红。

批评的话说完，汪世瑜转入鼓劲环节，给年轻人一些使命感："七十多年前，梅兰芳先生让美国观众认识了京剧；如今，我们带来了昆曲。我们不仅代表苏昆，还代表中国。我们应该让全世界看到，中国除了京剧，还有更古老、更典雅的昆曲！"敲打加鼓劲，让演员们把心思从外面的花花世界拉回脚下的舞台，倾尽全力投入演出前的排练。

正式开演前，白先勇例行来到剧院后台，向演员们进行精神喊话，经过汪世瑜的一番训导，演员们已经卸去了那股浮躁劲，一个个精神振奋，像是整装待战的将士。巡视了一圈年轻演员已经画好妆容的脸，白先勇挥起手臂说："这是你们最严格的一次考验，一定要争气，把你们的绝活都亮出来！"白先勇言简意赅，做完了最后的战前动员。

演出开始，演员登台，乐池中笛声一起，台下已经泪光点点，这些情不自禁的泪光来自观众席上占比三分之二的华人。文化基因里镌刻着的密码，一经召唤便会破解，在古老的乐曲声中复归传统。白先勇望着台下的点点泪光，心有戚戚，在美国漂泊半生，他懂得这种传统文化的召唤力对去国怀乡的游子们而言到底有多强大。但他心底也明白，华人的感动，更多的是出于民族文化情感，而真正检验青春版《牡丹亭》国外演出成败的，是台下另外六七百位非华裔的美国人，是像翻译全本《牡丹亭》的白之教授、斯坦福大学戏剧系主任麦克·伦斯教授这样的专业人士。

三个晚上，三本大戏，每一场都伴随着阵阵掌声，一片欢呼。多年之后，俞玖林仍清晰记得，谢幕时他在观众席前排看到的那位坐着轮椅、打着点滴的美国老先生，激动地双手举过头顶，激动得几乎要从轮椅上站起来，旁边看护他的护士紧张得瞪大眼睛。

伯克利演出成功，剧组在东海饭店开庆功宴，近400位参与者把整个饭店都包了下来，当地华人请来了唐人街的锣鼓队，敲敲打打一片喜庆，在美国西岸办了一场最热闹也最地道的中国式庆功宴。

伯克利演出完第二天，报纸已经登出报道，称青春版《牡丹亭》的演出是继1930年梅兰芳访美以来，中国戏曲对美国文化界最大的一次冲击。而剧组的美国之行才刚刚开始，他们还要继续挥师南下，到加州大学尔湾校区、洛杉矶校区，最后去到圣巴巴拉。

海滨小城圣巴巴拉，是白先勇教书近三十年的第二故乡，他一生中大多数重要作品都完成于此。如今，他又带着自己倾心参与的另一部大作回到这里，市长宣布青春版《牡丹亭》上演的这一周为"牡丹亭周"，全市挂满《牡丹亭》宣传剧照，市内公交车上也喷绘了剧照，整个城市变成了一个巨大的昆曲舞台。

圣巴巴拉的演出地是一个仅有600多个座位的精致小剧场，座中有七成以上是非华裔的美国人，多来自圣巴巴拉歌剧院、西部音乐学院和加大校内，都是懂行的人。开演之前，白先勇照例训话，但这次比之前都要严肃："圣巴巴拉是我住了几十年的地方，下面都是我的同事和学生，一定要好好演，演不好的话，我在这里就待不住了！"这么多场演下来，年轻演员们已经摸到了规律，白老师每到一地都会强调"这是最重要的一场演出"，他也总能找到强调这一点的理由，每一场戏都是新的，都是一次重新开始。

圣巴巴拉第三场演出的落幕，是青春版《牡丹亭》美国之行的终点。一个月12场演出，让旅美华人寻到文化之根，更让非华裔的美国人感受到中国古老的昆曲艺术之美。飞扬的水袖、极简的布景，最能代表东方写意、含蓄之美的舞台艺术，让西方观众耳目一新。每次演出结束，都会有一群好奇观众走到乐池，仔细观摩乐师们手中的乐器，想弄清到底是什么样的神奇乐器，能奏出这样神奇、美丽的乐曲。

在圣巴巴拉演出谢幕时，起立鼓掌的观众中有一位不寻常者——来自英国的萨德勒斯韦尔斯剧院艺术总监史柏汀被特地派来观剧,为两年后将要在伦敦举行的"时代中国"艺术节挑选剧目。史柏汀看过青春版《牡丹亭》中、下两本后大为赞叹,跟着剧场观众一同起立鼓掌,当即决定把这出戏带去英国。

对于英国观众来说,昆曲几乎是完全陌生的艺术形式,只有上海昆剧团在20世纪80年代到英国演过一出《血手指》,台下观众寥寥无几。英国人做事尤为谨慎,确定要在有着三百年历史的萨德勒斯韦尔斯上演昆曲后,剧院担心票房,专门邀请《金融时报》《卫报》《每日电讯报》《都市报》四大报的专业记者飞到北京,观看青春版《牡丹亭》2007年10月在国家大剧院进行的演出,提前宣传预热。为了这台中国传统戏,英国剧院做足了演出前的准备。

在世界戏剧之都伦敦上演中国传统昆曲,白先勇和其他创作人员心里都没底。虽然已经有在美国成功演出的经历,但美国是个对外来文化足具包容力的国家,严肃认真的英国观众,是否也能同样喜爱这样一出中国古典戏曲呢?连续两轮共六场演出,9000多张票,对剧院和青春版《牡丹亭》剧组来说都是不小的压力。

白先勇把每一场演出都看作攻城拔寨,这一次,又是提前一周飞到了伦敦,利用个人影响力,在高校师生和社会华人群体中拉动一波票房。伦敦大学、伦敦政经学院、牛津大学、爱丁堡大学……对中国文化怀有热情的学者们,带着亲友和学生赶来剧院。

伦敦大学亚非学院艺术考古系的杨佳玲教授毕业于台湾大学,曾为台大昆曲社成员,听说老校友白先勇先生带着青春版《牡丹亭》来到伦敦,倾尽全力做推广,把200多名同事和学生带进了萨德勒斯韦尔斯剧院。首演当晚,牛津大学中国研究中心的三代"掌门人"霍克斯、达布奇和布鲁克一起从牛津坐火车来到伦敦,白先勇特意出门迎接三位著名汉学家,紧握住霍克斯教授的手说:"您翻译的《红楼梦》,我在课堂上用了二十几年。"

霍克斯20世纪40年代在北京大学念过书,跟着俞平伯先生学《红楼梦》,后来翻译了英译本《红楼梦》,享誉世界。多年的中国生活和汉学研究经历,让八十七岁的霍克斯讲得一口字正腔圆的纯正北京话,笑着回白先勇说:"《红楼梦》里也有《牡丹亭》啊!"四位醉心中国传统文化的同道中人相视一笑,边走边聊《红楼梦》第二十三回《牡丹亭艳曲警芳心》中林黛玉走过梨香院听到伶人唱起《牡丹亭》的那一段。

将霍克斯一行三人接到场内落座,白先勇又迎来了著名钢琴家傅聪一家。来英国之前,白先勇已经给旅居伦敦的傅聪打去了电话,一听《牡丹亭》要来伦敦演出,七十三岁的傅雷激动异常。旅居英国半个世纪,傅聪心心念念的还是故土,虽然学的是西洋音乐,但他的文化根底始终归属中国传统。生平第一次弹奏肖邦的《夜曲》,傅聪内心浮现的却是"泪眼问花花不语,乱红飞过秋千去"的意境。

五十二岁那年的车祸之后,傅聪已经几乎无法弹琴,腿部的伤病,让他的日常活动也变得困难。这一晚来剧院看青春版《牡丹亭》,傅聪特地穿了一身唐装,在家人的陪同下向剧院大门走来。比傅聪小三岁的白先勇前去相迎,两身唐装在伦敦街头映出一道中国光彩。

除了文艺界专家名人,时任中国驻英大使的傅莹女士也来到剧院看戏。傅莹来看戏,并不是作为大使简单出席,来之前,她先跟白先勇要了剧本,仔细读过剧本后又连续看了三天大戏。

经过演出前的一番努力筹备,首演终于达到九成票房,剧场几乎坐满，且七成以上是英国观众。英国观众在台下一个个正襟危坐，看起戏来眼睛都不眨一下，座中的白先勇不时回头望望观众的反应，也关注着几十位媒体记者和几家英国大报剧评人的动向，这些人的评论，决定着后续演出的票房，进而关系到青春版《牡丹亭》英伦演出的成败。在莎翁的故乡，与莎士比亚同时代的剧作家汤显祖和他的《牡丹亭》，是否也能感动英国观众呢？

首演落幕，台下华人观众早已是泪眼婆娑，与在美国时一样，华人的眼泪一半是因舞台上的昆剧内容，还有一半是因看到了自己的民族文化在他乡大放异彩，去国怀乡的民族情感难以自抑。让白先勇感到意外的是，当晚庆功酒会上，剧院艺术总监史柏汀坦言，自己看到《离魂》中杜丽娘手持梅花深情回眸时，眼泪不自觉地落了下来。英国人向来冷静，不轻易流露情感，更何况是看过足够多好戏的史柏汀，能让他感动落泪，白先勇觉得自己想要在青春版《牡丹亭》中突出的"至情"，算是到了位。

2008年6月8日是一个星期天，杨佳玲教授走进伦敦街头一家花店，精挑细选了五束粉色牡丹花。六天六场演出，这段牡丹情缘让杨佳玲格外珍惜，她要把这些国色天香的粉牡丹在青春版《牡丹亭》谢幕时送给台上的年轻演员。

两轮演出结束，青春版《牡丹亭》火爆伦敦，中国昆曲终于在欧洲舞台赢得了应有的荣誉。离开英国后，剧组又来到戏剧诞生地雅典，接受当地观众的专业检验。2008年夏天，欧洲杯足球赛激战正酣，希腊队在首演前一天刚0：2输给了瑞典队，但这丝毫没有影响观众们的观剧热情。雅典艺术节上，中国昆曲又成了一道亮丽的风景线。

走过国内各大剧院，走过各大名校，走过美国与欧洲，一路走来，青春版《牡丹亭》这朵开自苏州的青春之花，在众人的浇灌与栽培下，得以开得如此娇艳，如此长久。这朵牡丹花的淡淡幽香，也引来了懂花、爱花之人，自行前来寻花、探花。

2007年一个春日下午，五十八岁的坂东玉三郎走进苏州昆剧院，抬头望向院内"昆剧传习所"的大字牌匾，盯着看了很久。蔡少华院长讲解着苏昆的历史，随行工作人员在坂东身旁小声翻译成日语。听蔡少华讲到1921年在这里发生的昆曲故事时，坂东玉三郎将目光从牌匾上移下，看向张紫东、穆藕初两位先生的雕像。斜阳从西面照下来，在两尊雕像上映出一层光辉，坂东玉三郎微微扬起脸庞，闭上双眼，在原地站了很久，像是在感受，也像是在聆听。

再次睁开双眼，坂东向身边的翻译说了一句话，翻译把这句话转述给蔡少华：坂东玉三郎说，他不到别处了，就在这里。蔡少华听后，心中一喜，带着他继续参观剧院。

这次中国之行，是坂东玉三郎的一次昆曲寻梦之旅，在中国对外文化交流协会的安排下，他先到了北京和上海，本来还要去南京和杭州，最后再确定与哪家剧院合作。但就在苏州昆剧院停留的短短一段时间里，他决定了，这就是他的寻梦之地。

坂东玉三郎是日本国宝级歌舞伎"女形"艺术大师，被称为"日本梅兰芳"。坂东玉三郎并不是本名，而是日本歌舞伎界一个显贵称号。坂东原名榆原伸一，因小儿麻痹症导致腿部活动不便，为了减轻后遗症，父母送六岁的榆原伸一学习日本传统舞蹈。本来只是为身体康复，没想到一接触歌舞伎，榆原伸一就展现了非同寻常的才华，二十五岁那年，正式承袭名号，成为第五代坂东玉三郎。

第五代坂东玉三郎的祖辈、十三代守田勘弥曾在1919年梅兰芳访日时有幸与其同台，1923年守田勘弥率团访华时再次与梅兰芳同台演出，对梅兰芳的表演艺术推崇至极，家中挂满了他的剧照。在祖辈的影响下，坂东玉三郎自幼研习梅派表演艺术，二十岁时，父亲问他将来还想演什么戏，还未承袭名号的伸一回父亲说：除了歌舞伎，还想演《杨贵妃》。

1987年，坂东玉三郎专程到北京，跟梅葆玖学了《贵妃醉酒》，把这出京剧移植成日本歌舞伎《杨贵妃》。相对于中国京剧，坂东觉得昆曲更雅静，也更接近他要追求的艺术感觉。到北京学戏的前一年，坂东在东京国立剧场看了张继青演出的《牡丹亭》，《离魂》一折中杜丽娘推窗望月，配上了仓啷啷的乐器声来表现风雨，一下击中了坂东的内心。从那之后，他才明白，自己在中国要寻找的，除了京剧，还有昆曲。

2006年，坂东玉三郎看到了青春版《牡丹亭》的录像带，惊叹于古典昆曲与现代舞台的融合，也惊叹于台上年轻演员的靓丽装扮，随即通过日本官方联系了中国外交部，想要学习《牡丹亭》，把这一台经典昆剧移植为日本歌舞伎。

外交部接到消息后很重视，当时新上任的日本首相刚完成中日"破冰之旅"，如今享誉国际的日本国宝级艺术家主动要来学习中国昆曲，如能促成此事，将是中国文化影响力的重要体现。坂东提议先对国内几大昆剧院进行走访，中方派工作人员全程陪同。

走过北京、上海两家条件最优越的昆剧院后，坂东却选择了苏州昆剧院，看中的正是苏昆原汁原味的昆曲传承。蔡少华又从南京请来张继青，在苏昆的剧院演了几折《牡丹亭》。时隔二十年，坂东再次看到张继青的表演，依旧感动如前，当即决定跟随张继青学《牡丹亭》。

坂东最初的想法是，跟之前学习《贵妃醉酒》一样，将《牡丹亭》改编成用日语演唱的歌舞伎表演。跟着张继青学了几天戏后，坂东发现，如果改用日语演唱，他所表演的就已不再是昆曲，完全失去了原来的韵味。一个新的问题摆在了坂东面前：想要学习正宗的昆曲，他必须要学习中州韵发音，学习苏州话。

语言上的障碍，对一位五十八岁的外籍演员来说，几乎是难以逾越的天堑，但坂东玉三郎选择了挑战。坂东学发音的方法很特别，他把日文和中文剧本对照起来读，用日语中的五个元音来做读音标注，再标记上心电图一样的音调起伏，对着剧本和张继青拿给他的录音带死记硬背每一句台词的发音，用半年时间学会了一出《游园》。

除了语言，坂东还面临发声上的问题。歌舞伎表演不讲唱功，如今饰演《牡丹亭》里的杜丽娘，唱腔必须圆润，医生建议他多吃牛肉，增加声带脂肪。多年前在东南亚旅行时，坂东玉三郎曾被告诫：以后不要吃四条腿的东西，对你的命数不利。坂东相信这些，守戒多年，只吃两条腿和没有腿的鸡鸭鱼肉。如今为了实现昆曲梦，演好杜丽娘，他只能破戒开吃牛肉。

坂东来学戏之前，男旦演员已经在昆曲舞台上绝迹很久了，俞玖林从来没有和男旦搭过戏，又考虑到坂东先生是个外国人，是个非专业昆曲演员，最初总有一种照顾他的心态。但随着坂东一步步进入戏中，俞玖林感觉到来自搭档的专业性和强大气场。

中国昆曲有固定程式，坂东到苏州跟张继青学戏，首先要学会这些一招一式的程式，但除了是学生，坂东还是中日版《牡丹亭》的制片人和总导演，他想要加些自己的东西进去。

坂东对表演的要求是慢，比原有的昆剧舞台表演还要慢，在缓慢而内敛的动作中展现人物的内心活动。每折戏排练完，坂东都要跟搭戏的演员仔细交流，提出意见。坂东对搭档俞玖林说得最多的一句话就是："你要慢些，再慢些，要让观众充满期待。"俞玖林一开始不理解，昆曲本来就慢，怎么还能更慢？排练时间长了，他才慢慢找到坂东的节奏。

饰演春香的沈国芳一开始也对不上坂东的节奏，在青春版《牡丹亭》里，她已经演活了一个俏皮可爱的"宇宙第一春香"，可到了中日版《牡丹亭》，怎么演都觉得不舒服。坂东先生只在排练间隙给她提提意见，少有专门指导，他有自己专门的化妆间，为了保持对戏中角色的感觉，坂东拒绝在舞台之外和其他演员有任何交往。这种情况下，沈国芳一个人苦思无果，不知道该怎么转变。

张继青看出了沈国芳的心结，专门找到她说："这个小姐不是之前那个小姐，所以你的春香也不能是之前那个春香。"沈国芳听了，一副似懂非懂的表情看着张老师，张继青继续解释："青春版《牡丹亭》里的杜丽娘是活泼的，春香也跟着往活泼里演，就像《游园》里，小姐的身段很灵动，春香也跟着动。但坂东先生的杜丽娘是安静的，他不动，你也不能动来动去。在这里面，你不是'小春香'，而是'大春香'。还有，坂东是日本人，很讲究尊卑，舞台上杜丽娘是主，春香是婢，不能再像青春版里主婢不分的小姐妹一样去抢小姐的话，更不能向小姐招手呼唤。"张老师这么一指点，沈国芳终于开了窍，找到了和坂东搭档的感觉，在舞台上安安分分地做杜丽娘身边侍奉的小丫鬟。

坂东玉三郎演《牡丹亭》，大胆做了几处修改，但每一处都不是乱改，而是像学术研究一样，做了严谨考证。坂东推崇梅兰芳，把梅大师的《牡丹亭》反复研究了好多遍，他注意到梅兰芳在《游园》中唱"遍青山啼红了杜鹃"时，身上的动作很特别：唱"遍青山"时看的是远处，到"啼红了杜鹃"却翻转手腕往下一指，表示杜鹃花恰在身前。坂东明白，梅兰芳先生想要刻意表现远近对比，但据他了解，东方杜鹃花一般都是野生于山上，到近代引进西洋品种后才变成庭院种植。于是，他自己唱"遍青山啼红了杜鹃"这句时做了改动，一直抬头遥望着远山。

二十年前看张继青表演《离魂》一折，杜丽娘叫春香推开窗户时动作很小，坂东一直以为开的应该是一扇小小的轩窗，可当他游览了苏州沧浪亭后，却发现园子里的窗户都很大。坂东心想，杜丽娘也是大户人家，家里的窗户也应该很大，于是让饰演春香的演员把开窗的动作幅度增大，冷风吹进来，杜丽娘在寒风中一阵阵颤抖，增加这一折戏的悲情氛围。

坂东离开苏州回日本筹备，忙时一天要进行两场歌舞伎表演，每次前往剧场的路上，他都会拿出张继青送给他的录音带，戴上耳机，跟着录音记唱腔。表演结束回到家中，他继续在电视上看《牡丹亭》录像带。没有结婚，拒绝应酬，也拒绝与演员们在舞台之外有任何交往，坂东像是一个为演艺而活的纯粹艺术家。

2008年3月6号，中日版《牡丹亭》在京都南座剧院首演，这是日本歌舞伎艺术的发源地。首演之前，坂东玉三郎特地到东京王子大饭店开了新闻发布会。发布会上，有日本记者带着不满情绪提问："坂东先生，作为国宝级歌舞伎表演艺术家，您为何要跑到中国去学习昆曲？"坂东没有回避，拿过话筒一字一句对面前的记者说："艺术没有国界，昆曲是东方美学的标杆，作为艺术家，我应该去寻找最美的东西，不管她到底在哪里。"

3月6号到25号，中日版《牡丹亭》在京都南座剧院连演20场，所有戏票早早销售一空。首演当天，坂东玉三郎在《惊梦》一折中出场，杜丽娘的妆容较中国传统化法来看，少了些红，多了些日式的白，桃粉色的裙裾把面部妆容映得更白。坂东身高 1 米 73，肩膀宽阔，标准的东方男性魁梧身段，他在歌舞伎表演中都是屈膝演出，现在饰演杜丽娘也是尽量将身体下压，表现出扶风弱柳的身态。

台上的杜丽娘身姿窈窕，水袖翻飞，面对梦中情人抬手半遮面，眼神却忍不住往柳梦梅那边望去。"那生素昧平生，因何到此？"第一句念白从坂东口中幽幽脱出，虽然还有些生硬，但已经接近标准发音。准备了一年时间，在常规工作的间隙勤学苦练，坂东终于实现了在台上演出昆剧《牡丹亭》的夙愿。歌舞伎演员的演出没有谢幕的传统，为的是在舞台上保持观众对演员角色的代入感。演出《牡丹亭》时，坂东打破了这一传统，在观众的掌声中进行了三十分钟的超长谢幕。

京都的 20 场演出，仅仅是个开始。5 月，中日团队又在北京湖广会馆连演 10 场。回到日本后，坂东继续对着录音和录像带学了《叫画》《幽媾》和《回生》三折新戏。2009 年 3 月，他来到苏州科技文化艺术中心大剧院，连演了两场七折本的《牡丹亭》。学习昆曲两年，坂东玉三郎回到苏州演出，有一种学成归来、接受检验的感觉。两年来，坂东不光学习了不少苏州话，而且已经能辨别苏州话和上海话之间的细微差别，甚至能听得出苏州市区和郊区的发音差别。

分别多日，再看坂东的表演，俞玖林赞叹：他学得实在太快了。指导老师张继青也忍不住夸赞：坂东先生是一个伟大的演员，他在台上的表演让其他演员都显得生嫩了。得到搭档和老师的夸奖，再加上台下观众的掌声鼓励，坂东觉得自己的苏州"汇报演出"

终于过关。

中日版《牡丹亭》苏州演出的成功，也像是坂东玉三郎的出师仪式，从此开始大规模巡演，上海、香港、东京、巴黎……近百场演出下来，坂东饰演的杜丽娘，已经融会了中国传统昆曲和日本传统歌舞伎的风格，也成了一位"中日版"杜丽娘。坂东实现了他的昆曲梦，蔡少华领衔的苏州昆剧院也完成了《牡丹亭》另一种形式的海外传播，可谓两全其美。因为这段昆曲情缘，坂东玉三郎也成为继白先勇之后又一位因昆曲结缘的"苏州荣誉市民"。

依靠十几年间打造的两台不同版本的《牡丹亭》，苏州昆剧院联合国内外创作团队，把昆曲艺术推向了国际，推向了更年轻的观众；但仅凭这一出戏，要推动"昆曲复兴"，还远远不够。青春版《牡丹亭》、中日版《牡丹亭》都只是开端，它们所掀起的昆曲热潮，需要系统性的接续，就像蔡少华院长反复强调的那样：中国昆曲的复兴始于"非遗"，但真正的复兴，是要摘掉"非遗"的帽子，变成昆曲的"活态传承"。

在苏州这片温润的土地上，在典雅的小桥流水间，在精致的古典园林中，古老昆曲如何借助青春版、中日版《牡丹亭》的热度"还魂重生"，如何从曲高和寡的小众艺术走向大众群体，如何转化为一种活脱脱的生活方式？这是苏昆人需要继续思考和努力的大命题。

重建昆剧传习所——百年传承的初心——"昆曲在苏州是一种福气"——朝朝暮暮，代代相传——古老昆曲的"青春命脉"

第五章 牡丹亭上三生路

时光之河奔涌向前，古老的昆曲艺术历经数百年跌宕，终于汇聚成如今这满园春色——青春版《牡丹亭》，恰成了昆曲百花园中最艳丽的一枝。

一枝独艳，不如满庭芬芳，青春的《牡丹亭》正在召唤青春的同伴，青春的昆曲也将继续在青春的大地上飞扬——在江南水乡飞扬，在华夏山川飞扬，在寰宇内外飞扬。

第一节 沉醉了九重春色

2016年夏天,湖南卫视真人秀综艺节目《我们来了》剧组来到苏州,赵雅芝、刘嘉玲、莫文蔚、汪涵、谢娜、陈乔恩、奚梦瑶、江一燕、袁弘、徐娇一道走进江苏省苏州昆剧院,酷暑难耐,闻讯而来的粉丝却热情不减,把剧院门外的马路堵得水泄不通。

蔡少华院长穿一件黑色中式对襟短衫,在剧院大厅迎接十位前来学习昆曲的明星:"欢迎各位来到我们昆曲发源地的苏州昆剧院,在这么短的时间内要能把昆曲有所表达,对大家是个考验,但只要我们全力以赴,我想一定会有所收获。"听了蔡院长一席话,站在旁边的谢娜作瑟瑟发抖状。确实,用一个下午的时间学会昆曲演员以往要学习、打磨几个月的唱段,对于没有戏曲功底的演员们来说是一个极大的挑战。

在剧目挑选环节,赵雅芝选择出演昆剧《白蛇传》中的白娘子,接续电视剧《新白娘子传奇》中的角色，谢娜、奚梦瑶分饰小青和许仙；莫文蔚和袁弘搭档《牡丹亭·惊梦》中的杜丽娘与柳梦梅；剩下五位演员选择单个人物角色演出：刘嘉玲饰《牡丹亭》中的石道姑，汪涵饰《十五贯》中的娄阿鼠，陈乔恩饰《长生殿》中的杨玉环，江一燕饰《白兔记》中的李三娘，徐娇演《西厢记》中的红娘。他们要唱的每一段都是经典角色的经典唱段，他们所面对的，将是台下数百位昆曲专业人员和屏幕前上亿观众的检验。

开始学戏前，"学生"按老规矩给"师父"敬茶。汪世瑜、吕福海、俞玖林、沈丰英三代昆曲人都作为"师父"，端坐在太师椅上，受学生礼敬。生于苏州的汪涵双手端茶，恭敬走上前，深鞠一躬，将茶碗端到与头平齐，轻声道："师父请喝茶。"同为苏州人的刘嘉玲在姑苏生活时间更久，直到中学时代结束才随父母到香港，至今还能说一口地道苏州话。给师父吕福海敬茶时，刘嘉玲特地半跪下去，遵照老派传统。在两位老苏州人的记忆中，昆曲的旋律萦绕了他们的童年、少年时代，在阿爹阿婆哄睡时的口中，在苏州船娘的摇橹声中，在飞檐落下的雨滴声中，在每一根木头和每一片砖瓦里，都回响着昆曲的声调。

师父们一一接过茶，轻呷一口，学生们集体鞠躬，拜师礼成，随即进入练功学戏环节。汪世瑜老师曾带着俞玖林、沈丰英、周雪峰、吕佳等"小兰花"进行过三个多月的"魔鬼训练"；如今，汪老师坐在太师椅上督战，看他带出的这批小兰花，对没有一点功底的艺人们进行一下午的"魔鬼训练"。

练功房内，六十四岁的赵雅芝穿上一身白色戏装后风采依旧，还是三十年前那位光彩夺目的白娘子，只是昆曲繁复的身段、指法和细腻的唱腔，让她短时间内找不到感觉，只能和谢娜一起反复走台，对着手机里的视频一遍遍模仿。江一燕出生在绍兴，外婆是一位越剧演员，从小耳朵里飘荡的都是越剧曲调，本以为有越剧基础学起昆曲来会容易些，没想到开口总是串味儿。俞玖林、沈丰英专门指导袁弘、莫文蔚排练所有剧目中难度最大的《牡丹亭·惊梦》，饰演柳梦梅的袁弘花了半天时间终于把这出戏的手眼身法步合到一起，不断摇头、叹气，痛苦到几乎崩溃。到了要上唱腔的环节，袁弘的高音怎么都唱不上去，一开口就破音，最终知难而退，和沈丰英搭档做主持人。

晚上七点，演员们妆罢候场，他们内心的忐忑，丝毫不亚于青春版《牡丹亭》第一次在台北登台时的小兰花们。新建成的昆剧传习所内，一方古朴雅致的水榭舞台，是苏昆全新打造的核心景观，袁弘首先登台，请出一袭白裙的沈丰英联袂主持，隔一片荷花小池，汪世瑜、蔡少华、吕福海几位老师在对面抱轩中听曲赏戏，检验"学生"的练习成果。

扮红娘的徐娇第一个出场，上了红妆的徐娇，一点没有了十年前《长江七号》里那个小男孩周小狄的影子，完全是一个俏皮可爱的小红娘。扮石道姑的刘嘉玲第二个出场，她没有在水榭舞台上演，而是站在了园中一座石桥上，上演园林"实景版"。石道姑这个角色在原著中本是丑角，有不少插科打诨的桥段，青春版《牡丹亭》里改成"俊扮"，这次排"明星版"同样沿袭了"俊扮"方式。刘嘉玲的苏州话十分地道，念白几乎不用培训，妈妈和初中同学坐在台下一边鼓掌一边笑，她们大概也是第一次看刘嘉玲演昆剧。汪世瑜挥着折扇，与坐在旁边的蔡少华交谈，眼睛不离聚光灯下的石道姑，边看边点头。汪涵扮的娄阿鼠是所有唱段中唯一一个丑角，虽然唱词不多，但表情很难掌控，尤其是那一对儿贼溜乱窜的小眼睛。

第五章 牡丹亭上三生路 231

一段演完，引得台下一片掌声。

随后上演的《惊梦》唱段，是这一晚的重头戏，俞玖林代替袁弘和莫文蔚搭档登场。传习所内的实景园林中，干冰雾气从湖上升腾而起，缥缈如仙境。已经演了近二十年《牡丹亭》，俞玖林的专业性自不待言，只接受了一下午昆曲训练的莫文蔚，在俞玖林身旁挥舞着水袖，几乎看不出是一位非专业演员，一句"哪里去"，唱腔婉转，指法圆熟，眼波流转恰合杜丽娘羞怯而又期待的小心思。

杜丽娘和柳梦梅下场，白娘子、小青和许仙随即登台。赵雅芝身上是岁月遮不住的卓然风采，台上同样出彩的另一位，则是扮演小青的谢娜，一曲唱罢，汪世瑜、蔡少华、吕福海同时叫好，用力鼓掌。临到谢幕时，汪世瑜、吕福海两位老师还特意上前抓住谢娜继续指导，仿佛挖到了一个昆曲好苗子。

这一期《我们来了》昆曲特别节目，是苏州昆剧院、苏州昆剧传习所新建后举办的重要活动之一。苏州市政府投资1.3亿元，重金打造新剧院，苏昆旧貌换新颜。原本废弃的昆剧传习所，也在旧址上重生了一座精致典雅的园林式庭院，古老的水磨昆腔在这片历经沧桑的土地上重新传唱。

承载昆剧传习所的"五亩园"历史足够悠久，最早可追溯到隋唐五代时张旭隐居植桑之处。五亩园并非只有五亩，而是取《孟子·梁惠王》中"五亩之宅，树之以桑，五十者可以衣帛"之意，千余年间，这座园林数易其主，到民国时办过义塾，也做过临时灵柩寄放处。1921年，张紫东、贝晋眉、徐镜清、穆藕初等一众有识之士在五亩园内辛苦筹办昆剧传习所，培养了一批"传"字辈昆曲传人，于危难中保留下昆曲的火种。20世纪60年代，苏州林业机械厂占用五亩园，院内景观一并拆除，旧历史也随之封存。21世纪初，国营机械厂在经济大潮席卷下关闭大门，五亩园旧址由地产开发商购得，筹划新建别墅。

蔡少华成为苏州昆剧院院长后，一直思索如何在旧址重建昆剧传习所，打造一座活态昆曲体验馆。眼看传习所旧址将要被一片别墅区占用，蔡少华一次次向市里打报告，终于又划回一片地，得以让传习所重现新生。

2000年首届中国昆剧艺术节后，苏州市政府一直在思考如何把昆曲这块金字招牌擦亮，推出了昆曲复兴的"节、馆、所、院、场"五位一体系统构建工程：计划每三年举办一次昆剧艺术节，每年举办一届虎丘曲会；建立中国昆曲博物馆；复建昆剧传习所；打造苏州昆剧院；新建沁兰厅，修建忠王府古戏台等一批昆曲演出场所……

如果没有苏州政府部门不惜成本、不遗余力的保驾护航，昆曲的复兴之路或许还将更漫长，青春版《牡丹亭》的脱胎还将更曲折。2004年6月，在青春版《牡丹亭》载誉归来之际，苏州市委市政府又制定了《"文化苏州"行动计划》，将昆曲传承与发展列为重点内容。

作为国务院批准的"较大城市"，苏州拥有地方立法权，借着这一优势，苏州市的领导们竭力要为昆曲这块苏州的瑰宝做些事情。明清以来，昆曲虽然几度兴衰，但一直受到官方制度化的保护。自明代开始，昆腔被定位为"官腔"，哪怕清朝废除了乐籍制度，昆曲依旧被推崇为"雅部"之首。

青春版《牡丹亭》等剧目的成功，让苏州市委领导增强了保护、发展昆曲的信心。如何保证苏州昆曲更长远地发展下去，成为当时王荣书记、阎立市长等主要领导最关心的问题，多次请文化局局长高福民做汇报，最终决定，以立法方式保证昆曲的艺术生命长青。

经过多方筹备和努力，2006 年 6 月 23 日，江苏省苏州市第十三届人民代表大会常务委员会第二十七次会议制定了《苏州市昆曲保护条例》；7 月 28 日，江苏省第十届人民代表大会常务委员会第二十四次会议批准通过，自 2006 年 10 月 1 日起实施。全国首部保护昆曲的地方性法规，就此在苏州诞生。

短短十六条内容，仅有薄薄四页纸，却让苏州昆曲界沸腾，让中国昆曲界振奋。从此，昆曲发展有了法规保障，相应地，是一系列政策法规的支持，以及财政资金上的充足保障。据苏州文旅局徐春宏介绍，到 2018 年，苏州市昆剧艺术保护、传承、发展的常用经费约已达到每年 5000 万元左右。

每年拿出 5000 万元投入昆曲这一剧种，背后所体现的是苏州人的文化担当和使命感，也是苏州人敢想敢干的魄力和精神，更是苏州人的文化自豪。

本来只打算在苏州昆剧院干两年就走的蔡少华，一着手青春版《牡丹亭》就和白先勇立了口头协议，两个人谁都不能离开。青春版《牡丹亭》的火爆，超出了白先勇的预期，更超出了蔡少华的预期。但蔡少华心里清楚，仅有一台青春版《牡丹亭》，还远远不够，按照他的规划，昆曲的传承和发扬需要一系列系统性工程才能保证。有了苏州市政府的政策支持，蔡少华做起事来更加得心应手。

刚接手昆剧传习所旧址这块土地时，地面上残留的是一排几近坍圮的工人宿舍。蔡少华想要复建传习所，政府拨款 400 万元，这个数目，造几座房子，放一些历史资料，建一个像博物馆一样的场所应该够了，但蔡少华的想法并非如此。他想建造一个可以让苏州昆曲得以"活态传承"的庭院,一座让昆曲可以实景表演的园林;可是,400万元资金和现有的机制不足以实现这些想法,怎么办?

蔡少华不是一个喜欢给自己按停止键的人,一旦有想法,他就要先做起来,然后在做事的过程中再想办法。他所主导的青春版《牡丹亭》、中日版《牡丹亭》两大文化项目,都是这样一步步做成的。

天意垂怜,就在蔡少华燃尽一根根香烟,苦苦思索对策时,苏州市政协副主席姚东明打来一个电话,谈到北京苏州商会正在筹办,商会几位代表想请蔡少华去聊聊苏州的"崇文"文化。蔡少华一听,掐灭手中香烟,随即答应下来。

当晚去赴宴,蔡少华早已想好了要讲的内容,从他自己所从事的昆曲领域与苏州文化和儒商传统三个关键词来谈"崇文",昆剧传习所的历史故事再合适不过。当晚饭桌上,蔡少华面对一桌苏州儒商,把张紫东、贝晋眉、徐镜清、穆藕初在1921年的故事活灵活现讲了一遍,最后又补充了一点自己正在做的工作和一些困难。

这晚,座中一位戴着眼镜的短发男士听得格外认真,饭后走到蔡少华身旁,互相交换了名片。蔡少华此时才知,眼前这位格外儒雅的中年人,就是爱慕集团董事长张荣明,也是北京苏州商会拟任会长。

第二天上午,张荣明来到苏州昆剧院时,蔡少华正站在那排快要倒塌的旧宿舍旁构想着他的传习所复建大业,恰遇贵客来访,又挥着手把他的想法完整复述了一遍。张荣明出生在苏州吴江,1987年北京科技大学研究生毕业后到首钢工学院当了四年老师。多年科研积累,张荣明在1991年成功研制超弹性记忆合金文胸底托,随后一步步创立了爱慕集团。

听完蔡少华描绘的蓝图,张荣明推了推眼镜说:"蔡院长,我能为这件事做点什么？"蔡少华听后两眼一亮，回说："我手头上有400万元政府拨款，但离想要实现的效果还有资金缺口。"张荣明说："我愿意支持你，100万够不够？"蔡少华摆手："如果我们一起来做这件事，你不要给钱，我这里缺什么告诉你，你来添置。"张荣明两手一拍，答应下来。张荣明是一位用知识创造财富的典型苏州儒商，他懂得蔡少华所做的这件事的重要性。

有了张荣明的经济支持，蔡少华开始着手重建昆剧传习所，请来古建筑专家一遍遍打磨方案，打造出一座古色古香的园林式庭院，处处都为昆曲而造，细化到厅堂每扇木门上都专门雕刻了经典昆剧场景。

院门牌匾上是俞粟庐题写的"昆剧传习所"五个大字，入口处摆一尊太湖石，寓意太湖之水养育一方，也以写意方式寓意昆曲水磨之腔。进门后，南面又有一处向内开的大门，门上是"传"字辈老先生倪传钺所写的"苏州昆曲传习所"牌匾，这是传习所旧址原有的入口，因为对面建了别墅，只能内开留作纪念。牌匾下面，立了张紫东、穆藕初两位先生的雕像。

在蔡少华的设想中，走过小院，第一进厅堂里可演示、体验拍曲、化妆，第二进厅堂可进行传统室内演出和昆曲教学，再往里的一座精致小园林可上演实景版昆曲剧目，荷花小池、水榭舞台、抱轩观众席、假山与扇亭，都是蔡少华精心设计的景观。所谓"活态传承"，就是要让走进传习所的人感受这门古老艺术的方方面面，要让观众参与进昆曲生活之中。

物质性的建设完成，但作为一个国营昆剧院，想要把这样一个传承昆曲的文化场所运营好，并非易事，体制的藩篱阻碍着很多关节，光这一处庞大古建筑每年的维护费用就是一笔不菲开支。如何打破体制阻隔，把事情做得更顺畅，蔡少华又开始想办法。

苦思冥想后，蔡少华提议苏州昆剧院与爱慕集团合作成立一个"游园惊梦文化传播有限公司"，以公司方式来运营昆剧传习所。和之前一样，做出行动前，蔡少华还是向市委打报告，说明自己的想法，把做这件事的利弊全部摆明，得到市委领导支持后，他才真正着手去做。亲自上手设计公司Logo，请政府部门做论证、评估，多方联系洽谈……要做成一件事，细枝末节、方方面面都要辛苦操劳。

昆剧传习所开放运营后，张荣明一直亏钱补贴，他早已思考清楚，做文化事业很难盈利，但他愿意像一百年前的张紫东、贝晋眉、穆藕初一样为苏州昆曲尽一分力。对于蔡少华而言，一个事业单位本来也不必费心费力去做这些事，但如果他不用心去做，昆曲又如何真正实现活态传承呢？就像当初，如果他不去争取，就没有影响力遍及全球、如今票房依旧火爆的青春版《牡丹亭》。

如果文化不能作为一种生活方式存在，那便真的成了"遗产"。同样是代表性艺术，为何西方歌剧、芭蕾没有成为"非物质文化遗产"？蔡少华这些年来带领苏昆人努力去做的，就是让昆曲复兴、复活，摘去"遗产"的帽子。

然而何止是蔡少华一个人，整个苏州昆剧院、苏州文化界乃至苏州市各级党委与政府部门，其实从苏昆剧院组建之后，一直在组织上、剧目上、资金上以及人力等方面，给予了不遗余力的支持，甚至常常为一件非常具体的事，市领导、局领导专门和专程出面处理，直至圆满解决为止。

2003年岁末，青春版《牡丹亭》最后的排练和彩排需要足够大的舞台，昆剧院自己的排练厅放不下，只能外出借场地。苏昆面临的困难传到了市委领导耳中，市委领导专门为苏昆借了一块开阔的地方——将正在建设中的苏州会展中心特批使用。建筑还未通电，特批加紧完善供电；服装道具太多，特地关照协助运输……只要能够协助解决的，政府都会为苏州昆曲事业和苏州昆剧院不遗余力地去做。

"昆曲在苏州是一种福气。"连蔡少华也不时这样感叹。他能够放开手脚在苏州开展昆曲事业，背后是强大的政府支持，是整个苏州政治、经济、文化层面的强力支撑。

第二节 便看花十里归来

本来只打算在苏昆待一两年就回机关工作的蔡少华,在校场路9号这片土地上扎根了二十年,非物质性的一出出剧目,物质性的剧院、场馆、传习所,在蔡少华和几代苏昆人的精心培育下一点点聚沙成塔。2022年春天,林琳接过蔡少华手中的接力棒,带领苏昆开启一段新征程。

在昆曲即将拉开新世纪复兴大幕的2000年,年轻的林琳走上了工作岗位,先后就职于苏州市歌舞团、苏州市文化馆、苏州市滑稽剧团,二十多年间一直浸润和奋斗在苏州文艺事业之中。2022年年初,林琳以苏州市滑稽剧团团长身份调任江苏省苏州昆剧院,成为新任院长。

一个被公认有干劲、有魄力的人,总是不畏艰难,所开创的新局面,也总是在困难与解难过程中磨砺出来。林琳院长上任伊始,新冠疫情的阴影依旧笼罩着全世界。受疫情影响，剧院演出场次减少，林院长一边部署演员们继续训练，等待疫去花开的春天，另一边，苏昆人也全力投入到抗击新冠疫情第一线，全院75名志愿者累计志愿服务1015小时，以实际行动将舞台从病毒魔爪中夺回。

3月10日，苏州全域转为低风险地区，全市文旅场所终于得以有序开放，第二天，江苏省苏州昆剧院便组织召开了新领导班子成立后的第一次全院大会，林琳院长及俞玖林、唐荣、周雪峰、杜昕瑛四位副院长摘去口罩，在久违的畅快呼吸中总结过去一年的工作，但更重要的，是部署新到来这一年的演出业务。演员离开了舞台，就像草木离开了大地，即便在无法登台的日子里，苏昆的几代新老演员也在练功房里日复一日练功、排戏。

凭借以青春版《牡丹亭》为代表的一系列优秀剧目，苏州昆剧院早已不再是昆曲人眼中的"小六子"，不再是拮据的破落户。崭新的苏州昆剧院大楼，国字号的"中国昆曲剧院"，古朴雅致的苏州昆剧传习所，"小兰花"之后迅速成长起来的新一代年轻演员，《玉簪记》《白罗衫》《白兔记》《白蛇传》《义侠记》《钗钏记》等一批新戏、大戏，都代表着苏昆所迈上的新台阶。

但这些成就，不足以成为苏昆停止前进脚步的理由。青春版《牡丹亭》的巡演依旧火爆，已经成为保留性经典剧目，小兰花原班人马登台演出时风采依旧，"扬"字辈以老带新与"振"字辈搭班出场，同样能保证原汁原味。新人需要老一辈"传帮带"，更需要有自己的新戏推出，林琳接任院长后，为年轻一代的"振"字辈演员重排了刘煜领衔主演的《连环计》，新排了殷立人领衔主演的苏昆首部昆剧武戏《林冲》。两位"90后"青年演员历练多年后，慢慢成为苏昆舞台上的主力。

2004年，青春版《牡丹亭》开始全国巡演时，十二岁的刘煜刚刚迈入苏州市昆曲学校的大门。这座毗邻寒山寺的昆曲学府，十年前曾迎来对昆曲几乎一无所知的"小兰花"班，十年后，"小兰花"们已经走上国际舞台。刘煜比前辈们要幸福，没有经历昆曲的低谷期，赶上了昆曲成为"人类非遗"后最好的时代。本身扮相好，加上自己的勤学苦练，刘煜在入校第二年就获得了中国少儿戏剧"小梅花"奖。四年学艺锤炼，毕业进入苏州昆剧院后，刘煜成为"振"字辈演员中的佼佼者。

还在艺校时，张继青就是刘煜最崇拜的昆曲演员，MP3里拷贝的都是张老师的昆曲唱段，每天练完功休息时反复拿出来听。每当刘煜戴着耳机沉浸在张继青的经典唱段中时，都梦想着有朝一日能够跟随张老师学戏。这一梦想，随着2008年毕业进入苏昆而成真。

2008年，青春版《牡丹亭》已经火遍全世界，七十岁的张继青跟着团队四处巡演，随时指导沈丰英、沈国芳几位旦角演员。刚入团的刘煜和同学们一起跟着剧组"跑花神"，张继青排练时会过来跟小花神们一一打招呼，刚走出昆曲学校的一群"小迷妹"受宠若惊，热情回应着这位像奶奶一样和蔼的老前辈。站在同学们中间的刘煜，默默地观察着张老师对杜丽娘一招一式的指导，想象着自己跟随张老师学戏的情景。

有一次在台北演出，休息时，刘煜端着笔记本在酒店大堂里上网，见张继青从电梯厅里走出来，刘煜赶紧起身上前问好。张继青也挥手打招呼，眯着眼对刘煜笑，喊她"小鬼丫头"。此时，张继青还不知道这位小姑娘的名字，只知道她是十二花神中的一位，只记住了她俊秀的面孔。

几天后，张继青到后台探望演员们，蔡少华把刘煜介绍给她，张继青一看："哎，这不是你这个小鬼丫头吗，我记得呢。"一听张老师记得自己，刘煜的心里像是瞬时绽开了一朵绚丽的花，满脸荡漾着惊喜的神色。更让她喜出望外的是，在剧院领导的引荐下，十六岁的刘煜得以正式拜张继青为师，成了张继青老师的关门弟子。

张继青教刘煜学戏，第一部戏还是《牡丹亭》。苏州昆剧院老排练厅那时还没有空调，只有一架高高挂起的电扇，搅动着一阵阵热风。六年前，张继青在这里教过沈丰英，时光荏苒，如今她已年逾古稀，但教到《离魂·集贤宾》一折时，张继青依旧会忍着膝盖的痛跪倒在地，向刘煜口传心授杜丽娘"跪母"时的心境与体态。整整三天，七十多岁的张继青全身心投入，前一分钟扮杜丽娘，后一分钟就变身与她搭戏的杜母和春香，完全不顾炎热的天气和自己已大不如前的身体。这一切，年纪尚小的刘煜看在了眼里，感动在心里，然后把张老师给的感动都转换到自己手眼身法步的训练中去。

从 2004 年踏入昆曲学校起，刘煜已经从艺近二十年，先后担纲主演了青春版《牡丹亭》和青春版《白蛇传》《水泊记·阎惜娇》《玉簪记》，成为年轻的国家二级演员、江苏省"文华表演奖"获得者。2022 年 9 月 13 日，由苏州昆剧院"振"字辈演员联袂演出的《连环计》在中国昆曲剧院亮相，新一套青春阵容展现在观众们面前，如二十年前的"扬"字辈小兰花们一样夺目。刘煜所饰演的貂蝉，一身嫩黄戏装，一枚团扇，小步轻摇，低吟浅唱，古典美人气质尽显。

除新人新戏，苏昆的"扬"字辈中年演员仍在发挥着"台柱"

作用。2022年11月26日，俞玖林领衔主演的原创昆剧《范文正公》在中国昆曲剧院完成首演，为了演好苏州老乡范仲淹这个角色，俞玖林几乎把所有休息时间都拿来熟读他的诗文作品，在字里行间感受这位先贤的处世精神。虽已年逾不惑，但俞玖林排起戏来如二十年前一样倾尽全力，参与演出的唐荣、屈斌斌、吕佳等几位"扬"字辈演员也已历经舞台锤炼，到了职业生涯的收获期。

2023年6月11日晚，第四届紫金京昆艺术群英会在江苏紫金大剧院落下帷幕，《范文正公》获得京昆艺术紫金奖·优秀剧目奖。与《范文正公》一同获奖的，还有吕佳担任导演，"振"字辈青年演员罗贝贝、束良、吴佳辉、王鑫、翁佳鸣主演的小剧场昆剧《千年一叹》。

院长林琳作为剧目出品人登台领奖，接过获奖证书时，她轻舒一口气，回想起第一次迈进苏州昆剧院时做的那个深呼吸，脸上漾出欣慰的微笑。作为苏昆的新一代掌舵人，在疫情肆虐的艰难条件下，她和全体苏昆人一起走过了最困难的时刻，从此，可在艺术的海洋中更自信、自如地航行。

聚光灯下，林琳院长从容地发表着获奖感言，着重谈到了昆曲发源地、苏昆特色、守正创新几个关键词。从一家名不见经传的地方小院团，成长为如今名动海内外的昆曲重要力量，苏昆所凭借的正是发源地特色优势和守正创新的开拓精神——前者是其他院团无法取代的先天优势，而后者，则是苏昆人代代相传的精神内核。

党的十八大以来，习近平总书记始终高度重视文化建设，多次发表有关中华优秀传统文化传承与发展的重要论述。2020年10月，习近平总书记在广东省潮州市考察调研时特别强调："要加强非物质文化遗产保护和传承，积极培养传承人，让非物质文化遗产绽放出更加迷人的光彩。"2021年8月，中共中央办公厅、国务院办公厅印发《关于进一步加强非物质文化遗产保护工作的意见》，随后，中宣部、文化和旅游部、财政部联合印发《非物质文化遗产传承发展工程实施方案》，文化和旅游部印发《"十四五"非物质文化遗产保护规划》，从顶层设计层面保障了非物质文化遗产的保护和传承有效推进。

2023年6月2日，习近平总书记出席文化传承发展座谈会并发表重要讲话，再次强调传承发展中华优秀传统文化的重要性。座谈会上，习近平总书记指出"新时代的文化工作者必须以守正创新的正气和锐气，赓续历史文脉、谱写当代华章"。以苏州昆剧院为代表的南昆特色传统昆曲，是中华优秀传统文化的典型代表，近年来，在国家、省、市各项昆曲保护政策的扶持下，江苏省苏州昆剧院作为全省唯一一家保留事业单位性质的国有院团，作为苏州市文广旅局直属单位，始终秉持守正创新的开拓精神，传续经典剧目，培育新人新戏。

进入21世纪以来，江苏省与苏州市两级政府不遗余力推动苏州昆曲事业发展，自2000年开始创办中国昆剧艺术节，恢复虎丘中秋曲会，建立中国昆曲博物馆，复建苏州昆剧传习所，新建中国昆曲剧院。2006年7月28日江苏省第十届人民代表大会常务委员会第二十四次会议批准《苏州市昆曲保护条例》，对昆曲保护的对象、政府的保护职责、昆曲传承制度的建立以及鼓励社会参与保护等方面做了明确的规定，为昆曲的良性发展提供了更加权威的保护机制。

自2018年起，戏曲百戏盛典每年在昆山举办一次，即便是疫情的特殊期间也未间断，依旧以"线下+线上"方式开展，向全国和全世界戏曲爱好者展现348个戏曲剧种的魅力。百戏盛典能够在"百戏之祖"的诞生地举办，全国各剧种一呼百应，颇有些百鸟朝凤的意味。能够坚持举办如此盛大的活动，也体现了江苏省文化和旅游厅、苏州市文化广电和旅游局的强大魄力和行动力。

自新中国成立之初，苏州市文化宣传部门的领导便格外重视昆曲的发展，从凡一、钱璎等老一辈革命者，到如今的苏州市委、宣传及文广电部门，始终把昆曲这块金字招牌摆放在苏州文化聚宝盆的最显要位置。特别是近些年来，苏州始终把总书记有关传统文化"不仅在要物质形式上传承好，更要在心里传承好"的要求落到实处，多方面、全方位地扶植和推进昆曲的发展，使得这一剧种不仅在苏州这片美丽富饶的大地上鲜花盛开，而且不断通过各种交流机会，在全国和世界各地展现这一艺术的独特魅力和青春气息，并且获得巨大的成效。

2023年元旦刚过，苏州市委宣传部金洁部长便带着沈丰英、沈国芳奔赴纽约，为大洋彼岸的美国观众带去一场苏州文化盛宴。两位演员特意从化妆环节就向观众开放展示，涂粉、描眉、贴片、包头……一道道上妆工序活态呈现，让异国观众大呼惊奇。正式开唱之前，沈丰英和沈国芳先在舞台上向观众细致讲解、演示了昆曲中"唱、念、做、打"和"手、眼、身、法、步"这"四功五法"，最后以一曲《牡丹亭·游园》中的经典唱段【皂罗袍】作为压轴，引来满场掌声，昆曲的魅力、苏州的魅力，再一次让美国观众痴迷。

在2023年6月6日举办的第二届"梁辰鱼杯"剧本征集活动颁奖仪式上，市文化广电旅游局韩卫兵局长对获奖剧作人致以祝贺，并宣布将继续推进这一活动，讲话中，韩局长特别强调"我们始终将剧本创作作为源头工程"。四百多年前，正是因为梁辰鱼《浣纱记》的推出，魏良辅改良后的水磨昆腔才得以快速传播开去。这一项以"剧圣"梁辰鱼大名冠之的剧本征集活动，由中国戏曲苏州创作基地、苏州市文化广电和旅游局主办，苏州市文艺创作中心承办，两年间已经收到投稿剧本667部，评选出获奖剧本46部，为剧作尤其是昆剧新发展奠定了坚实基础。

在第二届剧本征集活动中，卢哲以昆剧剧本《传习谱》谱写了"传"字辈艺人存续昆曲薪火的传奇故事，获得大型剧本二等奖。"我是戏曲文学专业出身，从事理论研究工作，对于苏州昆剧传习所的历史也都有关注，一直想找机会写点什么。"颁奖典礼上，这位来自西安建筑科技大学的"85后"青年教师道明了自己的创作动机。更多青年剧作人能够投入昆剧创作，是古老昆曲守正创新、永葆青春的重要保证。

昆曲的传承需要不断有青年的加入，更需要吸引更多的少年和儿童，让他们认识昆曲，继而投身昆曲。自2022年开始，苏州昆剧院与《扬子晚报》联合打造了"'姑苏水磨调'少儿昆曲夏令营"。2023年7月，新一期昆曲夏令营活动继续举办，在青春版《牡丹亭》中饰演小春香的一级演员沈国芳和苏昆优秀青年演员杨寒，带着来自世界各地的16名小学员，在苏州昆剧院厅堂中一招一式地学习昆曲指法、台步，练习团扇与折扇的用法。

在结业演出前一天的彩排活动中，恰逢江苏省委宣传部徐宁副部长调研苏州昆剧院。听到有远在瑞士的小朋友来参加昆曲夏令营，徐宁部长尤为惊喜，连连赞叹：好，很好！希望"姑苏水磨调"少儿昆曲活动继续努力，再接再厉，让更多的人和孩子参与进来，把昆曲这门中华优秀传统文化好好传承下去。

看到一个个小学员在十二天的时间里把传统昆曲的一招一式

表演得有模有样，夏令营的主要组织者、苏州昆剧院院长林琳尤为欣喜。上任以来，林琳每时每刻都在思考和实践着如何推动苏昆和昆曲进一步传承与发展。谈到夏令营活动，林院长充满信心和干劲地说道："我们一定继续努力，通过举办'姑苏水磨调'少儿昆曲系列活动等，进一步地推动昆曲走出苏州，走出国门，走向全世界！"

昆曲的少年儿童人才培养，是一项长期性、系统性工程，有面向业余昆曲爱好者的夏令营活动，更有专业的培养模式。2023年9月28日晚，第二十四届"中国·苏州虎丘曲会"拉开序幕。开幕式上，王芳、俞玖林、沈丰英、周雪峰等名家带来经典昆曲剧目《牡丹亭·游园》《西厢记·佳期》，中国少儿戏曲小梅花荟萃的"小梅花"获奖代表杜宇丹也带来了昆曲节目《昆韵》。

杜宇丹只是苏州众多"小梅花"之一，随着中华优秀传统文化越来越受到重视，有更多的家长愿意把孩子送到艺校进行专业培训。学戏，不再像旧时代一样，需要受苦挨打，而是成为一项专业艺术教育。有不少孩子通过戏曲的学习和苦练，改变着自己的命运。来自苏州昆山的杨优，就是这样一位女孩。

杨优出生于2004年，母亲和父亲在她年幼时相继离世，留下八岁的杨优跟随继母生活。小学二年级时，杨优转学到昆山千灯中心小学。在昆曲的发源地千灯，小学里开设了昆曲培训班，杨优在三年级时也加入了"小昆班"。别的孩子一年级就开始学昆曲，杨优晚了两年，靠着兴趣和毅力追赶着其他孩子的脚步，一路奋进，成为"小昆班"中的佼佼者。在2014年第十八届中国少儿戏曲小梅花荟萃总决赛中，杨优以一折苦练两年的《思凡》获得"小梅花奖"金奖。

一颗昆曲的新星正在冉冉升起，但成长的路上又总有挫折相伴。小学五年级时，杨优报考江苏戏剧学校，最后却因为紧张而落榜，昔日通过昆曲表演建立起来的自信，在落榜的那一刻被全部击溃，她又回到了学习昆曲前郁郁寡欢的状态。

著名梅花奖得主、苏州昆剧院副院长周雪峰自2003年起就在千灯小学义务教学，第一次教杨优时，他就发现，这个小女孩只要一开口，浑身便散发着光芒，是个昆曲的好苗子。得知杨优想要继续学习昆曲，周雪峰努力帮她联系了苏州市艺术学校昆曲班。

杨优以优异的成绩被昆曲班录取，她的家庭却为学费而发愁。最后，政府与学校一起，为杨优解决了学费和在校期间的生活费，助力她全身心投入昆曲学习中去。经过六年的勤学苦练，杨优终于在2022年夏天拿到了中国戏曲学院的录取通知书，离自己的昆曲梦想又近了一步。

有了政府、学校和一大批昆曲人的共同努力，更多的像杨优一样的孩子能够通过昆曲学习改变自己人生的轨迹。而昆曲艺术的发展轨迹，也将靠着这些孩子来改变。一代又一代人的传承，让古老的昆曲艺术生生不息，在苏州大地上永葆青春。

第三节 青春苏州处处青

再回忆青春版《牡丹亭》最初排练的故事时,俞玖林、沈丰英、沈国芳几位已经年过不惑的昆曲演员,一定会回想起二十年前,白先勇老师带他们去沧浪亭的那个下午。他们到沧浪亭时,是一个初冬的午后,没有春色如许,没有姹紫嫣红,如昆曲舞台上一样,满园春色只在演员们心中,在折扇一挥中传递给观众。

在苏州所有的园林中,白先勇独爱沧浪亭,不像其他园子那么紧凑、雅致,沧浪亭更加朴素,也更开阔。一入园,白先勇就开始讲戏:"在台上演《游园惊梦》,就像我们刚刚走进来的那种感觉,完全进入另外一个世界,眼睛所看到的都是园中春色,哪怕观众是看着你的背面,也要让他们觉得像是跟随你跨到了另外一个世界。"

三位演员围在白先勇身旁,仔细倾听领会,随后,第一次在实景园林中穿着日常便衣唱了一段《惊梦》。"不到园林，怎知春色如许。"沈丰英手拿折扇，轻轻一挥，眼睛随着扇子望去，真像是望见了满园春色。冬天的沧浪亭中没有柳枝，俞玖林折了一段竹枝替代，眼波流转，含情脉脉，一段才子佳人的青春故事就此开场。

二十年过去，俞玖林已经不再是那个打车都不好意思说自己到苏州昆剧院的毛头小伙，那时，昆剧演员几乎与穷困潦倒等义，境地类同刚从岭南走出的穷书生柳梦梅。二十年间，500多场演出，这一批"小兰花"已经成长为苏昆的顶梁柱，有人离开，但更多人在坚守。离开的人，或许找到了另一方更好的舞台，留下的人，也靠着自己的坚守打开一片天地。

曾经努力到有些痴狂的周雪峰，作为青春版《牡丹亭》中柳梦梅的B档演员，一直在"跑龙套"，没法唱主角，他便坚持把每一个小角色演好。一年年龙套跑过，周雪峰也终于迎来了自己的昆曲专场，迎来了自己的梅花奖荣耀。2015年获得梅花表演奖后，周雪峰依旧跑龙套演小角色。他爱的是脚下那块舞台，不在乎角色大小。

和小兰花班同学们一块踏上舞台的周颖，慢慢发现自己的皮肤对油彩过敏，随着年纪的增长，过敏现象越发严重，皮肤修复能力也越来越差。跟着青春版《牡丹亭》剧组跑了两百多场，周颖慢慢从演员变成领队，慢慢转入后台做行政工作。舞台上一出大戏，少不了任何一个角色的出彩发挥，更少不了幕后人员的辛劳操持。

二十年间，诸多世事变迁，悠悠昆曲已经从无人问津的窘迫境地重回艺术舞台中心，青春版《牡丹亭》在其中居功至伟。2022年5月25日，中国艺术研究院举办纪念毛泽东同志《在延安文艺座谈会上的讲话》发表80周年学术研讨会，发布《〈讲话〉精神照耀下——百部文艺作品榜单》。榜单上的 100 部作品中，仅有两部昆剧，第一部是 1956 年"一出戏救活一个剧种"的《十五贯》，第二部便是 2004 年江苏省苏州昆剧院推出的"青春版"《牡丹亭》。两岸文人、艺术家不惜时、不惜力、不惜金，全力打造了这一台唯美大戏，成为一代观众的昆曲启蒙。青春版《牡丹亭》不只是一台昆曲大戏，更是中国当代一大文化艺术现象，开启了古典昆曲的美学新生。

2023 年 6 月，《锵锵行天下》第三季第 12 期推出了一集《游园惊梦》，著名主持人窦文涛走进苏州昆剧院，特邀苏州大学周秦老师和昆剧院沈丰英一同畅谈昆曲之美。二十年前，白先勇请周秦来做青春版《牡丹亭》的唱念指导，起初周老师并未同意。生于昆曲世家的周秦，跟许多苏州传统文人一样，有一种传统守正的心态，对白先勇、蔡少华所提的"青春版"并不十分赞同。耐不住白先勇苦口婆心的劝说，周秦最后被团队"守正创新"的制作理念打动，自觉承担下"守正"的那一部分。

那时，五十岁出头的周秦送了俞玖林、沈丰英每人一本徐朔方注释的《牡丹亭》，一句句解读诗文，一下午时间就读几小段。教完戏文，白先勇来验收成果，周秦吹着笛子，俞玖林立在身旁用心唱，白先勇双手交叉垂在身前，凝神细听。一段唱完，白先勇使劲鼓掌："小俞，你进步好快，眼睛里终于有东西了！"说完，白先勇转头看向周秦，两位老师父相视一笑。

二十年过去，周秦也已经是一位头发全白的老先生，但只要谈起昆曲，一双细细的眼睛里依旧闪动着迷人的光彩。从 1989 年起，周秦在苏州大学开设昆曲班，虽然第一届学生最终都未选择以昆曲为业，但他们四年所学，为日后所从事的文艺事业打下了基础。

三十多年坚持下来，周秦所培养的昆曲科班生已散布在与行业相关的各个岗位上，为昆曲的传承与创新发展做着或隐或显的贡献。

2023年7月末，青春版《牡丹亭》原班人马再聚香港，参加阔别三载的中国戏曲节。香港是这一批"小兰花"们的福地，也是青春版《牡丹亭》的福地。2002年的夏末秋初，正是由于古兆申的牵线，白先勇才得以看到苏昆小兰花们的昆曲表演，才有了后来邀请汪世瑜、张继青领衔的"魔鬼训练"，才有了后来这一出二十年长盛不衰的昆曲大戏。

二十年过去，张继青、古兆申一辈大师已在昆曲持续复兴的势头中仙逝；如今，八十三岁的汪世瑜继续带队，为青春版《牡丹亭》贡献着光和热。原定要亲自来港"督军"的白先勇临时因故缺席，小兰花们便每天发微信汇报盛况。人在台北的白先勇，虽然只能线上观剧，却依旧难掩激动，频频发微信盛赞这群身经百战的学生："小兰花真是争气，没有让香港同胞失望！"

7月28—30日连演三场后，林青霞将俞玖林、沈丰英、沈国芳邀请到自家半山书房，盛情款待。林青霞算得上是青春版《牡丹亭》的老粉丝了，早在2007年国家大剧院的演出中，林青霞就连看三场，演出结束后还特地请白先勇和演员们吃了一顿火锅，畅聊到大半夜。如今十六年时间过去，已经六十八岁的林青霞一身黑衣、一袭黑裙，只见雍容，不见老气，像一朵华贵的牡丹。

站在林青霞身边的俞玖林、沈丰英、沈国芳——三位在台上演了近二十年青春版《牡丹亭》的铁三角组合，都已经四十有五，但丝毫不失青春的光辉，每个人脸上都洋溢着牡丹的荣光。按昆曲传统的舞台年龄来看，四十五岁正是艺术成熟的黄金年华，但就青春版《牡丹亭》的"青春"二字而言，也免不了引发来自观众的一些疑问。

"很多记者在采访时，都会问我们：这青春版《牡丹亭》演了将近500场，前后快二十年了，现在还在叫'青春版'吗？"每次碰到这些问题，沈丰英虽然都能应答自如，但心里还是免不了有小小的失落感，转而变成自我怀疑：真的年纪大了吗？真的不再能胜任"青春版"的杜丽娘了吗？

这次在半山书房，林青霞听到这样的话从面带忧愁的沈丰英口中脱口而出，立马回应道："为什么不可以？你们当初推出时，就是用这个名字的，名字是不必改的，下次有人问，就反问他，自己的名字改不改？"听了"东方不败"青霞大姐的霸气回应，沈丰英脸上愁容顿消，又恢复了青春的颜色。

2024年3月15日，青春版《牡丹亭》迎来了二十周年纪念巡演，在高雄的首场演出，1500张票早已抢购一空。舞台上，还是二十年前那群"小兰花"们，还是一样的青春颜色，一样的鲜花和掌声。谢幕环节，八十七岁的白先勇依旧是一身红色上衣，用激昂的语调，对观众们进行感谢。从高雄到新竹，再到台北，二十二天连演八场，《牡丹亭》青春依旧，场场爆满。

12月1日晚，青春版《牡丹亭》首演二十周年巡演在南京大学圆满收官，这也是原班人马二十年间的第540场演出。究竟是什么样的魅力，能让一出戏二十年间长盛不衰，依旧一票难求？是什么样的魔力，能让同一批演员在舞台上演了二十年，却越来越能把握青春的内涵？

这一切的背后，是古老昆腔首创者、革新者的孜孜以求，是玉茗堂前朝朝暮暮的辛苦研磨，是现代昆曲传承者对这粒火种的精心呵护，是当代中国艺术创作者不惜代价的全情投入，是苏州政府和苏州人民的文化使命和担当，也是一批"小兰花"演员从少年直至中年辛勤苦练的汗水浇灌。是六百余年间一代又一代人的铺垫，才有了如今可以奉为经典的青春版《牡丹亭》。

如果说一百年前，是从苏州昆剧传习所里走出来的"传"字辈演员和背后的支持者们，用他们的不懈努力，在暗夜中将昆曲的薪火传续下来；那么，二十年前刚刚出道的"扬"字辈"小兰花"们，则将这火光传扬四方，以至星火燎原。

如果说近半个世纪前，是新编《十五贯》以一己之力救活昆曲剧种；那么，脱胎于新世纪初的青春版《牡丹亭》则是凭借一己之力复兴了昆曲剧种，带动了近百万年轻观众走进剧场，走进中国传统美学。

青春版《牡丹亭》，以一代人精细研磨一出好戏，以一出好戏复兴一个剧种。一个剧种又带动一个文化现象，而一个文化现象又让苏州形象、中国形象得以更丰富和多彩地展现……

在中国、在海外，人们经常提出这样的问题：迤逦昆腔为何能起于姑苏大地？青春的牡丹之花为何能在姑苏大地上沐光重生？

苏州人通常这样骄傲地回答：是三生三世的因缘际会，是温山软水的百年浸润，是两千年人文苏州的文化滋养，更是姑苏大地上有识之士与实干家们的精心哺育与呵护，更是党和政府及千万苏州父老乡亲的倾情支持……

"遥知未眠月，乡思在渔歌。"苏州美，美在天色与文化。

地处太湖之滨的苏州，乃中国鱼米之乡最著名和典型的地方。

富庶的苏州人得以引水筑桥，家家户户枕河而居，浸润了崇文尚礼的吴地文化。在一千三百年漫长的科举史上，苏州出了五十多位文武状元，仅清朝就出了二十六名状元。官至高位的状元郎和其他各级官员们，如申时行，如沈璟，在宦海浮游半生，带着积蓄、名望和见识告老还乡，兴建园林，颐养天年，在水网密布的城市中建造一处处写意的园林。也有饱读诗书而无意仕途者，如顾阿瑛，如梁辰鱼，结交天下文士，为姑苏文化长卷添上新的笔画。物阜民丰，文化兴盛，苏州大地吸引着四方来客，让魏良辅不远千里行医到此，只为寻觅雅致昆腔。

数百年兴衰，当古老昆曲"月落重生灯再红"时，仍是根植于姑苏大地。如今的苏州，一边是小桥流水温润姑苏，另一边，是正在崛起的现代都市。又古又新的人文苏州再次吸引八方名士，"崇文、融合、创新、致远"八字城市精神，分毫不差地呈现在同样又古又新的青春版《牡丹亭》中，集众人之力擦亮了苏州最闪耀的昆曲文化名片，也向全世界展示了这张中国文化名片。

顺着历史的长河回溯，当 2003 年蔡少华和白先勇在乐乡饭店彻夜长谈时，白先勇苦苦相劝汪世瑜、张继青收徒为师时，周友良顶着一头枯发在地下室专注谱曲时，他们都不会想到，青春版《牡丹亭》能够如此成功，至今长盛不衰；当 1994 年"扬"字辈"小兰花"们在中学课堂里被苏昆老师们一个个点到时，他们也没想到，日后会凭借一部青春版《牡丹亭》安身立命，走进全世界那么多顶级剧场；当 1988 年王芳决定去婚纱影楼上班时，她不会想到自己能凭借苏剧和昆剧两次拿到梅花奖；当 1953 年尹斯明跟着民锋剧团离开上海时，当张继青中途进入民锋剧团时，她们不会想到此后将要扎根苏州，在苏昆剧团度过一段漫长而难忘的艰辛岁月；

当 1942 年仙霓社在上海东方书场演完最后一出戏时，四散而去的"传"字辈艺人不会想到，他们将会把昆曲的火种撒向各处；当 1921 年张紫东、徐镜清、贝晋眉、穆藕初几位文士艰苦支撑苏州昆剧传习所时，他们不会想到，这将是古老昆曲存留下来的最后一簇火苗。

往历史更深处漫溯，当 1598 年临川文人汤显祖辞官归隐玉茗堂时，他也不会想到，笔下所写的《牡丹亭》将会成为昆曲舞台上的经典传奇，更不会想到四百多年后能在昆曲故乡苏州青春重现；当魏良辅在 16 世纪初背着箱匣行医来到太仓时，他不会想到自己将会用余生钻研昆腔水磨调，成为一代曲圣；当顾坚踏着 14 世纪的晨露一次次走进玉山草堂时，他也不会想到自己会创造出被后世称作"昆腔"的曲调……历史的长河追溯不尽，迤逦昆腔最初的声调，可能是姑苏卖货郎偶然兴起的一声吆喝，是闺中思妇盼望丈夫沙场归来的一声浅唱，是无赖小儿玩乐嬉戏时的一声奇腔。

时光之河奔涌向前，河水中，一粒粒细沙积聚成洲、成岛、成陆地和平原。古老的昆曲艺术，也由如砂粒般的一位位参与者的贡献积聚而成，历经数百年，汇聚成如今这满园春色、姹紫嫣红。而青春版《牡丹亭》，恰成了昆曲百花园中最艳丽的一枝。

一枝独艳，不如满庭芬芳，青春的《牡丹亭》正在召唤着青春的同伴，青春的昆曲将继续在青春的苏州大地飞扬，在江南水乡飞扬，在华夏山川飞扬，在寰宇内外飞扬。

我们自然明白，其实苏州的这一部青春版《牡丹亭》，其意义已经远远超越了剧目和曲种本身。它所呈现的"青春"状，其实是这块大地上自身所具有的文化底蕴的积聚效应。苏州自建城数千年以来，从来不缺青春活力，它从来都是以开放、激情和豪迈著称。

也正是这种永不落伍、永在创新和永远"年少"的状态，使得这座东方文化名城，在每一个时代都彰显着自己特有的青春活力与青春魅力。毫无疑问，艺术则是这片"青春苏州"的云彩中异常夺目而耀眼的一朵……

2023年7月5日下午至6日上午，美丽而活力的苏州城，迎来了中共中央总书记的到来。新华社、人民日报等各大媒体这样报道："他先后看了工业园区、高科技企业、历史文化街区。车窗外，高楼大厦鳞次栉比，生动诠释着这座'创新之城、非凡园区'的澎湃活力。"总书记走进园区的一家科技企业的研发车间，一张张年轻面孔，让他十分欣慰道："都很有朝气啊！你们在这里做的正是攀登高峰的工作，很有意义。年轻人可以施展你们的才华，好啊！"在苏州文化老街，当地负责人向总书记汇报，苏州除了园林、大运河苏州段两项世界文化遗产，还有七项世界非物质文化遗产。总书记马上问："哪七项？"当听说还有昆曲等七项非物质文化遗产时，总书记感慨而言："住在这里很有福气，古色古香，到处都是古迹，到处都是名胜，到处都是文化。'百步之内，必有芳草'。"

"其实，总书记的这段话，也是对我们苏州昆曲的充分肯定，更是以欣赏和高瞻远瞩的目光教导我们把古老而青春的昆曲永远传扬下去，为苏州和中华民族文化增添更加具有时代活力的艺术魅力做贡献。"苏昆剧院的年轻演员们在学习习近平总书记视察苏州的重要讲话时这样说。

是的，苏州的青春版《牡丹亭》能在今天广受新一代青年和海内外观众的喜爱，就是因为它继承了如习总书记所言的中华传统文化和苏州这片土地上历史文化的"精神命脉"。也因为这份丰沛的"精神命脉"，昆曲这一古老的剧种才能永葆青春。

是的，我们知道一个人的青春，在于他的生命年轮与活力；一个民族的青春，在于它内在的勃发力和创新力；一个剧种的青春活力与魅力，自然更在于它的"精神命脉"所起的作用……

苏州昆剧院和他们的《牡丹亭》还会继续青春下去，因为他们已经懂得和掌握了这一剧目的"青春命脉"。

愿苏州昆剧院和苏州这片大地，青春永远。